中国历史名著文库

史记故事

肆

原撰◎司马迁

编写／臧瀚之等

京华出版社

目 录

目 录

目 录

目录

目 录

第六十五章
樊滕灌列传

中国历史名著文库

勇士樊哙

舞阳侯樊哙，沛县人，是高祖的同乡。

早先，樊哙只是个杀狗的屠夫，与高祖关系很好，曾经与高祖一起隐居芒山、砀山一带。高祖起兵反秦的时候，樊哙扔下了屠刀，随从高祖攻下了沛县。高祖自称沛公之后，用樊哙做舍人。樊哙英勇，跟随沛公南征北战，立有战功，沛公赐给他国大夫的爵位。沛公在濮阳攻打章邯的时候，樊哙率先登城，一个人就斩杀秦兵二十三人，沛公于是又赐他公大夫的爵位。此后，樊哙又经常随从沛公，战功不断，为沛公立下了汗马功劳，爵位也不断提升，最后，沛公赐封他为贤成君。

后来，沛公最早进入函谷关，封锁了关口。项羽以为他要抢先称王，很生气，就驻军戏下，做好准备攻打沛公。沛公不愿与项羽冲突，就亲自带了一百多名骑兵，通过项伯的关系来面见项羽，辩白说，封锁关口并没有什么恶意，而是为了防备秦军。

项羽信以为真，很高兴，就设宴款待。酒喝得差不多的时候，亚父范增想杀掉沛公，派项庄在席前舞剑助兴，要趁机刺杀沛公，项伯却一再掩护沛公。当时只有沛公和张良能进入营帐就坐，樊哙留在营外，听说沛公有性命危险，就拿着铁盾进入营内。军营卫士阻止樊哙，樊哙就硬撞了进去。

项羽瞪着这个不速之客，喝问他是什么人。张良回答："是沛公的陪乘樊哙。"项羽于是赐给他一碗酒和一只猪腿。樊哙喝完酒，拔剑切肉，把它吃光了。项羽问："能再喝酒吗？"樊哙说："我死都不怕，何况是喝酒呢！沛公首先入关平定咸阳，露营在灞上，专心等待大王驾到。可是大王一到，就听信小人的谗言，跟沛公过不去！您这样做，我担心会让天下分裂，大王也会失去民心啊！"

项羽听了，沉默不语。这时候，沛公上厕所，召樊哙出去。出来后，沛公留下车驾，只骑了一匹马，带着樊哙等人，抄小路逃回霸上的军营，而留下张良向项羽辞谢。项羽当时已经不再怀疑沛公，松了一口气，也就没了要杀他的念头。这一次，如果没有樊哙冒死闯入营内，谴责项羽，那么沛公的生死，还很难说。

第二天，项羽入城血洗咸阳，然后封沛公为汉王。汉王感激樊哙，封他为列侯，称为临武侯。后来又提升为郎中，随从汉王进入汉中。

汉王回师，平定三秦，樊哙另外带兵攻打西县县丞的军队，然后又攻打雍王的轻骑部队，都获胜利。随从汉王攻打其他几座城池，多次首先登城、大破秦军，被提升为将军。后来，秦朝已灭，楚汉争霸，樊哙又随从汉王攻打项羽，战功累累。汉王增加平阴二千户作他的食邑，让他以将军身份镇守广武。项羽领兵东进，樊哙又跟随高祖抗敌，并出兵阳夏，俘虏楚将周将军的士卒四千人，并在陈县大败项羽。

项羽死后，汉王做了皇帝，因为樊哙有功，加封食邑八百户。当时汉朝初定，国内叛乱蜂起，樊哙又随从皇帝在国内纵横驰骋。先是攻打反叛的燕王臧荼，俘虏臧荼，平定燕地。楚王韩信谋反时，樊哙随从皇上到陈县，活捉韩信，平定了楚地。皇上改赐樊哙列侯爵位，跟诸侯剖符定封，世代相传不断，以舞阳作为食邑，称为舞阳侯。后来，樊哙又以将军身份随从高祖出征平叛，与绛侯等人共同平定了代地，又增加食邑一千五百户。不久，陈豨叛乱，樊哙再次出兵，攻破柏人，平定了清河和常山两部共二十七县，摧毁了东垣，彻底打垮了陈豨叛军，之后，被提升为左丞相。当时，匈奴人经常联合叛军，对汉朝虎视眈眈。樊哙于是又与匈奴兵大战，战无不胜。

几年之内，樊哙多次随从高祖出征，亲自斩杀了一百七十六个人的首级，俘虏二百八十八人。另外，还打败过七支军队，占领五座城邑，平定六郡、五十二县，虏获丞相一人，将军十二人，其他将官十一人。

樊哙娶了吕后的妹妹吕须为妻，生了儿子樊伉。因为这一层关系，所以，跟其他将领相比，他跟皇室的关系最为亲密。

黥布起兵反叛的时候，高祖正好病重，懒得见人，整天躺在内宫睡觉，命令门卫不准让任何人进入。绛侯周勃以及灌婴等人，跟高祖关系亲密，也没敢进去启奏国事。十几天后，樊哙着急，就不顾门卫的阻挡，推开宫中小门径直闯了进去，大臣们也都跟随着他。进了宫中，大臣们看到皇上正枕着一个宦官躺着。

见此情景，樊哙等人流着泪对皇上说："当初陛下和微臣等人，起兵于小小的丰、沛地区，南征北战这么多年，终于平定了天下，这是多么了不起的壮举啊！如今天下已经平定，您是多么疲惫啊！不过，陛下虽然疲惫，而且病重，但是不理政事可就不对了。您不肯接见我们商议国事，难道要与宦官商议国事吗？陛下难道不知道赵高是怎样搞垮秦朝的吗？"高祖听了，马上笑着起身，必恭必敬地接待大臣们。

过了不久，燕王卢绾谋反，高祖派樊哙以相国的身份去攻打燕国。当时高祖病得很重，有人趁机诋毁樊哙，说他勾结吕氏，只要皇上一去世，樊哙就要带兵杀尽戚夫人和赵王如意等人。高祖信以为真，非常恼怒，就派陈平和周勃去夺取樊哙的将位，让他们在军营中处决樊哙。陈平和周勃觉得樊哙不会反叛，另外，他们又畏惧吕后，所以最后没有杀掉樊哙，而是把樊哙抓了起来，送到长安。到了长安，高祖已经逝世，吕后就释放了樊哙，恢复了他的爵位和封邑。

孝惠帝六年，樊哙去世，谥号为武侯。儿子樊伉接替侯位，樊伉的母亲吕须也被封为临光侯。当时，吕后执政，独揽国家大权，吕氏家族横行天下，大臣们都害怕她，不敢提出异议。

樊伉继承侯位九年后，吕后逝世。大臣们诛杀了吕氏家族和吕须的亲属之后，接着杀掉了樊伉。舞阳侯的爵位中断了几个月。汉文帝登位后，再封樊哙的另一位庶子樊市人为舞阳侯，恢复原来的爵位和食邑。樊市人继位二十九年去世，谥号为荒侯。儿子樊他广继承侯位。六年后，家里有个佣人得罪了樊他广，受到了主人的惩罚，心怀怨恨，就上书造谣说："荒侯樊市人有生理缺陷，不能做爱，就让自己的夫人跟他弟弟淫乱，生下了樊他广，樊他广其实不是荒侯的儿子，不应该继承爵位。"

皇上把这件事交给法官审理。孝景帝中元六年，樊他广的侯爵被剥夺，被废为平民，封国也废除。

汝阴侯夏侯婴

汝阴侯夏侯婴，是沛县人。早年出任沛县马房地区的司御，因为工作关系，经常迎来送往，每次经过沛县泗水亭，都要找高祖长谈，而且每次都是越聊越投机，总是要聊到很晚。后来，夏侯婴做了候补县吏，跟高祖接触更多。有一次，高祖开玩笑伤了夏侯婴，有人告发了高祖。高祖当时是亭长，为官伤人，要加重治罪。高祖申诉自己不是故意的，夏侯婴也为他作证。后来，夏侯婴因为这件事受到高祖的牵连，被拘禁一年多，挨了好几百大板，但是高祖因此而开脱了罪责。

高祖起兵之后，准备攻打沛县，先让夏侯婴出使沛县，争取和平解决。高祖降服沛县的那一天，做了沛公，赐给夏侯婴七大夫的爵位，任用他做太仆。之后，夏侯婴随从高祖去攻打胡陵，与萧何一起说服了胡陵长官，结果，沛公没费一兵一卒，胡陵就主动投降了。高祖高兴，赐给夏侯婴五大夫的爵位。此后，又随从高祖夺取了几座城市，在雍丘一带打败李由的军队，因为驾兵车急攻突破有功，高祖赐给他执帛爵位。又以太仆的身份驾车随从高祖，在东阿、濮阳一带攻打章邯的军队，也因为勇猛而立功，高祖赐给他执圭的爵位。

夏侯婴随从高祖多年，俘虏过六十八人，降服士兵八百五十人，得到的官印有整整一匣子。高祖感激他的忠诚，欣赏他的才能，就改封他为滕公。项羽灭了秦朝之后，封沛公为汉王，汉王马上赐封夏侯婴为昭平侯，同时担任太仆，随从汉王进入蜀、汉地区。

楚汉争霸的时候，夏侯婴随从高祖攻打项羽。彭城一战，项羽大败汉军。汉王失败，驾车仓皇逃跑。路上，遇见了走散了的儿子和女儿（也就是后来的孝惠帝和鲁元公主），就把他们拉上车，一起逃跑。车上人多了，马儿越来越疲惫，越跑越慢，敌人紧追不舍，距离越来越近。汉王焦急，三番五次把两个孩子推到车下去，想抛弃他们。夏侯婴不忍，每次都跳下车，把惊恐万分的两个孩子抱起来，载着他们一起逃跑。汉王很生气，途中有十几次想要斩杀夏侯婴，但后来大家都比较幸运，没有被项羽军抓到。后来，汉王把孝惠帝和鲁元公主送到食邑，不再让他们跟随自己出战。

汉王到达荥阳以后，收编散兵，重振军威，把祈阳赐给夏侯婴作食邑。夏侯婴还是经常驾车随从汉王攻打项羽，最后打败了楚国。

汉王登位作了皇帝。

这年秋天，燕王臧荼反叛，夏侯婴以太仆的身份随从高祖攻打臧荼。第二年，随从高祖到陈县，逮捕了楚王韩信。高祖改封汝阴给夏侯婴作食邑，并剖符定封，世代不断。不久，又攻打代地有功，增加食邑一千户。接着，随从高祖攻打隶属于韩王的匈奴骑兵，大胜。

追击败兵到达平城时，被匈奴军队包围，整整七天无法突围。高祖派使者用厚礼赠送单于的嫡妻阏氏，终于解除了一面的包围。高祖得以出城，一出城就准备驱马狂奔，夏侯婴觉得不妥，坚持慢慢行走、保持队形，同时拉弓上箭，时刻对准外围的匈奴兵。

最后，高祖终于得以逃脱。逃脱后，高祖又增加细阳一千户给夏侯婴作食邑。后来，夏侯婴又多次打败匈奴骑兵，功劳出众，高祖就又赐封了五百户给夏侯婴。陈豨和黥布叛乱的时候，夏侯

婴又以太仆的身份，冲入叛军阵营，大败敌军。于是再次加封，把汝阴六千九百户作为食邑，免除以前的食邑。

自从汉高祖刘邦在沛县起义的时候起，夏侯婴就长期担任太仆，一直到高祖去世。后来，又以太仆的身份侍奉孝惠帝。当初，楚汉战争的时候，刘邦曾经战败逃跑，路上三番五次要抛弃孝惠帝和鲁元公主，是夏侯婴救了他们俩，现在孝惠帝成了汉朝的皇帝，不忘旧恩，就把宫殿北面最好的公馆赐给夏侯婴，并且命名为“近我”，以表示特别的尊重。

孝惠帝去世之后，夏侯婴以太仆的身份侍奉吕后。吕后去世，大臣们准备迎立代王来主持国政，代王到时，夏侯婴跟东牟侯清理宫室，废除少帝，然后用天子的车驾到代王府迎接代王，跟大臣们共同拥立代王，称为孝文皇帝。八年后，夏侯婴去世，谥号为文侯。

夏侯婴去世之后，儿子夏侯灶继位，七年后死去。儿子夏侯赐继位，三十一年后去世。儿子夏侯颇娶了平阳公主，在位十九年。元鼎二年，因为跟他父亲的婢妾通奸，事发之后畏罪自杀，封国被废除。从此之后，夏侯家族就成了平民。

颍阴侯灌婴

颍阴侯灌婴，本来是在睢阳经商，专门贩卖丝绢。高祖做了沛公时，攻城略地打到了雍丘一带。秦朝大将章邯打败并杀死了项梁，沛公于是回师砀县。灌婴找到沛公，以小官的身份随从沛公，在成武和扛里两地打败了秦军，得到了七大夫的爵位。之后，随从沛公在亳邑、开封、曲遇等地攻打秦军，力战有功，沛公赐给他执帛的爵位，称为宣陵君。又随从沛公攻打阳武，一直打到洛阳，在尸乡北面打败秦军，北上封锁黄河的渡口，南下打败南阳郡守，平定了南阳郡。后来，急攻力战，到达霸上，沛公赐给

他执圭的爵位，称为昌文君。

沛公被立为汉王之后，任命灌婴作郎中，带他到汉中。不久，被任命为中谒者，随从汉王回军平定三秦。然后在废丘围攻章邯，未能取胜。又向东降服了殷王，平定了殷地。然后去袭击项羽的部将龙且，以及魏国丞相的军队，经过激战，打败了他们。汉王赐给灌婴列侯的爵位，称为昌文侯，把杜县的平乡赐给他作食邑。

此后，灌婴又随从汉王收复了砀县，到达彭城。项羽出兵迎击，汉王大败，向西逃跑，灌婴随从汉王调头，在雍丘驻军。这时候，汉王势弱，手下大将谋反，灌婴去平定了叛乱，然后收编散兵，驻军荥阳。

楚军赶来围攻，大量骑兵来蜂拥而至，汉王就在军中选拔人才，让他们充当骑兵将领反抗楚国骑兵。大家都推荐原秦军骑士李必和骆甲，汉王准备任命他们，李必和骆甲说："我们原来是秦国人，汉王的士兵恐怕会不信任我们。希望大王能派一个善于骑马的亲信来辅助我们。"

当时，灌婴还很年轻，但多次作战，勇猛异常，所以被汉王任命为中大夫，由李必、骆甲担任左右校尉，一起率领骑兵去攻打楚军骑兵，把他们打得落花流水。接着，灌婴单独率军袭击楚军后路，截断楚兵的运粮道路。在鲁县一带，攻打项羽的军队，大胜。又几次击败敌人，斩杀多员大将。接着，率领骑兵南渡黄河，护送汉王到洛阳，再北上到邯郸迎接相国韩信的军队。回到敖仓之后，灌婴被提升为御史大夫。

汉王三年，灌婴以列侯爵位得到杜平乡作为食邑，又以御史大夫的身份率领骑兵去会合韩信，在历下击败齐兵，他所统率的士兵俘虏了齐国大将华毋伤，还有其他将官四十六人。随后，攻克了齐都临淄，俘获了齐国代理丞相田光，然后追击齐国丞相田横，打败齐国骑兵，斩杀和俘虏了多名齐国将领。

齐国平定以后，韩信自立为齐王。灌婴单独领兵转战南方，渡过淮河，降服大量城邑。到达广陵时，项羽派项声、薛公、郯公带兵平定淮北，攻打灌婴。灌婴打败了项声和郯公，斩杀了薛公，降服了彭城、留、薛、沛、萧、相等地。之后，灌婴跟汉王在颐乡会师，随从汉王在陈县一带攻打项羽，项羽战败逃走，楚军死伤无数。汉军气势高涨，汉王于是增加二千五百户给灌婴作食邑。

项羽在垓下兵败突围之后，灌婴率人一路追赶，一直追到到东城，打败了他们，并斩杀了项羽。同时，俘虏了军中的全部将领，收编士兵一万二千名。之后，灌婴没有休息，马上渡过长江，平定了吴郡、豫章、会稽三郡。回师时平定了淮河以北，共五十二县。

楚王项羽身死，天下基本安定，汉王登位做了皇帝。灌婴平定天下有功，加封食邑三千户。这年秋天，灌婴又以车骑将军的身份随从高帝击败燕王臧荼。第二年，随从汉王到陈县，捉拿楚王韩信。回朝后，高帝给灌婴剖符定封，世代不断，号称颍阴侯。

后来，韩王在代地谋反，灌婴奉命出征，斩杀了代国的左丞相，并打败了协助谋反的匈奴骑兵。之后，奉命统率燕、赵、齐、

梁、楚等国的所有车骑部队，一起攻打匈奴。陈豨叛乱时，又随从高帝出征，降服了曲逆、卢奴、上曲阳、安国、安平等县邑，攻下了东垣。

黥布谋反时，灌婴以车骑将军的身份首先出发，打败了黥布军队，斩杀和俘虏多位叛军将领，还亲自活捉了敌人的左司马。黥布被打败之后，高帝回朝，把颍阴五千户封给灌婴作食邑。

灌婴随从高祖以来，共俘虏了二千石官吏十二人，单独领兵击败敌军十六次，降服四十六个城邑，平定一个诸侯国、两个郡、五十二个县，活捉将军两人、柱国、相国各一人。

灌婴从前线打败黥布回朝时，高帝去世了，灌婴就以列侯的身份侍奉孝惠帝和吕太后。太后去世后，吕禄等人自封为将军，在长安驻军，准备作乱。齐哀王听到这个消息，就领兵西进，说要进京诛杀不该称王的人。吕禄等人听到这个消息，就派灌婴担任大将，率兵去迎击齐哀王。灌婴奉命，行军到荥阳，然后跟绛侯周勃等人密谋，先屯兵荥阳，然后找齐哀王一起谋划怎样诛杀吕氏，于是齐军停了下来。不久，周勃等人诛杀了吕氏家族，齐哀王就领兵回去了，灌婴也从荥阳撤兵回朝，与周勃和陈平等人共同拥立代王，称为孝文皇帝。孝文帝因此加封灌婴三千户食邑，赏赐黄金一千斤，任命他为太尉。

三年以后，绛侯周勃被免除了丞相职务，回到封国养老。灌婴劳苦功高，继任为丞相。这一年，匈奴大举入侵北方边境，孝文帝命令丞相灌婴率领八万五千骑兵去讨伐匈奴。匈奴兵败撤离。

一年多后，灌婴死在丞相任上，谥号为懿侯。

儿子平侯灌阿继位为侯。几十年后，孙子灌强犯罪，灌家侯位中断了两年。元光三年，天子封灌婴的另外一个孙子灌贤为临汝侯，承续灌氏香火。八年后，灌贤犯了贿赂罪，封国被废除。

第六十六章

丞相列传

中国历史名著文库

梗直的周昌

周昌是沛县人，有个堂兄叫做周苛，秦朝的时候都是泗水郡的小官。高祖在沛县起义之后，打败了泗水的郡守和郡监，周昌和周苛便开始随从沛公，沛公见两人还不错，就派了一个职位给周昌，让周苛做幕僚。两人随从沛公进入关中，推翻了秦朝。项羽进了关中之后，封沛公为汉王，汉王封周苛为御史大夫，封周昌为中尉。

汉王四年，楚军在荥阳城围攻汉王，汉王逃出重围跑掉了，让周苛留下来据守荥阳城。楚军攻破了荥阳城，抓住了周苛，但没有杀他，而是想说服他投降，做楚国的将领。周苛不从，大骂道："你们还是赶快投降汉王吧！不然的话，你们以后都要被他俘虏，一个都跑不掉！"项羽大怒，烹杀了周苛。

周苛已死，汉王就任命周昌为御史大夫。周昌随从汉王与项羽抗争，最后打败了项羽。汉王六年，周昌和萧何、曹参等人一起受封，周昌被封为汾阴侯，周苛的儿子周成借了父亲的光，被封为高景侯。

周昌为人坚强刚毅，敢于直言，连萧何、曹参等人都对他敬畏有加。有一次，周昌在高祖休息的时候，入宫奏事，恰好碰见高祖搂着戚姬亲热，周昌转身就跑。高祖追上来，抓住周昌，骑在周昌的脖颈上，问道："你看，我是怎样的君主呢？"周昌抬头说："陛下是夏桀、商纣一样的君主。"这时皇上笑了，从周昌的脖颈上跳下来，打心底里敬畏周昌。

后来，高祖想要废除原来的太子，而立戚姬的儿子如意为太子，大臣们极力劝谏，但毫无作用，后来张良出面周旋，高祖才打消了这个主意。当时，周昌也上朝劝谏，态度强硬，言辞恳切。

皇上问他为什么不能另立太子，周昌先天口吃，又情绪激动，

断断续续地回答说："我口头上说不清楚，但我心里期期知道这不行。虽然陛下想要废弃太子，但我期期不能奉命。"皇上听了，忍不住笑了起来。退朝以后，吕后侧着耳朵在东厢房偷听，看到了周昌，就欠身对他道谢说："如果没有您，太子差不多就要被废弃了。"

后来，戚姬的儿子如意没有成为太子，而是被封为赵王。当时赵王年仅十岁，高祖担心自己一旦去世，他没有能力保全自己，因此很是担心他的将来。

御史大夫周昌有个手下，叫做赵尧，年纪很轻。赵国人方与公对周昌说："您的手下赵尧，年纪虽轻，然而却是个奇才，您一定得重视他，他以后肯定会接替您的职位。"

周昌笑着说："赵尧年纪还轻，现在只不过是个誊写员而已，怎么可能达到我这个地位呢！"

过了不久，赵尧去侍奉高祖。高祖经常闷闷不乐，有一次还悲伤地唱起歌来，群臣不知道皇上为什么会这样，都手足无措地呆站在旁边。这时候，赵尧上前请安说："陛下之所以不高兴，是不是因为赵王年幼，而戚夫人跟吕后又有嫌隙？陛下是不是担心自己百年之后，赵王不能保全自己？"

高祖回答："是的。我总是放不下这件事，不知道怎么办好。"

赵尧说："陛下应该为赵王安排一个尊贵而又刚强的相国，他必须是吕后、太子和大臣们都敬畏的人才行。"

高祖回答："是啊，我也这样想，但群臣中间有谁行呢？"

赵尧说："御史丈夫周昌，这个人刚正不阿、坚毅不拔，而且吕后、太子和大臣们历来都敬畏他。群臣之中，没有谁比周昌更合适了。"

高祖说："好。"当时就召见周昌，对他说："我现在没有其他的办法，不得不烦劳您了，请您帮我去辅佐赵王吧！拜托了！"

周昌流着眼泪说："当初陛下刚起兵的时候，我就开始随从陛下，有几十年啦！陛下为什么偏偏在这个时候，要把我舍弃给诸侯王呢？"

高祖说："我也知道这是降职，但我实在是太担忧赵王，想来想去，除了您就没有更合适的人了。拜托您，就请您勉为其难地走一趟吧！”

于是，御史大夫周昌被调任为赵国的相国。

周昌走后很久，高祖把玩着御史大夫的官印说：“周昌走了，谁适合做御史大夫呢？”随后，仔细看了看赵尧说：“看来，没有谁可以替换赵尧。”于是，赵尧成了御史大夫。赵尧先前也有军功，享有食邑，出任御史大夫以后，还曾随军攻打陈豨，立下了战功，被封为江邑侯。

高祖去世以后，吕后专权，想把刘家天下据为吕氏所有，就派使臣去召见赵王，想杀掉他。赵国的相国周昌猜出了吕后的企图，就让赵王借口生病，不去面见吕后。使臣来催促了多次，周昌还是坚决不送赵王回京。吕后忧虑起来，就派人召见周昌。周昌来到京城，谒见吕后，吕后怒骂周昌：“我跟戚氏有仇，你不是

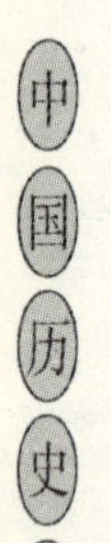

不知道！你怎么这样不知好歹，竟然不让赵王回京，你到底想怎么样？”周昌拒不认错，被吕后扣留。接着，吕后又派人去召见赵王，赵王没办法，就来到了长安。过了一个多月，吕后给他下了毒药，终于杀掉了赵王。从此以后，周昌总是以生病为借口，拒绝再见高后。过了三年，郁郁而终。

五年以后，吕后听说，在高祖生前，现任御史大夫赵尧曾经帮忙出主意，要保全赵王，就找了个借口，治了赵尧的罪，然后用任敖接任御史大夫职位。

长寿的张苍

任敖升任御史大夫，只做了三年就被免职。吕后去世，又用淮南王的相国张苍担任御史大夫。

张苍跟绛侯周勃等人拥立代王刘恒为汉文皇帝。文帝四年，丞相灌婴去世，张苍继任丞相。

从汉朝建立到汉文帝，二十多年，天下刚刚安定，将相公卿都是军官出身。可是张苍不同，他喜好读书，没有什么书不阅读，没有什么学问不通晓，而且特别精通音律、历法。在他担任丞相的时候，重新修订了音律和历法。他推求金、木、水、火、土五德运转的规律，认为汉朝正当水德的时代，因此像前朝一样，仍然崇尚黑色。他吹奏律管、调整音阶，谱写乐章，以便作为天下的规范，并且用它们作类比来确定时令和节气。这些工作完成之后，整个国家的制度都清晰起来。在汉代，谈论音律和历法的学者，向来都以张苍的研究为依据。

安国侯王陵曾经对张苍有恩，张苍一直感恩戴德。等到张苍显贵后，还经常像对待父亲一样的去侍奉王陵。王陵死后，张苍当了丞相，每逢休假，往往要先去拜访王陵的夫人，献上美食，然后才敢回家。

张苍担任丞相，国家安定平和，在平平淡淡中就过去了十多年。后来，有个叫做公孙臣的鲁国人，上书皇帝，说汉朝是属于土德时代，其验证是将有黄龙出现。孝文皇帝把这个奏议交给张苍审定，张苍坚持认为汉朝属于水德时代，公孙臣的看法不对，所以置之不理。可是，过了不久，确有黄龙出现在成纪县，汉文帝于是召见公孙臣，用他作博士，起草顺应土德的历法和制度，更改元年。

张苍没有办法，只好自动引退，托病告老。

张苍曾经向皇帝引荐过一个人到朝廷做官，此人胆大包天、贪赃枉法，皇上非常生气，就拿这件事来责备张苍。张苍自知理亏，就干脆辞职。

张苍担任丞相，一共十五年。汉景帝前元五年，张苍去世，谥号叫文侯。儿子康侯继承侯爵，八年后去世。康侯的儿子张类继

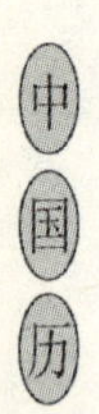

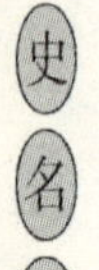

承了侯位，在位八年，因为参加诸侯丧礼就位时犯了不敬罪，侯国被废除。

张苍身材伟岸。当初，张苍的父亲身高不满五尺，而张苍的身高达到了八尺多，而且气质威严，不同常人，后来果然封侯，做丞相。张苍的儿子也很高。到了孙子张类，身高六尺多，犯法失去了侯爵。在很多人看来，张苍之后，实在是一代不如一代。

张苍在免除了丞相职务以后，年纪已经很老，嘴里的牙齿都掉光了。于是，张苍就只吸食乳汁，雇了很多青年妇女作奶妈。张苍好色贪淫，妻妾数以百计，而且，只要是怀孕的就不再宠幸她。虽然纵欲贪淫，但是张苍身体很好，一百多岁才去世。

申屠嘉正直无谋

申屠嘉丞相是梁地人。年轻的时候，他力大无比，能拉开最强的弓弩，于是以武官的身份随从高祖攻打项羽。项羽失败身死之后，申屠嘉随从高祖攻打黥布的叛军，担任都尉。汉惠帝时，担任淮阳郡守。汉文帝元年，皇上提拔从前随从高祖的高官，全部封为关内侯，获得食邑的有二十四人，而申屠嘉获得食邑五百户。

张苍当了丞相之后，申屠嘉升任御史大夫。张苍免去了相位之后，汉文帝想起用皇后的弟弟窦广国，想让他担任丞相，但是心里有顾虑，怕天下人说他偏爱外戚。考虑了很久，最后打消了这个念头。

当时，高祖时代的大臣大多已经去世，剩下来的几乎都难以胜任，挑来挑去，就用御史大夫申屠嘉担任丞相，并封他为故安侯。

申屠嘉为人清廉正直，有口皆碑。凡是朝廷命官，如果因为私事而去拜访申屠嘉，他都拒绝接待。

当时，太中大夫邓通最受宠幸，被赏赐的财物累计过亿。他经常在家里招待百官，连汉文帝都曾经到邓通的家里宴饮作乐，邓通受宠的程度可见而知。

有一次，丞相申屠嘉上朝。邓通正在皇帝的身边，因为跟皇帝很熟悉，在礼节上就有所怠慢，皇帝也不以为意。可是申屠嘉看不下去了，于是在报告工作之后，就顺便对皇帝说："陛下宠信臣子，可以让他富贵；但是，朝廷上要讲究礼节，不可以太随便！"皇帝却说："用不着你说，我就是看他顺眼！"

申屠嘉退朝之后，回到相府，马上写了一道手令，要邓通到丞相府来。邓通害怕，不来。申屠嘉更加生气，准备斩杀邓通，邓通大为恐惧，马上进宫报告文帝。文帝安慰邓通说："你不要害怕，现在只管回去，如果有什么变动，我立刻派人去召见你。"

邓通回去，想了半天，还是主动到了丞相府，脱下帽子，光着双脚，叩头请罪。申屠嘉照常坐着，故意不施礼，斥责他说："朝廷是高皇帝的朝廷。你这小臣，竟敢在大殿上嬉戏，大为不敬，当处斩刑！"随后，马上吩咐左右手下说："来人啊，立即斩了他！"

邓通拼命叩头，头磕在地上，全都是血。但申屠嘉还是不放过他，让手下拉他出去斩首。恰好在这个时候，文帝估计丞相放不过邓通，就派使者来召见邓通，并对丞相表示歉意说："邓通只不过是我用来开心解闷的弄臣，您放了他吧！"申屠嘉无奈，只好作罢。邓通得到释放，马上回到宫廷，对文帝哭诉说："丞相差一点杀了我！"

申屠嘉当丞相五年之后，汉文帝逝世，汉景帝即位。

景帝二年，晁错担任内史，受到宠幸，把持了国家大政。他请求皇帝更改各种法令，又建议贬责和处罚各位诸侯，尽可能削弱他们，以便保持刘家天下。丞相申屠嘉提出不同意见，但没有被皇帝采用，心里有些委屈，有些怨恨晁错。

晁错的职位是内史，内史府的门朝东开着，有些不方便，于是改开一道门，从南边出入。而朝南开的门，凿在了太上皇庙的外墙上。申屠嘉听说了，便想借此治晁错的罪，想告他擅自开凿高祖宗庙的外墙，准备奏请皇上诛杀晁错。晁错有个门客得到了消息，就跑去报告晁错，晁错恐惧，连夜进宫拜见皇上，向景帝

投案自首。第二天，上朝的时候，丞相申屠嘉奏请诛杀内史晁错。景帝早就有所准备，于是回答说："晁错凿穿的不是真正的庙墙，而是宗庙的外墙，外墙里面还有其他官员住着呢！况且，这是我叫他做的，晁错没罪！"

退朝以后，申屠嘉对长史说："唉！我办事不利。其实，我当初可以先斩了晁错，然后再报告皇上。我偏偏先请示了皇上，结果反被晁错戏弄了。"回到相府之后，越想越憋气，终于呕血死了。

申屠嘉死后，谥号称节侯。儿子共侯申屠蔑继承了爵位，三年后去世。共侯的儿子申屠去病继承侯位，三十一年后去世。申屠去病的儿子申屠臾继承侯位，六年后，因接受贿赂而犯罪，侯国被废除，从此，申屠氏开始沦为平民。

申屠嘉为人正直，可以说是刚毅守节的人了，然而没有什么谋略和学识，跟萧何、曹参陈平等人完全不同。申屠嘉死后，陶

青、刘舍、许昌、薛泽、赵周等人担任过丞相。他们都是凭列侯继承人的身份，谨小慎微，做丞相做得平淡之极，没能取得什么成就，也没有任何值得记载的事情。

第六十七章

郦生陆贾列传

中国历史名著文库

狂生郦食其

郦食其，是陈留县高阳乡人。从小爱好读书，但家境贫穷之极，年岁很大了，仍然落泊无着，没有置办什么产业，只好做个看门的小吏。但是，郦食其非常狂傲，县中有名望有权势的人也不敢役使他，县中人都称他为狂生。

陈胜、项梁等人起兵反秦之后，各部将领攻城夺地，经过高阳的有几十人。郦食其本来也想趁这个机会成就点功业，但听说这些将领都器量狭小，喜欢繁文缛节，还自以为是，不能采纳别人的意见，感到很失望，干脆就安安静静地躲在家里不出来。

后来，沛公刘邦带兵打到了陈留郊外，暂时驻扎在那里。沛公部下有个骑兵，恰好是郦食其的同乡，沛公经常向他问起县中的贤士豪杰，想找几个能人加强自己的力量。骑兵回乡时，郦食其找到他说："我听说沛公傲慢自大，看不起人，但目光长远、深谋远虑，这样的人才是我郦食其希望结交的人！可惜，没有人替我介绍。你见了沛公，可以对他说：'我家乡有个叫郦食其的，六十多岁了，身高八尺，人们都称他为狂生，但郦食其自己说他不是狂生'。"

骑兵回答："沛公不喜欢儒学，也讨厌读书人。要是有人戴着儒生的帽子来拜见他，沛公总是取下儒生的帽子，往里面撒尿，耍戏儒生。即使个别儒生能有机会跟他谈话，沛公也不是很恭敬，经常破口大骂。你可不要以儒生的身份去游说他。"

郦食其不管："没关系，你只管把这些话告诉他。"

骑兵于是把郦食其所吩咐的话原原本本地告诉了沛公。

沛公住在高阳旅舍，派人召见郦食其。郦食其进去拜见，沛公正叉开两腿坐在床上，让两个女子替他洗脚，同时召见郦食其。郦食其见状，只行了一个大拱手礼，不跪拜，并且很大嗓门地问

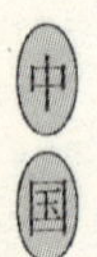
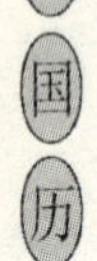

沛公："您是要帮助秦朝攻打诸侯呢，还是要率领诸侯灭亡秦朝呢？"

沛公听了，大骂道："你这个混蛋读书人！全天下人受秦朝的折磨，已经痛苦很久了，所以诸侯们才相继起兵，一起来攻打秦朝，怎么说我会帮助秦朝攻打诸侯呢？"

郦食其不紧不慢地说："那好！如果要聚集群众，要组建正义的军队，一起去攻打无道的秦朝，就不应该用这种傲慢无礼的态度来接见长辈。"

沛公听了，改变了对这个读书人的看法，马上就停止了洗脚，起身整理衣服，请郦食其坐上位，向他道歉。随后，两人谈论天下大势。郦食其谈起六国合纵连横的形势，头头是道。沛公高兴，招待他吃饭，问道："依您看，我现在应该怎样制定大计，怎样行动？"

郦食其回答："您现在虽然有些声势，但实际上起用的是乌合之众，你的军队也是散兵游勇组成的，人数总共也不满一万人，要是想靠他们去直接进攻强秦，这可是以卵击石啊！陈留县，是天下的交通要道，四通八达，地位非常重要。而且，陈留县很富裕，贮藏着很多粮食。如果您能占有陈留，那对您的大有好处。我跟陈留县令有交情，请您派我出使陈留，让他向您投降。如果他不听从，您再举兵攻打，我作内应。"沛公听了，觉得有理，于是派他出发，沛公带兵跟随。

郦食其连夜会见陈留县令，说服他道："秦王无道，天下人都群起反叛，如果您能顺从天下人，就可以成就大业。可是您却偏偏要替即将灭亡的秦朝守城，我真是替您感到危险。"县令说："秦朝法令极其严格，不能乱说话，乱说的人要灭族的！千万不要再说啦！"郦食其觉得难以说服，就留下来住宿，半夜时斩了县令的头，然后出城报告沛公。

沛公带兵攻城，把县令的头挂在高高的竹竿上让城里人看，并吓唬他们说："你们县令已经被斩首了！赶快投降，要是迟了，就像你们的县令一样！"陈留人看到县令已死，就相继投降了沛公。沛公进城，驻军陈留县南城，利用它库存的兵器来打仗，吃它储藏的粮食，断断续续逗留了三个月，招徕的士兵数以万计。

沛公赞赏郦食其的谋略与能力，封他为广野君。

郦食其不仅自己跟随了沛公，还劝说自己的弟弟郦商，叫他带领几千人随从沛公向西南掠夺土地。而他自己，则经常作为说客，乘坐车马出使诸侯各国。

汉王三年秋天，项羽率军攻打汉军，攻下了荥阳，汉军退守巩县、洛阳一带。楚军听说淮阴侯韩信攻破了赵国，彭越多次在梁地反叛，便分兵援救赵国。当时，韩信正向东进攻齐国，汉王刘邦兵力薄弱，多次被围困在荥阳和成皋一带，想放弃成皋以东地区，然后屯兵驻守巩县和洛阳，抵抗楚军的进攻。

郦食其不同意汉王的计划，劝阻汉王说："我听说，顺应天道，才能成就帝王大业；违反天道，那么帝王大业就无从谈起。统治天下的国君把民众看作天，而民众把粮食看作天，所以说，能够

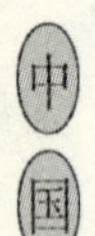

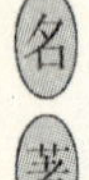

知道粮食的重要性，才是天子之才。很久以来，敖仓就是全国的粮食基地，现在那里也储藏有很多的粮食。楚军攻下了荥阳，不固守敖仓，却引兵东进，让士兵分守成皋，这说明楚军根本就不懂得什么是最重要的，这可是上天用来资助汉军的啊！当前，楚军虽然声势强大，但实际上容易攻取；可是汉军在这个时候却准备撤退，自己放弃有利的时机，这可是大错特错啊！

再说，楚汉争霸，相持不下，已经很多年了，百姓骚动不安，农夫放下农具，织女走下布机，天下民心没有归向。这个时候，希望您急速进军，占据敖仓的粮食，并夺得有利地形，向诸侯显示自己的实力，这样一来，天下人就知道自己的归向了。

如今燕国和赵国已经平定，只有齐国没有攻下。现在田广占据着幅员千里的齐国，田间率领二十万军队，驻扎在历城，各支田氏宗族势力强大，靠着大海，隔着黄河、济水，南面靠近楚国，而且齐人狡诈善变，您即使派遣数十万军队，也不可能在一年半载中打败它。希望您能派我去游说齐王，说服他归附汉王。”

汉王听从了郦食其的谋划，占据了敖仓，并派郦食其去游说齐王。

郦食其见到齐王，问他说：“大王知道当今天下人心的归向吗？”

齐王答：“不知道。”

郦食其说：“大王要是知道天下人心的归向，那么齐国还可能保得住；如果不知道，那齐国可就不好办了。”

齐王问：“依您看，天下人心归向何处？”

郦食其回答：“归向汉王。”

齐王问：“先生凭什么这样说呢？”

郦食其说：“汉王跟项王合力攻打秦朝，约定，谁先进入咸阳，谁就在那里称王。汉王先进入咸阳，项王违背了盟约，不给他咸阳地区，却把他赶到了汉中。项羽杀了义帝，汉王听到这个消息，便发动军队，打出函谷关，追问义帝的所在；同时，收集天下军队，扶植诸侯的后代；而且，他赏罚分明，谁攻占了城邑，就封谁为侯，打仗得到的财物，都分给士兵。正因为汉王能够跟天下人同甘共苦，所以全天下的英雄豪杰都乐意替他效劳。

而项羽呢？他违背了盟约，杀死了义帝；别人有功，他从不记得；别人有罪，他从不忘记；打了胜仗，得不到他的奖赏，攻占了城邑，也别想得到封地；只要不是姓项，那么无论你的功劳多大，也别想执政；攻城取得财物，项羽宁可堆起来烂掉，也不愿赏赐给手下。正因为这样，所以天下人反叛他，贤人才士怨恨他，没有人为他效劳。

所以，天下人心归向汉王。汉王得到人心，从蜀汉发兵，势如破竹，简直就像战神蚩尤的军队，靠的不是人的力量，而是天降的洪福啊！如今，汉王已经占据了敖仓的粮食，占领了各种险要地形，天下诸侯争先归附，惟恐落后而被消灭。大王如果迅速归顺汉王，齐国的江山就可以保住；要是不归顺汉王，那就太难说啦！”

齐王觉得郦食其说得有理，于是就撤除了驻军和战备，跟郦食其终日纵情饮酒，准备投降汉王。

淮阴侯韩信听说了，觉得郦食其只是摇动他的三寸不烂之舌，就降伏了齐国七十多座城，心里不平，便在夜里去突袭齐国。齐王听说汉军来攻打，以为郦食其出卖了自己，非常愤怒，拿刀指着郦食其说：“你要是能制止汉军攻齐，我就让你活！要不然，我煮了你！”

郦食其知道自己无望，就把生死置之度外了，很干脆的回答齐王：“你老子我活得也差不多了，不会再替你说什么！”齐王于是就烹杀了郦食其，带兵向东逃跑。

汉十二年，天下已经平定很久了。郦食其的弟弟郦商以丞相的身份带兵攻打黥布有功，汉高祖于是想起了郦食其。郦食其的儿子郦疥曾多次带兵打仗，但战功还没有达到封侯的程度，高祖因为他父亲的缘故，封他为高梁侯。后来改封武遂作为他的食邑。

过了很多年，武遂侯郦平假托诏令，骗取了衡山王一百斤黄金，被判处死刑，可是还没等行刑，他就病死了。从此，郦家被废除了封国。

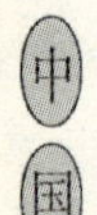
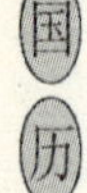
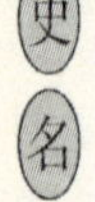

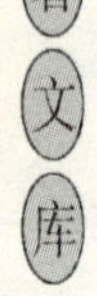

陆贾诗书治天下

陆贾本是楚国人，以门客身份随从高祖平定天下。陆贾口才好，非常雄辩，时常替高祖出使诸侯各国，总是能够完满地完成任务。

高祖做皇帝时，中国刚刚安定，大臣尉他平定了南越，便在那里称王，有意对抗汉朝。

高祖派陆贾出使，想赐给尉他印章，封他为南越王。陆贾到了南越，见尉他像南越土著一样，梳着椎形发髻，叉开两腿象畚箕的那样坐着，在席子上接见陆贾。

陆贾上前劝告尉他说：

“您是中原人，父母兄弟的坟墓都在中原。可是您如今却偏偏要违反天性，抛弃戴帽子、系带子的习俗，想凭小小的越地与天子对抗，这可是自寻死路啊！想当初，秦朝政治混乱，豪杰纷起，汉王首先进入关中，占据咸阳。项羽违背盟约.自立为西楚霸王，诸侯都归属他，当时可以说是最为强大的了。但是汉王从巴、蜀起兵，征服了诸侯，灭掉了项羽。只用了五年，汉王就平定了全国，这不是人力所能办到，而是上天赐给了汉王天下！

“大王您现今在南越称王，满朝文武都主张出兵讨伐大王，高祖没有同意，因为他可怜老百姓，觉得他们刚刚经历战争的苦，不人心再发兵征战。所以呢，才派遣我来授给您王印，允许您称王，以后可以互通使节。这样的天子，是多么仁慈啊！可是大王您呢？您竟然想凭借刚刚建立的小小越国，要对抗强大的汉朝！汉朝如果生气，就会毁掉大王的祖坟，诛灭您的宗族，然后再派十万军队来到南越，其实他们根本就不用攻打您，越人自己就会杀死大王而投降汉朝。这对汉朝来说，可是易如反掌啊！”

尉他听到这里，再也坐不住了，起身向陆贾谢罪说：“我在蛮夷之地生活太久了，差不多忘掉了礼义。罪过啊罪过！”

然后，尉他又问陆贾说：“我跟萧何、曹参、韩信相比，谁更贤能？”

陆贾回答：“大王更为贤能。”

又问：“我跟皇帝相比，哪一个贤能？”

陆贾回答：“皇帝从沛县丰邑起兵，讨伐暴秦，诛灭强楚，替天下兴利除害，继承了三皇五帝的功业，统治了全中国。中国的人口数以亿计，土地方圆万里，人口稠密，万物丰富，政令统一，这是开天辟地以来所没有过的。可是大王您呢？人口不过几十万，而且都是蛮夷之人，居住在偏僻崎岖的山边海角，好像汉朝的一个郡，大王怎么能跟汉朝皇帝相提并论！”

尉他大笑说：“我当初没有在中原起事，所以只能在这里称王。假如我生活在中原，难道就比不上汉帝？”

随后，两人聊了很久。尉他很喜欢陆贾，热情挽留陆贾留下来，跟他一起饮酒作乐，高兴了好几个月。尉他总是说：“整个越地，没有谁值得我交谈。直到先生您来了，我才能每天都听到过去听不到的事情。”尉他心里感激，赏赐给陆贾各种宝贝和礼物，价值几千金。陆贾带来了汉高祖的印玺，赐封尉他为南越王，让他对汉称臣，服从汉朝的统治。

最后，两人依依惜别，陆贾回朝汇报，高祖觉得事情办得圆满，很高兴，任命陆贾为太中大夫。

陆贾是读书人，时常在高祖面前称引《诗》、《书》。有一次，高祖不耐烦，高声大骂他说：“你老子我是骑着马打天下的，哪里用得着《诗》、《书》！以后不要再念叨那些玩意给我听！”

陆贾不服软：“在马上取得天下，就要在马上治理天下吗？当初，商汤、周武王以武力夺取天下，然后便顺应形势，以文治固守天下，文武并用，这才是长治久安的办法。而吴王夫差和智伯穷兵黩武，最后只能灭亡；秦朝严刑苛法，终于不得好死。假如秦朝统一天下之后，能施行仁义，陛下又怎么有机会取得天下？”

高祖自知理亏，心里不高兴，脸有愧色，就对陆贾说：“好吧，好吧！那你替我写本书，讨论一下秦朝为什么失去天下，再讨论

一下我取得天下的原因是什么，顺便说说古代各国的大事。”

陆贾于是就著书立说，论述国家存亡的道理，共写了十二篇。每奏上一篇，高祖没有不叫好的，皇帝左右的人也跟着高兴，欢呼“万岁”，并把陆贾的书称为《新语》。

惠帝时期，吕后执政，想封吕氏族人为王，但害怕大臣议论，只好在暗中想办法。陆贾反对吕后，但觉得自己无法阻止他们，不敢上朝争辩，于是称病辞职回家。

他挑选了一个土地肥沃的地方，就在那里安家落户。他有五个儿子，他拿出自己出使南越时所得到的一些宝物，换了一千斤黄金，分给儿子们，每个儿子二百斤黄金，让他们安心从事生产。平时，陆贾常常佩带着价值百斤黄金的宝剑，乘坐套着四匹马的大车，带着十个能歌善舞、弹琴击瑟的随从，在五个儿子中间往来，还对儿子们说：“我跟你们约定：到了你们家里，你们必须供

给我的人马酒食，尽量满足我们的需要。每十天，我就另换一家。我死在谁家，谁就获得宝剑、车马和随从人员。一年之中，我也会到其他地方交游作客，很多时间并不在你们家里。这样，我每年到你们家里的次数，一般不超过两三遍，经常见面就会不新鲜，你们用不着因为时间长了而厌烦我。”

吕后当政一段时间之后，开始分封吕氏族人为王，吕氏家族独揽了国家大权，想要架空少主，把刘家天下据为己有。右丞相陈平很忧虑这件事，但考虑到自己的势力不足以抗争，怕祸患降临到自己头上，只好对吕氏的作为视而不见，但心里放不下，经常表面上闲居养生，实际上是在深思，想办法。

陆贾去看望陈平，两人很熟，陆贾就没有通知陈平，而是径直来到陈平的住处，直接就座。当时，陈丞相正在深思，没有马上看见陆贾。过了好大一会儿，才注意到老朋友来了。

陆贾奇怪，问：“想什么呢？怎么这样入神？”

陈平说：“您猜想我在想什么？”

陆贾想想，说：“您位居上相，享受三万户食邑的侯位，可以说极端富贵，再不会有什么欲望了。如果有忧虑，不外乎忧虑诸吕、少主罢了。”

陈平说：“是啊！你说，我该怎么办才好？”

陆贾回答：“俗话说：天下安定，注意丞相；天下危急，注意武将。将相如果能和睦协调，那么士大夫就会亲附；如果士大夫亲附，那么即使天下有变乱，大权也不会分散。现在呢，整个汉朝的安危都掌握在您和太尉两位手中。您所忧虑的问题，我也注意过，还对太尉谈起过这件事，但他跟我开玩笑，不把我的话当回事。您为什么不和太尉搞好关系，团结起来，一起解决问题呢？”

随后，陆贾替陈平策划了几个方案，准备对付吕氏。陈平采用了他的意见，拿出五百斤黄金作为礼物，献给太尉周勃，还备办了隆重的乐舞和酒宴款待他。太尉受到礼遇，也以同样的规格回报。这样，两人抛弃前嫌，加强了团结。由于他们的合作，因而粉碎了吕氏的阴谋，国家重新获得了安宁。

在整个削弱吕氏的过程中，陆贾有不可磨灭的功劳，陈平于是把一百名奴婢、五十辆车马、五百万钱，送给陆贾作为饮食费用。陆贾凭借这些财物，在汉朝公卿大臣中间交游，名声大盛。

吕氏家族被诛灭之后，孝文帝继位，陆贾重新受到了重视。孝文帝刚刚即位的时候，南越的尉他又开始蠢蠢欲动，所以文帝想派人出使南越。陈丞相等人提议让陆贾担任太中大夫，让他出使南越。陆贾果然不辱使命，成功地说服尉他，去除了居住黄屋以及行文称制的越级行为，让他等同诸侯，文帝的意旨完全得到贯彻。

陆贾最后以高寿辞世，终老天年。

平原君朱建

平原君朱建本来是楚国人。早年，他曾做过淮南王黥布的丞相，因犯罪而被罢官，后来又服侍黥布。黥布想要反叛时，向平原君征求意见，平原君觉得不妥，劝他千万不要反叛，黥布没有听从他，而是相信了梁父侯，终于反叛。汉朝很快就杀掉了黥布，平定了叛乱，并一一处罚那些参与叛乱的臣子，听说平原君曾劝阻黥布，未参与谋反，于是得以免除刑杀。

平原君口才好，能言善辩。在政治上，清廉正直，有主见，不随波逐流，不阿谀奉承，所以大家都比较尊重他。当时，辟阳侯行为不正，却得宠于吕后。他想结交平原君，但平原君不肯接见他。后来，平原君的母亲去世，陆贾向来跟平原君很要好，就前往吊唁。平原君家里贫穷，还没有办法出葬，正在借贷丧服、用具。

陆贾看了，觉得可怜，就私下里想出了一个办法，然后叫平原君马上出葬。随后，陆贾偷偷跑去会见辟阳侯，祝贺说："平原君的母亲死啦！"辟阳侯莫名其妙："平原君的母亲死了，和我有什么关系？为什么要向我祝贺呢？”陆贾说：“前些时候，您想结交平原君，平原君不跟您结交，其实都是因为他母亲的缘故。现在他母亲死了，您如果能送上丰厚的丧礼，那他肯定会替您卖命！”辟阳侯觉得有道理，就带着一百斤黄金前往送丧。其他达官贵人见辟阳侯亲自出席平原君母亲的丧礼，也蜂拥而至，送来的丧礼共计黄金五百斤。

辟阳侯得到吕后的宠幸，为非作歹，得罪了人。有人跑到孝惠帝那里，揭发抨击辟阳侯，孝惠帝大怒，把辟阳侯交给法官，想要杀掉他。吕后因为有隐衷，不便说话，只好干着急没办法。大臣们多痛恨辟阳侯，这个时候都很高兴，巴不得皇上能马上杀了他。

辟阳侯着急，派人说想会见平原君。平原君推辞说：“现在官司闹大了，我可不敢会见您！”

随后，平原君暗中去求见孝惠帝的宠臣闳籍孺，说服他道："您受到皇帝的宠信，天下无人不晓。辟阳侯是太后的宠臣，现在被交给了法官，大家都说是您进了谗言，想杀死他。如果辟阳侯真的被杀，那么明天太后心怀恼怒，也会找茬杀死您。您为何不去替辟阳侯向皇帝说说情？皇帝如果听从您的意见，释放辟阳侯，那么太后必定很高兴。如果两位主上都宠幸您，那您的富贵可就会加倍了啊！"闳籍孺听了，先是非常恐慌，然后思考再三，听从了他的意见，进宫去劝说皇帝，果然释放了辟阳侯。

辟阳侯被囚禁的时候，想要会见平原君，平原君却避而不见，辟阳侯以为他背弃了自己，很恼怒。等到他成功地救出了自己，大为吃惊，非常感动。

吕后去世之后，大臣们开始诛杀吕氏家族。辟阳侯跟吕氏关系十分密切，本来应该难逃劫难，但最终却没有被杀。为什么呢？都是靠陆贾和平原君为他出谋划策。

到了孝文帝的时候，淮南王杀死了辟阳侯，原因还是因为他与吕氏家族有关联。文帝听说辟平原君曾经替辟阳侯出谋划策，就派狱吏去逮捕平原君，准备治罪。

狱吏来到平原君门前，还没进门，平原君就准备自杀。儿子们和手下官吏都说："现在事情还没查清楚，何必早早自杀呢？"平原君回答："这事看来是躲不过去啦！我一死，祸源就断了，就不会连累到你们了。"终于割脖子自杀了。

汉文帝听说后，心里有些不安，怜悯地说："唉，我并没有说要杀他呀！"为了表示道歉，便召见他的儿子，任命为中大夫。不久之后，中大夫受命出使匈奴，单于对他无礼，便大骂单于，最后死在了匈奴的营帐里。

第六十八章

刘敬叔孙通列传

中国历史名著文库

刘敬平匈奴

刘敬是齐国人，本来姓娄，叫娄敬。

汉高帝五年，娄敬去防守陇西，路过洛阳时，汉高帝正好在那里。娄敬于是跳下车，穿上羊皮袄，拜见齐国人虞将军说："我希望进见皇上，有要事想向皇上陈述。"虞将军觉得他穿得太寒酸，想要给他一件华美的服装，娄敬拒不接受，坚持说："我这个人朴实，该什么样就是什么样，不能骗皇上。平时穿的是丝绸衣，那就穿着丝绸衣进见；平时穿的是粗布衣，那就穿着粗布衣进见。我可不愿意改换衣服，不愿意欺骗皇上。"虞将军没办法，只好进宫报告皇上。皇上召娄敬，并赏赐食物给他吃。

过了一会儿，皇上问娄敬有什么事情禀报，娄敬说："当初周朝建都洛阳，现在陛下也要建都洛阳，难道是想和周朝相比，看谁更兴隆吗？"

皇上得意地回答："是啊！"

娄敬说："可是，陛下您想过没有，陛下取得天下，与周朝不同。周朝的祖先，积善成德十几代，天下人纷纷主动归附。等到周文王的时候，吕望、伯夷这样的贤人都前来辅佐他。周武王攻打商纣时，不约而同前来会师诸侯有八百个，都说商纣应该讨伐，这样才灭掉了殷商。周成王就位的时候，周公等人辅助他，建都现在的洛阳，各地诸侯都主动前来上贡。周朝为什么定都在这里呢？是因为周王想靠德政来取得民心，而不想依仗地形的险阻，让后代奴役人民。周朝强盛的时候，天下太平，四方外族向往它，仰慕它的道义，共同侍奉周天子。所以，周朝那么大，竟然不用一兵一卒来把守边防，而全天下人民却无不归服。

可是陛下建国，与周朝可是太不相同了。您从沛县起兵，先是跟秦朝作战，然后又跟项羽争夺天下，打了几十年，全天下生

灵涂炭，广大人民肝脑涂地，抛尸野外，真是数也数不完。现在，哭声还没断绝，伤残人员还没康复，您却想跟周朝比强盛，我私下认为这太不合适。再说，秦地倚靠华山、濒临黄河，又有四方天险作为屏障，如果有了紧急情况，百万大军可以应付一切啊！要是能够凭借秦国原有的基础，利用富饶肥沃的土地来休养生息，那才是最合适的选择啊！所以，我建议陛下在函谷关内建都。这样的话，即使别处混乱，秦国的旧地仍然不会有危险。”

汉高祖还是犹豫不决，多次询问群臣，群臣本来都是函谷关外的人，所以都争着说，周朝统治了几百年，而秦朝经历两代就灭亡了，所以，还是定都周朝京城比较吉利。皇上又觉得他们有理。后来，留侯张良也建议进入函谷关建都，皇上终于下了决心，当天就驾车西行，前往关中建都。

皇上说：“最先建议在咸阳建都的人，是娄敬，‘娄’，其实就是‘刘’嘛！”于是赐娄敬姓刘，任命他做郎中，号称奉春君。

汉高祖七年，韩王造反，汉高祖御驾亲征。到达晋阳时，听说韩王私通匈奴，想共同进攻汉军，皇上大怒，派人出使匈奴。匈奴把那些强壮的士兵和肥大的牛马都隐藏起来，只让年老体弱的士兵和瘦小的牲畜出现。汉朝派来了十多批使者，使者回朝之后，都说匈奴势弱，可以攻打。皇上又派刘敬出使匈奴，他回来报告说：“两国打仗的时候，应该夸耀显示自己的长处。这次我到匈奴去，却只看见一些瘦小的牲畜和老弱的士兵，这必定是故意显露短处，要埋伏奇兵来出奇制胜。我认为不要贸然进攻匈奴。”这个时候，汉军已经越过句注山，二十多万军队都已经在路上了。

皇上听了刘敬的话，很生气，大骂刘敬说：“齐国的奴才！你凭口舌取得了官职，现在竟敢胡言乱语来阻止我出兵。”就下令把刘敬囚禁在广武，戴上刑具，等候发落。汉军继续前进，到达平城时，匈奴果然出动奇兵，把汉高祖围困在白登山，整整七天之后才解围。汉高祖突围出来，跑回到广武，立刻赦免了刘敬，向他承认错误说：“我不采纳你的意见，因此才被围困在平城。那些说匈奴可以攻打的人，都被我斩首了。”于是封赏刘敬二千户食邑，号称建信侯。

汉高祖从平城撤回以后，韩王逃亡到了胡地。当时，冒顿做匈奴的单于，兵力强大，光是射手就有三十万，多次侵扰汉朝北部边境。皇上很担忧匈奴的威胁，向刘敬征求意见。刘敬说："天下刚刚平定，汉朝士兵疲于战争，不能再动用他们去征服匈奴。冒顿杀死自己的父亲，自封为单于，还娶庶母为妻，仗恃武力到处撒野，这样野蛮无道的人，是不可能用仁义说服的。不过，我觉得可以使用长远之计，让他的子孙成为汉朝的臣子。这个长远之计能不能实行，就看陛下能不能做得到。"

皇上说："如果真的能让他们归附，为什么不能做！你说，究竟该怎么办？"

刘敬回答道："陛下如果能把皇后亲生的大公主嫁给单于，再赠送丰厚的礼物，那么问题就解决了。只要汉朝能嫁公主、送厚礼，那么匈奴必定用汉家女子做他们的皇后，那么所生的孩子必

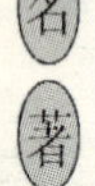

定是太子，将来就会接替单于。

“为什么这么说呢？因为他们贪图汉朝的厚礼。陛下如果每年能按时把汉朝多余、而他们缺乏的东西，馈赠给他们，同时还顺便派遣能言善辩的人，恭恭敬敬地去劝告、说服冒顿，那么，他们就不可能再跟汉朝作对。冒顿在世，就是汉家的女婿；死了，那么汉朝的外孙便做了单于。哪有外孙跟外公分庭抗礼的事呢？所以，这样做之后，汉朝根本用不着出动军队，就可以逐渐使他们臣服。如果陛下不能派遣大公主去，而让皇族女子或后宫女子冒充公主，那他以后肯定会知道，到时候不肯宠幸她，可对汉朝没有好处。”

汉高祖同意刘敬的看法，准备派大公主去匈奴和亲。吕后日夜哭泣，伤心地说：“我只有太子和一个女儿，为什么偏偏要把她抛弃给匈奴！”最后，皇上没有办法，就没有派遣公主，而是选了一个宫女，冒充大公主，嫁给了匈奴单于，派遣刘敬前往缔结和亲盟约。

刘敬从匈奴回来之后，马上向皇上报告说：“匈奴河南地区的白羊和楼烦二王，统辖着强大的匈奴部族，而且靠近汉朝疆域，距离长安最近的不过七百里，轻骑兵一天一夜就可以到达关中。关中刚刚经过战争，非常破败，土地肥沃而人民稀少，陛下应该马上移民到那里，充实那里的势力。现在陛下虽然定都关中，但实际上缺少人力，势力薄弱。而且，汉朝北边靠近匈奴，东边有六国诸侯的王族，一旦有什么变乱，陛下可就难以高枕无忧啦！我希望陛下能把齐国的田氏家族，楚国的昭、屈、景三姓，燕、赵、韩、魏各国诸侯的后代，以及天下的豪杰名家都迁居关中。太平无事时，能靠他们防备匈奴；诸侯各国发生变乱，也可以率领他们去东征。这是加强主干削弱枝节的好办法。”

皇上说：“好！”就派遣刘敬去把他所提到的十多万人移居到关中。后来，汉朝的强大，汉都的兴盛，刘敬都有不可磨灭的功劳。

大儒叔孙通

叔孙通是薛县人。秦朝的时候，凭文学才能被征为待诏博士。

几年后，陈胜等人揭竿而起，秦二世很恐慌，马上召集博士儒生们问道："从楚地征调的守边士兵反了，攻打蕲县，进入了陈地，这件事，各位觉得怎么对付才好？"博士儒生三十多人上前说："为人臣子，不该反对朝廷，否则就是叛乱，叛乱就要判处死刑，不可赦免。希望陛下赶紧出兵攻打他们。"秦二世听了"叛乱"二字，觉得心慌，非常生气，变了脸色。

这时候，叔孙通上前说："各位儒生都说错了。如今天下成为一体，各个郡县的城堡都已经拆除，各地的兵器也已经熔毁，向天下人表示不再使用武力。再说，秦朝上有英明的君王，下有完备的法令，人人奉公守职，四面八方都来归附，怎么可能出现胆敢叛乱的人呢！陈胜这批人只不过是偷鸡摸狗的盗贼罢了，何足挂齿？再说，郡守、郡尉正在捉拿他们归案，哪里值得陛下忧虑！"

秦二世听了，心里觉得舒服了一些，高兴地说："好！还是你说的有道理。"又遍问儒生们，儒生们有的说是叛乱，有的说是盗贼。秦二世又不高兴，命令御史追究，把那些说是叛乱的儒生们交狱吏治罪；而那些说是盗贼的，都不予追究。还赐给叔孙通丝绸二十匹、衣服一套，任命他为博士。

叔孙通离开宫殿，直接回到自己的住处。儒生们追赶着责问他说："先生阿谀奉承到了这种地步！我们真是没想到！你为什么这么说话呀？"

叔孙通苦笑着回答："诸位有所不知，我也是自身难保啊！各位也都去自寻生路吧。"随后，叔孙通简单收拾行装，逃离了，前往薛郡，当时的薛郡已经投降楚军了。等到项梁到达了薛郡，叔孙通就随从了他。后来，项梁在定陶兵败身死，叔孙通就随从了楚怀王。再后来，楚怀王被项羽迁往长沙，叔孙通就留下来侍奉项羽。汉高帝二年，汉王带领五个诸侯的军队攻入彭城，叔孙通当时在彭城，就投降了汉王。

叔孙通是个读书人，平时习惯穿着儒生的服装。汉王厌恶读书人，也不爱看读书人的打扮，于是叔孙通改变了自己的穿着，换上了短衣，随从楚人的习惯，汉王这才高兴。

叔孙通投降汉王的时候，随从他的儒生弟子有一百多人，但叔孙通一直没有向汉王推荐过谁，偏偏推荐那些从前群盗中的壮士。弟子们私下都骂他说："我们服事他这么多年，有幸能跟他投奔汉王，如今他不推荐我们，偏偏要推荐那些强盗，为什么呢？"叔孙通听说了，便对他们解释说："汉王现在正冒着弓箭刀枪争夺天下，各位难道能帮他打仗吗？所以我先推荐那些能斩将拔旗的

人。各位不要着急，先等等待我，我决不会忘记你们的。”

汉王欣赏叔孙通的才能，任命他为博士，号称稷嗣君。

汉高帝五年，已经并吞了天下，诸侯会集在定陶，共同尊奉汉王为皇帝。在宴会上，群臣喝酒作乐，还互相争功，有人喝醉了酒，就胡喊乱叫，甚至拔剑击刺屋柱，高祖看了，很不高兴。

叔孙通知道皇上越来越厌恶他们，便对皇上说：“那些读书人，素质低下，很难与他们商议未来大计，只能和他们保守成业。我希望征召鲁国的儒生，以及我的弟子，共同起草朝廷的礼仪，来规范天下。”

汉高祖问：“你们制定出来的规矩，该不会太烦难吧？那我可受不了。”

叔孙通答：“五帝有不同的乐制，三王有不同的礼制。礼制，是适应时代人情所制订的行为规范。所以，夏、商、周三代的礼仪，都是根据前朝礼仪而加以增删，可以让人分辨出它们的异同，使得两个朝代不至于互相重复。我可以结合古代和秦朝的礼仪，来制订礼仪。”

皇上说：“好吧，你可以试着办！必须要做到简单易行，估计我能够受得了，你就可以定下来。”

叔孙通于是奉命到了鲁国，征召儒生三十多人。鲁国有两位儒生不肯走，对叔孙通说：“您侍奉的君主将近十位了，都是靠阿谀奉承而得到亲近，所以您才有今天的荣华富贵。如今天下刚刚平定，死人还没有埋葬，伤员还没有康复，可是您又想要制定礼乐！要制定礼乐，应该在积德百年之后才对啊！我们可不愿意跟您做事。您的所作所为不合古道，我们不去。您自己去吧，不要玷污我们！”

叔孙通并不生气，而是笑着说：“你们可真是鄙陋的读书人啊，时势变化了，可是你们一点都不知道！”

于是，他便带着三十个儒生一同西行，再加上皇帝左右治学的人，还有叔孙通的弟子一百多人，在野外拉起绳索，树立茅草和其他器具，进行演习。所有的细节，都力求简易，完全去掉了秦朝苛刻烦琐的礼仪和法规。演习一个多月以后，叔孙通觉得可

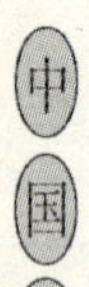

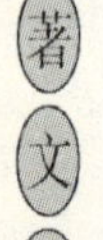

以了，就叫皇上前来视察。皇上看了，觉得很满意，就命令群臣去学习，准备在十月举行朝会。

汉高帝七年，长乐宫落成，诸侯、群臣都来参加朝会。仪式是：天刚亮的时候，谒者司仪，引导大家依次进入殿门，宫廷里陈列大量车马、步兵和侍卫官员，还要陈设各种兵器，张挂旗帜。传命进宫的人快步走，殿下的郎中在台阶两旁并排站立，台阶上要站几百人。功臣、列侯、众将军、军官，按次序排列在西边，面向东边；文官从丞相以下，排列在东边，面向西边。

这时，皇帝乘坐挽车从寝宫出来，众官员擎着旗帜传呼警戒，引导各个级别的官员，按次序朝拜皇帝。典礼完毕，再举行正式宴会。陪侍皇上坐在殿上的各位官员，都俯伏低头，按官位高低，依次起立，给皇上祝酒。行酒九巡之后，谒者宣布“酒会结束”，于是百官退场。在整个过程中，御史监督百官的表现，发现有不合礼仪的，就请他退场。整个朝会和宴会上，没有敢喧哗失礼的。

这时，汉高祖才得意地说：“哎呀！我今天才知道做皇帝的尊贵。”心里高兴，于是便任命叔孙通做太常，赏赐他黄金五百斤。

叔孙通乘机进言道：“我有一群弟子，随从我很久了，还跟我一起制订礼仪，希望陛下也能让他们做官。”汉高祖把他们全部任命为郎。叔孙通出宫后，把五百斤黄金都赏赐给弟子们，弟子们既得官又得财，都喜形于色地说：“叔孙先生实在是圣人啊！实在是圣人！只有他才懂得当前的要务！”

汉高帝九年，高帝调叔孙通做太子太傅。汉高帝十二年，高祖想要用赵王刘如意去替换太子，叔孙通进谏皇上说：“从前，晋献公宠爱骊姬，于是废掉太子申生，改立骊姬的儿子奚齐，晋国因此乱了几十年。而秦朝呢，因为不早日确定扶苏为太子，让赵高得以假传圣旨，立胡亥为帝，弄得秦朝后继无人，这是陛下亲眼看到的。如今太子仁慈孝顺，天下人都知道；而太子的母亲吕后，跟陛下同甘共苦这么多年，难道您忍心背弃她？如果陛下非要废弃太子而改立小儿子，我希望先受死刑，愿意以死谏诤！”

高皇帝自己也觉得废太子的想法不合适，就说：“先生别当真！我只是开个玩笑罢了。”

叔孙通说："太子是天下的根本，根本一动摇，天下就会震动，怎么可以拿天下大事来开玩笑！"

高帝没办法，只好认错说："好啦，好啦，我听您的意见。"

后来，皇上设置酒宴，看见张良所招来的宾客都随从太子进来朝见，知道民心不可违背，于是就消除了改立太子的念头。

高皇帝逝世以后，孝惠帝就位，对叔孙先生说："先帝的陵园和祠庙，群臣还不熟悉。还要靠您训导。"因此调他做太常，制定宗庙的礼仪制度。以后，又逐步制定汉朝各种礼仪制度的细节，所以，汉朝的所有礼仪制度，差不多都是叔孙通的功劳。

孝惠帝经常要到城东的长乐宫去朝拜吕后，每次来往，都要清理道路，禁止人民通行。为了不烦扰百姓，于是就修建了凌空的阁道，正好建在未央宫武库的南边，比高帝庙高出很多。

叔孙通上朝时，请求跟皇上密谈，说："高帝庙，是汉朝始祖的宗庙，怎么能让后代子孙在凌驾于高帝庙的上空行走呢？"

孝惠帝大为恐惧，说："哎呀，我没想到这一点，我马上派人拆毁它！"

叔孙通说："君主不能有过失。如今已经做错了，如果拆毁它，就是表示自己有过失。希望陛下在再为高祖建一个别庙，既可以引开注意力，有可以进一步扩大宗庙，这可是大孝啊！"皇上于是下令，建立了别庙。很多人都不知道，别庙的兴起，其实是因为阁道的缘故。

孝惠帝曾经准备在春天出游，叔孙通说："春天是该品尝鲜果的时候。现在樱桃正好成熟，希望陛下出游时，能顺便带樱桃，去敬献宗庙。"皇上觉得这个想法很好，便答应了他。从此以后，用各类鲜果敬献宗庙的礼仪就开始了，一直流传到现在。

第六十九章

季布栾布列传

中国历史名著文库

季布能屈能伸

季布是楚国人，为人讲究义气，颇有侠义心肠，在楚国名声很大。

季布早年，曾经跟随项羽，率领军队南征北战，多次围困汉王，使汉王陷于绝境。后来，楚汉争霸结束，项羽兵败身死，汉王做了天子，君临天下，于是悬赏千金，捉拿季布，并传令全国，有胆敢窝藏季布的，要罪连三族。

季布躲藏在濮阳周氏家里。周氏对季布说："汉朝悬赏重金捉拿将军，抓得很紧急，要不了多久就会追踪到我这里，将军要是肯听从我，我就帮您出个主意；如果不肯听从我，我也不想活了，活下去也没有好结果。"季布走投无路，只好答应他。周氏于是就让季布剃光头，带上颈箍，穿上破烂的粗布衣服，安置在大货车里，和他的几十个家僮一起，被送到鲁国朱家的住地，当作家仆卖掉他们。

朱家心里知道是季布，也就买了下来，安排他到田里劳动。朱家告诫他的儿子说："田地里的事情，都要听从这个家奴的，在饮食上，我们吃什么，就要给他吃什么，绝对怠慢不得。要是怠慢了他，我拿你治罪！"

随后，朱家便乘坐马车赶到洛阳，拜见汝阴侯滕公。滕公跟朱家关系很好，就留他喝了几天酒，朱家趁机对滕公说："季布犯了什么大罪，皇上为什么追捕得这样紧？"

滕公回答："楚汉战争的时候，季布多次替项羽围困皇上，皇上对此耿耿于怀，忘不掉，所以一定要捉到他。"

朱家问："依您看，季布是个怎样的人呢？"

滕公答："当然是个贤能的人。"

朱家说："作为人臣，理当替自己的君主效劳，所以说，季布替项羽效劳，只是他的职责罢了，是他应该做的。再说，难道项羽的臣子就都该杀掉吗？如今皇上刚得到天下，如果只因为个人恩怨，就花这么大力气去追捕一个人，这岂不是向天下人显示他没有器量吗？况且，凭季布的本事，汉朝要是这样追捕下去，他不是向北逃奔匈奴，就是往南投靠南越！记恨勇士，却无意中资助了敌国，这可是有先例的啊！当初，伍子胥为什么要鞭尸楚平王呢？就是因为这种事呀！您为什么不抽空劝劝皇上呢？”

滕公知道朱家是位大侠客，听了他这么一席话，料想季布就藏在他家里，于是便答应道："好吧！我试试！”等到一有机会，滕公就按照朱家的意思向皇帝进言，皇上觉得有理，马上就赦免了季布。不久，季布被皇上召见，谢罪以后，皇上任命他做郎中。

季布从项羽的大将，沦落到通缉犯，再降格为家仆，终于得到皇帝的赦免，还得到了官职，大家都觉得很佩服，都称赞他能屈能伸，能克刚为柔，是真正的大丈夫。而朱家也因为帮助了季布而闻名当代。

孝惠帝时，季布担任中郎将。当时的匈奴很强大，不把汉朝放在眼里，单于曾经写信来侮辱吕后，出言不逊，吕后大为恼怒，召集各位将领商议怎么应对。上将军樊哙拍着胸脯说："给我十万士兵，我就能横扫匈奴！”将领们都想奉承吕后，就都争着说："对啊！应该摆平他们！”可是季布却偏偏说："樊哙胡说八道，应该斩首！当初，高帝曾经领兵四十多万，尚且被匈奴困在平城，如今樊哙怎么可能只用十万士兵就横扫匈奴？这明明是撒谎嘛！再说，秦朝因为对匈奴用兵，陈胜等人乘机起义，至今战争的创伤还没有治好，可是樊哙在这种时候，还敢当面阿谀奉承，想要动摇天下！”

大家听了季布的话，都大为惊恐，吕太后宣布退朝，后来再也没有提起攻打匈奴的事。

季布出任河东郡守以后，有人说季布贤能，孝文帝于是就召见他，想用他做御史大夫。但是又有人对孝文帝说，季布虽然勇敢，但酗酒任性，难以亲近，用不得。季布到达京城之后，在宾馆里居住了一个月，才被皇帝召见，而且皇帝一见他的面，就让他回原郡。

季布心里不满，因此进言说："我没有什么功劳，却受到皇上恩宠，能在河东任职。现在陛下无缘无故召见我，肯定是有人拿我来欺骗陛下；我来到了京城，没有接受任何任务，就回原郡，肯定是有人在诽谤我。陛下随便听了一个人的称誉，就召见我，再随便听了一个人的诽谤，就遣送我，这件事如果被天下有见识的人听说，恐怕他们要嘲笑您啊！这件事让他们知道，他们可就有根据窥视陛下的深浅啦！"

皇上沉默无语，感到很惭愧，过了好久才说："没这么回事，您多心啦！河东郡是我最重要的郡，所以我才特地召见您啊！"

季布无话，就辞别了皇上，回到了原任上。

楚国人曹丘先生，擅长雄辩，多次凭借口才、利用权贵，捞取钱财。他曾经侍奉过赵同等人，又跟窦长君关系很密切。季布

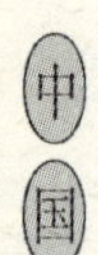

听说了，寄信劝窦长君说："很多人都说曹丘先生并不忠厚，您不要跟他交往。"后来，曹丘回故乡，想要窦长君写封信，介绍他去见季布。窦长君说："季将军不喜欢您，您还是不要去了。"可是曹丘非要见季布不可，反复请求窦长君写信，终于得到了一封信。他派人先把信送给季布，季布果然大怒，准备等曹丘到来之后狠狠骂他一顿。

曹丘到了之后，还没等季布开口，就向季布作揖说："楚国人有句俗话说：'黄金百斤，不如季布的一句诺言。'您在梁、楚一带获得这么了不起的名声，靠的是什么呢？靠的是大家的宣扬。我是个楚国人，您也是楚国人，如果我在天下各地宣扬您的名声，那么您的名声就会远远超出楚国！您为什么要这样坚决地拒绝我呢！"

季布听了，觉得有理，就领曹丘进入内室，留住了好几个月，把他当作贵客，送了不少重礼给他。后来，季布的名声越来越大，与曹丘的宣扬有很大关系。

季布有个弟弟，名叫季心，是关中数一数二的勇士。季心待人谦恭，又乐于行侠仗义，方圆几千里的士人，都争着替他效命。季心曾经杀人，逃亡到吴地，藏匿在袁丝家里，季心知恩图报，像侍奉兄长一样对待袁丝，像养育弟弟一样对待灌夫、籍福等人，而自己也因为待人和善有礼而受到尊重。季心曾经做过中尉下属的司马，但是中尉对他也不敢不以礼相待。当地青年人办事，常常要假借他的名义，这样就会好办一些。当时，季心因为勇敢，季布因为守信，都名震关中。

栾布视死如归

栾布是梁国人。当初，梁王彭越还是平民的时候，跟栾布交往很密切。栾布穷得叮当乱响，跑到齐国谋生，做了酒店里的佣工。几年后，彭越到巨野一带当强盗，栾布被人强行出卖，在燕国当奴仆。后来，栾布替他的主人家报了仇，燕国将领臧荼推举他担任都尉。臧荼后来立为燕王，就任用栾布做将领。不久，臧荼反叛，汉朝前来攻打，俘虏了栾布。梁王彭越听说了这件事，就向皇上进言，请求赎回栾布，让他担任梁国大夫。

栾布担任了梁国大夫之后，经常出使各国。有一次，在他出使齐国的时候，汉朝征召彭越，以谋反罪抓了，夷灭三族。然后，把彭越的头悬挂在洛阳城门下示众，并且下令说："有胆敢收尸的，就逮捕他。"不久，栾布从齐国回来，得知彭越被杀，非常伤心，就到彭越的脑袋下面汇报工作，一边说话一边痛哭。官吏逮捕了栾布，并报告皇上。皇上召见栾布，大骂道："你是不是也跟彭越谋反？我命令任何人不得收尸，你偏偏要祭他哭他，这明摆着是跟彭越谋反嘛！我不烹杀你，留你干什么！"

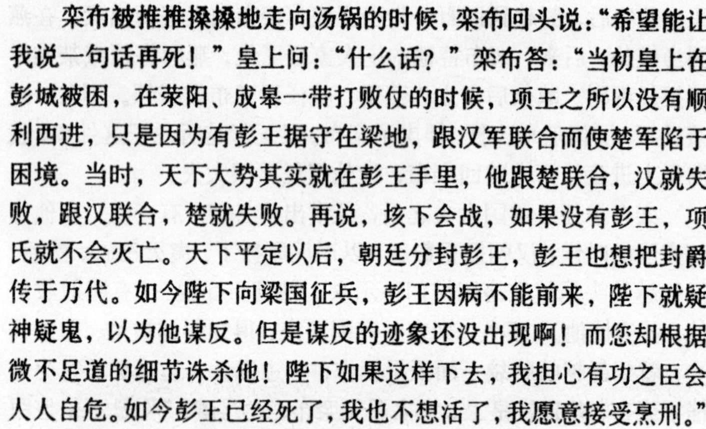

栾布被推推搡搡地走向汤锅的时候，栾布回头说："希望能让我说一句话再死！"皇上问："什么话？"栾布答："当初皇上在彭城被困，在荥阳、成皋一带打败仗的时候，项王之所以没有顺利西进，只是因为有彭王据守在梁地，跟汉军联合而使楚军陷于困境。当时，天下大势其实就在彭王手里，他跟楚联合，汉就失败，跟汉联合，楚就失败。再说，垓下会战，如果没有彭王，项氏就不会灭亡。天下平定以后，朝廷分封彭王，彭王也想把封爵传于万代。如今陛下向梁国征兵，彭王因病不能前来，陛下就疑神疑鬼，以为他谋反。但是谋反的迹象还没出现啊！而您却根据微不足道的细节诛杀他！陛下如果这样下去，我担心有功之臣会人人自危。如今彭王已经死了，我也不想活了，我愿意接受烹刑。"

皇上感动，赦免了栾布的罪过，任命他做都尉。

孝文帝时，栾布当了燕国丞相，官做到将军。栾布声称："穷困的时候，要是经不起屈辱，就不是好汉；富贵的时候，要是不能使自己心情愉快，就不是贤人。"这时候，栾布已经发达了，对曾经有恩于己的人，就优厚地报答他，对曾经迫害自己的人，就借助法律消灭他。吴、楚七国反叛时，栾布立下了军功，被封为俞侯。燕、齐两国都替栾布建造了祠庙，号称栾公社。

汉景帝中元五年，栾布去世。儿子栾贲继承侯位，担任太常。因为祭祀时所用的牲畜不合法令的规定，封国被废除。

第七十章

袁盎晁错列传

中国历史名著文库

正直可靠的袁盎

袁盎是楚国人，父亲原先是强盗团伙的成员，后来移居安陵。吕后时期，袁盎做过吕禄的家臣。汉文帝的时候，袁盎的哥哥袁哙保举袁盎做了中郎。

绛侯周勃担任丞相，每次朝会结束后，都是最早退朝，非常得意。而皇上还是对他很好，恭恭敬敬地以礼相待，常常亲自送别他。袁盎看不惯，于是向皇上进言说："陛下以为丞相是什么样的人？"

皇上答："当然是国家的重臣。"

袁盎说："绛侯只能说是功臣，算不得国家重臣。什么是国家重臣呢？是能够同君主共存共亡的人。吕后的时候，吕氏家族掌权，擅自封王封侯，刘家命脉虽然没有断绝，但已经命若游丝了。当时，绛侯担任太尉，掌握兵权，却不能匡正汉室，不能扶正刘家天下。吕后去世了，大臣们一起反叛吕氏家族，太尉手上有兵权，恰好碰到这个成功的机遇，做了一件大事。所以，他只是个功臣，不是国家重臣。现在丞相有些自以为是，对君主骄矜自傲，而陛下却谦恭揖让，臣下和君主都有失礼节，我私下认为，陛下不该采取这种态度。"

后来的朝会，皇上逐渐庄严，丞相也逐渐敬畏。不久之后，绛侯得知了内情，忿忿地责备袁盎说："我跟你哥哥要好，你小子却在朝廷上诽谤我！"

袁盎觉得自己有理，始终不肯赔礼道歉。

后来，绛侯被免除了丞相职务，灰溜溜地回到封国。有人嫉恨他，趁机上书诬告他谋反。皇上信以为真，把绛侯抓了起来，囚禁在牢狱里。这时候，各位公卿大臣没有一个人敢站出来，替绛侯说话，只有袁盎挺身而出，声明绛侯没有罪。最后，绛侯能够

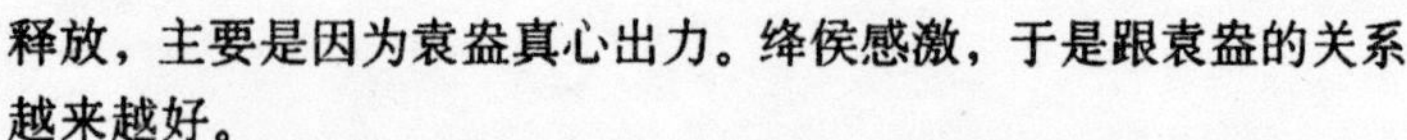

释放，主要是因为袁盎真心出力。绛侯感激，于是跟袁盎的关系越来越好。

淮南王刘长进京朝见，因为与辟阳侯有仇，就杀了他，杀人之后，见没有人过问，就更是飞扬跋扈，举止骄横得很。袁盎劝谏皇上说："诸侯太骄横，必然会出事，应当适当削减他们的封地和权力。"皇上觉得言重了，没有采纳他的意见。

淮南王于是更加骄横。后来，棘蒲侯柴武的太子谋反，被汉朝发觉，受到惩罚，牵连到了淮南王，皇上将他放逐到蜀郡去，用囚车传送。袁盎当时担任中郎将，进谏说："陛下向来让淮南王为所欲为，从不禁止，所以才弄到这个地步。如今又突然这样折磨他，好象不太合适。淮南王刚愎自用，从来没吃过这种苦，要是他遭受风寒死在路上，陛下就会被天下人认为是心胸狭窄的人，他们会觉得天下之大却容不得淮南王，您就会无辜落下杀弟之名！"

皇上不听。果然，淮南王到达雍地以后不久，就病死了。

皇上听到消息，不吃不喝，哭得很伤心。袁盎前来拜见，一进门就叩头请罪。皇上说："唉，都是因为没有采纳您的意见，所以才弄成这样。"

袁盎安慰他说："请皇上自己放宽心，这件事已经过去了，后悔也没有用。况且，陛下已经做了三件高出世人的大事，这件小事不足以败坏您的名声。"

皇上问："我做了哪三件高出世人的大事？"

袁盎回答说："陛下住在代国的时候，太后常年生病，陛下替母亲担忧，整整三年的时间里，晚上难以合眼，睡觉连衣服都不脱，汤药如果不是陛下亲口尝过，就不敢进奉给太后。曾参作为平民，尚且难以做到这样，可是陛下却以君王的身份做到了，要说孝顺，陛下可是远远超过曾参。吕氏家族当权时，大臣专政，天下动荡，然而陛下毅然从代国奔赴祸福未知的京城，即使是孟贲、夏育的英勇，也比不上陛下。陛下到达代王的官邸之后，五次辞让天子的尊位。想当初，许由也只不过让了一次，而陛下却让了五次，比许由多了四次。这三件，可都是大事啊！再说，陛下放逐淮南王，是想要让他吃吃苦头，迫使他改正错误，他病死，完全是因为有关人员监护得不够谨慎，这并不是您的过错啊！”

这时候，皇上才长出一口气说：“好吧，那下一步应该怎么办？”

袁盎说：“淮南王有三个儿子，陛下应该好好安排一下。”于是文帝把淮南王的三个儿子都封为王。从此以后，袁盎在朝廷名声大振。

袁盎时常称引大义，慷慨激昂。宦官赵同觉得袁盎太煞有介事，就仰仗自己很受到文帝的宠幸，所以经常辱骂和伤害袁盎。袁盎为此感到很憋气，但又毫无办法。袁盎的侄儿袁种担任常侍骑，手持符节护卫在皇帝的车驾左右，也挺受皇帝重视，觉得袁盎被赵同欺负，面子上过不去，于是就劝袁盎说：“您跟他斗，在朝廷上侮辱他，看他还能怎么样！”

有一次，汉文帝外出，赵同陪乘，袁盎知道了，就急忙赶去，俯伏在车前向皇帝进言说：“我听说，够格跟天子同坐六尺高的大车的，都是天下英豪。如今汉朝虽然缺乏人才，但陛下也不能跟受过宫刑的人同坐一辆车呀！”

皇上笑了，让赵同下车。赵同没有办法，只好流着泪下车。

汉文帝从霸陵上山，然后想要纵马狂奔下山。袁盎骑着马，靠在车边挽住了马缰绳。皇上问：“将军是不害怕？这有什么可怕的？”袁盎回答：“我听说，家有千金的人，坐的时候，不靠近屋檐边，家有百金的人，不靠在楼台边的栏杆上。而圣明的君主呢，不在面临危险的时候心存侥幸。陛下想让六匹马飞驰下山，如果马受惊、车毁坏，那么也许陛下不当回事，但对高祖和太后怎么交代？”皇上自知卤莽，只好承认错误。

皇上巡视上林苑，皇后和慎夫人随从。慎夫人向来很受皇上宠幸，在宫中的时候，常常跟皇后坐在同一条席子上。到了上林苑，大家就座的时候，袁盎布置座席，把慎夫人的位置安排在了皇后的后面。慎夫人发怒，不肯坐。皇上也很生气，拂袖而去。

袁盎并不慌张，而是追上去劝说道：“我听说，尊卑有次序，才能上下和睦。如今陛下既然已经立了皇后，就不该让慎夫人跟她平起平坐。慎夫人只是侍妾，侍妾和主上怎么可以同席而坐呢？这样下去，就会失去尊卑的次序，以后就不好办了。再说，陛

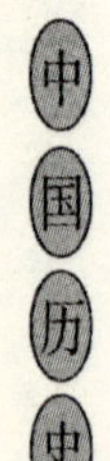

下如果宠爱她，可以重赏她嘛，用不着这样抬举她。而且，反过来说，陛下如果一直像现在这样宠爱慎夫人，弄不好会给她的将来埋下祸患。当初吕后折磨戚夫人，把她弄成‘人猪’（见《吕后本纪》），不就是因为戚夫人太受宠幸吗？”皇上听到这里才转怒为喜，召见慎夫人，把袁盎的活告诉她。慎夫人感激，赐给袁盎黄金五十斤。

袁盎多次直言劝谏，虽然得到大家的尊重，但最后还是不能久留朝廷，被调任陇西都尉。在陇西期间，袁盎爱兵如子，士兵们都争相为他效命。不久，袁盎升任齐国丞相，后来又改任吴国丞相。辞行的时候，袁种对袁盎说：“吴王多年以来骄横放肆，国内奸臣很多。假如您到了那里还想要畅所欲言，想揭发惩治贪官污吏，那就太危险了。他们不是上书控告您，就会用利剑来刺杀您，您一定要小心哪。南方土地低洼，空气潮湿，但您如果能够每天喝点酒，也没什么。记着时常劝说吴王不要反叛。这样平平淡淡的下去，还是可以摆脱祸难的。”袁盎深表感谢，就照着袁种意见做，得到了吴王的优待。

有一次，袁盎请假回家探亲，在路上遇到了丞相申屠嘉，就十分恭敬地下车拜见丞相，丞相没有下车，只是在车上向袁盎简单回礼。袁盎回到家里之后，觉得受到丞相怠慢，很丢面子，愧对下属。想了想，就前往丞相府，请求会见丞相。丞相耽搁了很久才接见他。

袁盎跪着说：“希望能单独接见。”

丞相不耐烦：“如果您所说的是公事，就到官署与长史属官商议，我会把您的意见上奏给皇上；如果是私事嘛，我不接受私下密谈。”

袁盎于是就跪着说道：“您担任丞相，自己觉得跟陈平、绛侯相比怎么样？”

丞相答：“我不如他们。”

袁盎说：“好，您知道自己不如他们就好。陈平、绛侯辅佐高帝平定天下，当了将相，后来又讨伐吕氏家族，保全刘氏天下，功劳无人能比。而您呢，本来只是个拉得动强弓的武士，日积月累做到郡守，再做到丞相，并没有立下什么大的功劳。当今陛下贤明，每次朝会，郎官呈上奏章，他都要停下车来听取他们意见，不可采纳的就搁下来，可以接受就采用。以陛下的高贵，为什么还要这么谦虚呢？因为只有这样才能招徕天下贤士。因为皇上这样谦虚，所以他总是可以学到新东西，一天比一天圣明。而您呢，不过是个丞相，却封闭自己的视听，钳制天下人的言路，一天比一天愚昧。圣明的君主，不可能一直容忍愚昧的丞相，您要是不改改，那您的好日子可就没多少了啊！”

丞相拜了两拜说：“我申暑嘉鲁莽无礼，的确太不明智，幸亏将军教诲。我一定改。”随后，热情地引领袁盎入内室同坐，奉为贵客。

袁盎向来讨厌晁错。晁错在座的地方，袁盎就离开；袁盎在座，晁错也离开。两人互相厌恶，连话都不说。汉文帝逝世之后，

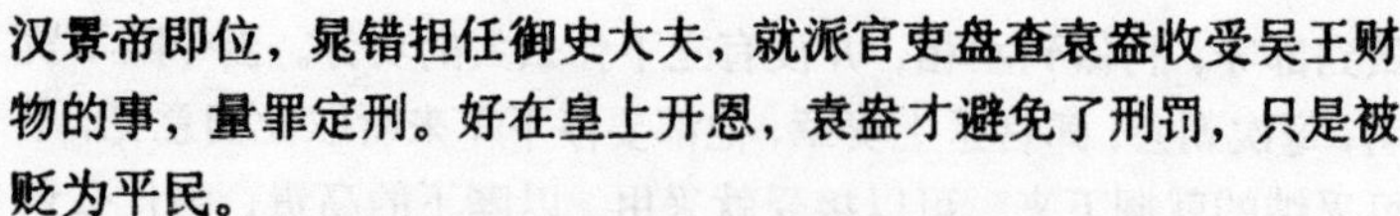

汉景帝即位，晁错担任御史大夫，就派官吏盘查袁盎收受吴王财物的事，量罪定刑。好在皇上开恩，袁盎才避免了刑罚，只是被贬为平民。

吴、楚两国刚刚反叛的时候，晁错对丞史说："袁盎接受了吴王很多金钱，专门替他掩饰，一再说他不会反叛。可是现在吴王果然反叛了，而朝廷一点准备都没有，都是因为袁盎。应该重重惩治袁盎，他肯定知道反叛的阴谋。"

丞史说："还没有明确的证据，不能惩治他。再说，如今叛军已经打过来了，应该集中精力平叛，惩治袁盎有什么用！而且，我觉得袁盎不会像您说的那么坏。"

晁错听了，也有些糊涂了，不知道怎么处理袁盎才好。

有人把丞史和晁错的对话告诉了袁盎，袁盎恐惧，连夜跑去拜见窦婴，向他说明吴王反叛的原因，希望能够到皇上面前亲口对质。窦婴进宫报告皇上，皇上就召令袁盎进宫会见。晁错来到皇帝面前，请求皇上让旁人回避。晁错当时也在场，不得不离开，心里面怨恨得很。等大家都离开了，袁盎就原原本本地叙述吴王反叛的来龙去脉，而且说，这次反叛，都是因为晁错的缘故，只有立即斩杀晁错来向吴王谢罪，吴军才肯撤兵。

皇上没有马上表态，而是派袁盎担任太常，窦婴担任大将军，为平叛出力。两人得势，各地长辈和贤人，都争相亲附他俩，随从的车子每天都有几百辆。

等到晁错被诛杀以后，袁盎以太常的身份出使吴国。吴王想让他出任吴国的将领，袁盎不肯。吴王生气，想杀死他，就派了一个都尉，带领五百人把袁盎围困在军中。

几年前，袁盎担任吴国丞相的时候，有个从史曾经跟袁盎的婢女私通，袁盎知道这件事，但装作不知道，也不跟别人说，对待他仍然和以前一样。有人告诉从史："丞相知道你跟他的婢女私通。赶快跑吧！"从史大惊，马上仓皇逃窜。袁盎亲自驾车追赶，把婢女赐给了他，仍旧让他当从史。

现在袁盎被困守在吴国，而当初的那个从史，刚好担任困守袁盎的校尉司马。司马不忘旧恩，就把自己的全部行装卖掉，换了二石浓酒，送给士兵喝。当时天气非常寒冷，士兵们又饿又渴，见酒就喝，西南角的士兵都醉倒了。司马趁夜深人静溜到袁盎那里，把他拉起来，说："赶快走，要不明天吴王就会杀了您。"

袁盎不相信，好奇地问："你是谁？干什么的？"

司马说："我是您以前的从史，曾经和您的婢女私通。"

袁盎这才想起来，但是辞谢说："您还有父母，我老了，不值得您帮这么大的忙。"

司马说："您尽管离开吧！我已经做好了逃亡的准备，父母也安排好了，您担忧什么！"随后，用刀割开军营的帐幕，引导袁盎从小路上逃出去，把守的士兵都喝醉了，正躺在那里睡觉，连有人从身上跨过去都不知道。

袁盎脱险之后，司马朝另外一个方向逃走。袁盎解下皇帝给的印信，藏在怀里，拄着拐杖步行七八里，天亮时，遇到了梁国的骑兵，就跟他们借了马，飞奔逃离，回到朝廷汇报。

吴、楚叛军被打败以后，皇上改封楚元王的儿子刘礼做楚王，袁盎担任楚国丞相。袁盎关心政事，几次上书进言，都没有被采用。袁盎很失望，再加上身体不好，就干脆辞职回家，跟乡里人厮混，整天来往游乐，斗鸡赛狗。

洛阳人剧孟曾经拜访袁盎，袁盎非常友好地对待他。安陵有个富人对袁盎说："我听说剧孟是个赌徒，将军为什么要跟他交往？"袁盎不以为然地回答说："剧孟虽然是个赌徒，然而他母亲去世时，客人送葬的车子就有一千多辆，这足以说明他有超过众人的地方。再说，当今天下，能够救人急难的人不多了，不是以父母在为由，就是借口自己有事而拒绝，只有季心和剧孟不这样，而是真的能帮助人。您总是带着好几名骑士，但是您想过没有，要是真的有什么危险的事情发生，您那些人真的可以倚靠吗？"

接着，袁盎干脆谩骂富人有眼无珠，拒绝跟他交往。王公贵人们听说这件事，都觉得袁盎不同常人。

袁盎虽然在家闲居，但景帝时常派人来向他咨询国家大事。景帝曾经想把皇位传给梁王，袁盎进言劝说，景帝就打消了这个想法。梁王因此怨恨袁盎，就派人来刺杀袁盎。刺客到了关中，得

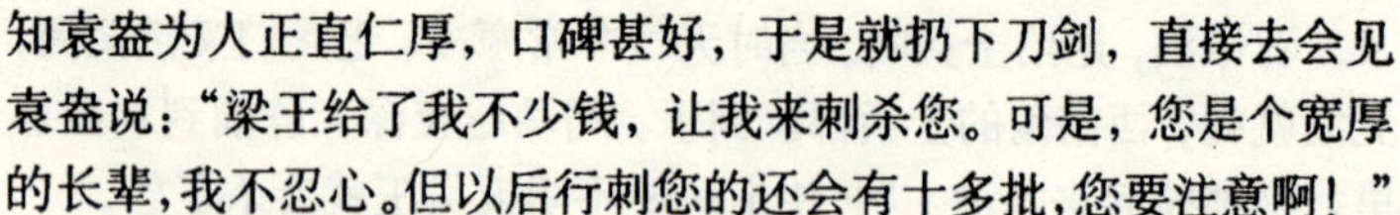
知袁盎为人正直仁厚，口碑甚好，于是就扔下刀剑，直接去会见袁盎说：“梁王给了我不少钱，让我来刺杀您。可是，您是个宽厚的长辈，我不忍心。但以后行刺您的还会有十多批，您要注意啊！”

袁盎心里很不安，家里又多怪事，就去占卜。回来的时候，遇到了另外的梁国刺客，终于被杀掉了。

晁错削诸侯

晁错是颍川人，曾经在张恢先生那里学过申不害和商鞅的刑名学说，跟洛阳的宋孟和刘礼是同学。后来，他凭着文学才能担任了太常掌故。

晁错为人正直，待人待己都非常严厉。汉文帝时，全国几乎没有一个对《尚书》有研究的人，只听说济南有个伏生，是以前秦朝的博士，研究过《尚书》。伏生已经九十多岁了，年老不能应征，文帝于是就下令太常派人到他那里学习。太常派晁错到伏生处学习《尚书》。回来后，晁错就根据《尚书》来劝说皇帝施行仁政。文帝很欣赏他，就诏令他先后担任太子舍人、门大夫、太子家令。晁错凭着他的博学和辩才，得到了太子等人的宠幸，太子家里人都称他为“智囊”。

汉文帝时，晁错多次上书，主张削弱诸侯势力，并且要修改相应的法令。上书几十次，文帝都没有采纳，但欣赏他的才学，提升他作中大夫。当时，只有太子赞同晁错的主张，而袁盎和各大功臣都不喜欢晁错。

景帝就位后，任命晁错为内史。晁错多次请求与景帝密谈政事，景帝总是听从。不久之后，晁错受到的恩宠超过了九卿，多次修改国家法令。

丞相申屠嘉心里不服气，但又无可奈何。当时，内史府建在太上庙外的空地里，门朝东开，进出很不方便。晁错于是就朝南开了两扇门，凿开了太上庙外空地上的围墙。申屠嘉听说后，想抓住晁错的这个过失，请求皇上诛杀晁错。晁错听到这个消息，当夜求见皇上，原原本本地向皇上说明了这件事。

第二天一早，申屠嘉上朝，趁机说了晁错擅自凿穿太上庙的围墙作门，请求皇上把他交给廷尉处死。皇上说："那不是庙墙，而是庙外空地上的围墙，不至于触犯法令。"申屠嘉知道自己晚了一步，只好谢罪。退朝后，他生气地对长史说道："我应当先斩了他再报告皇上，却非要先请示，反被这小子戏弄了，实在是失误。"申屠嘉因为这件事很憋气，终于生病死了。

申屠嘉死后，晁错更加显贵，被提升为御史大夫。晁错向皇上陈述诸侯的罪过，请求削减他们的上地，没收他们的旁郡，以便加强刘氏的统治。皇上命令公卿、列侯和皇室集会商议这件事，没有谁敢表示反对，只有窦婴跟晁错争辩，从此与晁错有了嫌隙。

晁错修改的法令有三十条，每一条都触动诸侯的利益。诸侯哗然，痛恨晁错。晁错的父亲听到这消息，特地从颍川赶来，对晁错说："皇上刚刚就位，你执掌大权，刚刚上任，就忙着削弱诸侯，疏远人家的骨肉，所有人都埋怨你，你到底怎么想的呢？"

晁错回答说："不这样，天子就不受尊崇，国家也不得安宁。削弱诸侯有什么奇怪的！"

晁错的父亲感叹："唉！你这么做，刘家天下是安宁了，但晁家怎么办？"不久，晁错的父亲服毒自杀，死前说："大祸将至，反正都是一死，我还等什么？"死后十几天，吴、楚七国果然反叛，用的是诛杀晁错的名义。窦婴、袁盎于是进言，要求皇上诛杀晁错。皇上考虑再三，就召见晁错，在东市将他斩首示众。

晁错死后，谒者仆射邓公担任校尉，去攻打吴、楚两军叛军。回到京城之后，上书汇报军事情况，觐见皇上。

皇上问："你从军中来，有没有听说晁错死后，吴、楚两国是不是准备退兵？"

邓公回答："吴王谋反，已经酝酿几十年了，早晚都要反叛。现在他起兵，虽然以诛杀晁错为名，但他的本意并不在于晁错。您现在杀了晁错，恐怕全天下的士人都将闭口，不敢再进言了。"

皇上说："何出此言呢？"

邓公答："晁错担心，要是诸侯过于强大，朝廷就难以控制他们，所以才请求削减诸侯势力，以便尊崇朝廷。这可是为了皇室的利益啊！没想到，计划刚刚施行，他就遭到杀戮。他的死，对内让忠臣不敢说话，对外替诸侯报了仇。这件事，陛下做的可不是很恰当呀！"

景帝沉默了好久，说："您说得对，我现在也后悔了。"随后就任命邓公担任城阳中尉。

邓公是成固人，善于出谋划策。建元年间，皇上招揽人才，公卿们都一致推荐邓公。当时，邓公被免职，休闲在家，皇上召见，就从平民直接升为九卿。一年后，邓公又托病免官回家。他的儿子邓章留在朝廷里，因为精通黄帝、老子的学说，在王公大臣中间很有名望。

第七十一章

张释之冯唐列传

中国历史名著文库

直言进谏的张释之

廷尉张释之，是堵阳县人。早年，他和哥哥张仲一起生活。张仲比较富裕，就资助他当了骑郎，侍奉孝文帝。可张释之做官做了十年都没能升迁，没有什么人知道他。张释之心里不安，自言自语道："这样做官，总有一天会耗尽哥哥的家产，唉，算了吧！"想辞官回家。

中郎将袁盎知道他贤良，舍不得他离去，就推荐张释之补任谒者缺职。张释之在朝见完毕后，就向皇帝进言，谈论国家大事。文帝说："切实一点，不要太好高骛远，谈点马上就可以实行的。"于是张释之就谈论秦、汉之间的史实，如秦朝为什么灭亡和汉朝为什么兴起，等等。张释之谈了很长时间，头头是道。文帝称赞他有见识，很欣赏他，就任命张释之做了谒者仆射。

一次，张释之跟随皇上出行，登上虎圈。皇上问上林尉登记的各种禽兽档案的情况，问了十多个问题，上林尉左顾右盼，全都答不出来。当时，看管虎圈的啬夫正在旁边，就代替上林尉很详细地回答了皇上，想借对答如流来显示自己的能力。

文帝说："官吏不就应当像这样吗？上林尉无能！"于是诏令张释之任命啬夫为上林苑令。

张释之考虑了很久，然后上前说："陛下认为绛侯周勃是怎样的人呢？"

皇上说："是忠厚长者。"

张释之又再问："东阳侯张相如是怎样的人呢？"

皇上又说："是忠厚长者。"

张释之说："绛侯、东阳侯被公认为是忠厚长者，可这两个人谈论事情的时候，竟然说不出几句完整的话。凭什么让人们仿效啬夫呢，为什么非得凭着伶牙俐齿喋喋不休呢！再说，秦朝因为

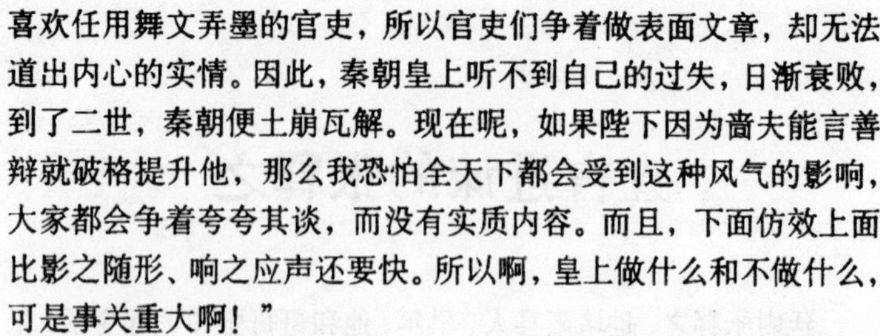

喜欢任用舞文弄墨的官吏，所以官吏们争着做表面文章，却无法道出内心的实情。因此，秦朝皇上听不到自己的过失，日渐衰败，到了二世，秦朝便土崩瓦解。现在呢，如果陛下因为啬夫能言善辩就破格提升他，那么我恐怕全天下都会受到这种风气的影响，大家都会争着夸夸其谈，而没有实质内容。而且，下面仿效上面比影之随形、响之应声还要快。所以啊，皇上做什么和不做什么，可是事关重大啊！”

文帝说：“你说得很对。”于是作罢，不再打算任命啬夫了。

皇上登车，召张释之来陪乘，缓缓前行。在车上，皇上向张释之询问秦朝的弊端。张释之一一回答。到了宫中，皇上便任命张释之做了公车令。

不久，太子和梁王一同乘车入宫朝见，经过司马门没有下车，张释之追上来拦住太子、梁王，不让他们进殿门。并控告他们说，不在司马门下车是犯不敬罪。这件事连薄太后都听说了。

文帝脱下帽子谢罪说：“我教儿子不够谨严。”薄太后于是派使者秉承诏令赦免了太子、梁王，然后他俩才得以进入。文帝因为这事，觉得张释之与众不同，就任命他为中大夫。

不久，张释之又升官至中郎将。有一次，他跟随皇上出行到霸陵，皇上坐在霸陵上面向北边远望。当时，慎夫人在旁边，皇上让慎夫人弹瑟，自己和着瑟的调子而唱歌，情意凄凉悲伤。伤心到极点之后，皇上就回头对群臣说：“唉！拿北山的石头做外椁，用大麻、棉絮剁细塞在石椁的缝隙里，再用漆粘合起来，那就谁也打不开了吧！”

身边人都说：“是。”

张释之上前说：“假使那里面有能够引起贪欲的东西，那么即使禁闭起整个南山作棺椁，也还有缝隙；假使那里面没有能够引起贪欲的东西，那么即使没有石椁，也不必忧虑！”

文帝称赞张释之说得对。从那以后，任命张释之为廷尉。

又有一次，皇上出行经过中渭桥，有一个人从桥下面跑出来，皇上驾车的马受了惊吓。随从捉住那人，交给张释之审问。

那人说：“我是乡下人，来到这里，听到清道戒严，就藏在桥下面。过了很久，认为皇上已经过去，才出来，看到皇上的车马和仪仗队，吓得我立刻就跑。”

张释之上奏，说他犯了清道戒严的禁令，应该处以罚金。

文帝发怒说：“这个人惊了我的马，亏得我的马脾性柔和，假如是其它的烈马，不就要摔伤我了吗？可廷尉却只判处以罚金！”

张释之说：“法律是天子和天下人一同尊奉的。如今依法律应该这样判定，如果非要更改，随便加重处罚，那么这样的法律就不会取得人民的信任。如果当时皇上杀了他，也就罢了。但是既然交给廷尉处理，那就必须公平。廷尉是天下公平之所在，一旦有倾斜，天下使用法律时都会任意取轻或取重，人民把自己的手脚放在哪里好呢？希望陛下明察。”

皇上沉默了半天，然后说：“廷尉就应当这样。”

不久以后，有人偷了高祖庙内神座前的玉环，被捉拿到，文

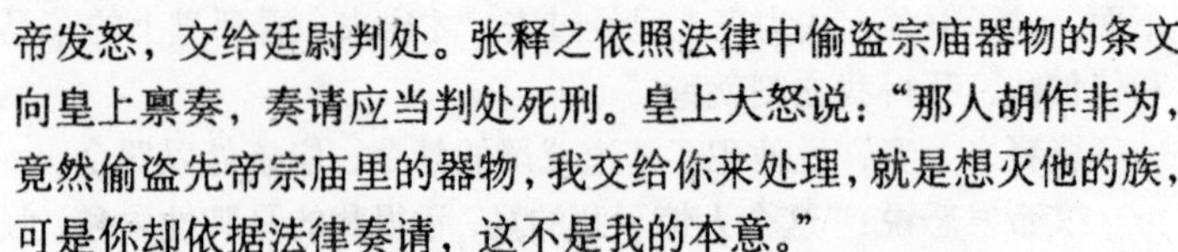

帝发怒，交给廷尉判处。张释之依照法律中偷盗宗庙器物的条文向皇上禀奏，奏请应当判处死刑。皇上大怒说："那人胡作非为，竟然偷盗先帝宗庙里的器物，我交给你来处理，就是想灭他的族，可是你却依据法律奏请，这不是我的本意。"

张释之脱下帽子叩头谢罪说："按照法律这样判决，其实已经够重了。斩首与灭族同是死罪，但以犯罪轻重的程度而论，有所差别。如果偷盗宗庙器物就诛杀全族，如果万一有哪个愚蠢的百姓偷挖了长陵上的一捧土，陛下又怎样处罚他呢？"

文帝余怒未消，悻悻然下了朝。后来，文帝和太后谈论这事，才批准了廷尉的判决。这时，中尉周亚夫和梁国都侯王恬开看到张释之正直、公正，于是和他结为亲密朋友。张廷尉从此受到天下人的称誉。

文帝驾崩，太子即位，即景帝。张释之曾经得罪过他，怕他报复，便托称有病，想辞职离去。可又怕会招来更大的刑罚，想进宫谢罪，却不知会怎么样。后来，他听取了王先生的建议，终于觐见景帝当面谢罪，景帝没有怪罪他。

王先生擅长黄帝、老子学说，是有名的隐士。曾经被召进宫廷中，当时三公九卿都聚在一起站立着。王先生是老年人，说："我的袜子松了。"然后回头命令张廷尉："给我系好袜子！"张释之于是就跪下来给他系袜子。过后，有人问王先生："为什么偏偏在朝廷上当众侮辱张廷尉，让他跪着系袜子呢？"王先生说："我年老并且地位低贱，自料帮不了张廷尉什么忙，张廷尉是当今天下的名臣，我姑且委屈他一下，让他跪着系袜子，想借此来抬举他。"各位公卿听说了，都认为王先生贤良，而更加敬重张廷尉。

张廷尉侍奉景帝一年多，后来任淮南王相。张释之去世之后，他的儿子张挚做官做到了大夫，后被免职。由于他和他父亲一样不会讨当权者欢心，所以，免职之后，一直到死也没有再当官。

敢于犯上的冯唐

冯唐是汉代的名臣，他得以被皇帝赏识，还有一段渊源。

冯唐的祖父是赵国人。他父亲迁移到了代郡。汉朝建立后，又移居安陵。冯唐以孝行出名，任中郎署长，侍奉文帝。文帝乘车经过中郎官署时，问冯唐：“老人家为什么当了郎官呢？家在什么地方？”冯唐一一如实做了回答。

文帝说：“我居住在代郡时，我的属下多次对我称赞赵国将领李齐的贤能，跟我讲他在钜鹿城下战斗的故事。如今我每次吃饭，都会想到李齐鏖战钜鹿的故事。老人家知道李齐这个人吗？”

冯唐回答说：“作为将领，他还比不上廉颇、李牧。”

皇上说：“为什么这么说呢？”

冯唐答：“我祖父在赵国时，出任官将帅，与李牧关系很好。我父亲从前当过代王的丞相，和赵将李齐友好，了解他的为人。”

皇上听了冯唐讲述廉颇、李牧的为人后，十分高兴，拍打着大腿说：“唉！我偏偏得不到廉颇、李牧做我的将领，不然，现在我难道还担忧匈奴吗！”

冯唐说：“恕臣直言！陛下即使得到了廉颇、李牧，也不可能重用他们。”

皇上大怒，愤然起身入宫。过了很久，召见冯唐责怪说：“您为什么当众侮辱我，难道没有僻静的地方吗？”

冯唐谢罪说：“我这个粗鄙人不知道忌讳。”

皇上虽然恼火，可是也拿冯唐的直言不讳没有办法。

这个时候，匈奴大举入侵朝那，杀死了北地郡都尉孙印。皇上为匈奴入侵担心，于是又问冯唐说：“您怎么知道我不会重用廉颇、李牧呢？”

冯唐回答：

"我听说，上古时代的君王派遣将领时，要跪着推车子，说：国门以内的事，我来控制；国门以外的事，请将军来处理。将军在外，可以根据自己的意愿来赏赐手下人军功和爵位，回来再上奏朝廷。这可不是空话啊！我的祖父说，李牧担任赵将驻守边疆时，把从军中交易市场上征收的租税都用来犒赏将士，赏赐多少，由自己决定。朝廷只是交给他任务，责令他必须战胜，至于他怎么做，并不从中干预。所以，李牧才能发挥他的才智，向北驱逐单于，打败东胡，灭掉澹林，向西抑制强大的秦国，向南抗衡韩国、魏国，使得赵国几乎成了霸主。可等到赵王迁即位，却听信郭开的谗言，诛杀了李牧，让颜聚取代他，于是军败，士兵四处逃跑，被秦国消灭。

"如今，魏尚担任云中太守时，把军市交易的税收全部拿来犒赏将士，还拿出自己的俸钱，每五天杀一次牛，宴请宾客、军吏

和属官，因此匈奴躲得远远的，不敢靠近云中要塞。有一次，匈奴派重兵入侵，而魏尚带领很少的骑兵攻击他们，就大获全胜。为什么他的将士那么厉害呢？就是因为长官值得亲近，值得为他付出。那些士兵都是平民百姓的子弟，从田中来参军，哪里知道'尺籍''伍符'之类的军法条令。他们知道的，就是奋力作战，斩杀敌首，捕获俘虏。可是，向衙门报功时，一个字不符合，法官就依据法律来制裁他们。他们的赏赐往往不能兑现，可司法官所奉行的法令却一定要执行。我认为陛下法令太苛细，赏赐太轻，刑罚太重。比如云中太守魏尚吧，他上报斩杀敌军数目的时候，差了六个首级，陛下就交给司法官治罪，削夺他的爵位，还判了他一年徒刑。由此说来，陛下即使得到廉颇、李牧，也不能任用！"

文帝听了这番话觉得很有道理。当天就派冯唐拿着节令去赦免魏尚，让他重新任云中郡守，而任命冯唐为车骑都尉，掌管中尉和各郡、国的车兵。

汉文帝后元七年，景帝即位，任命冯唐为楚国的国相，后被免职。武帝即位，诏求贤良人材，推举冯唐。冯唐当时九十多岁，不能再做官，就让冯唐儿子冯遂任郎官。冯遂字王孙，也是才能出众的人。

第七十二章

万石君张叔列传

中国历史名著文库

恭敬孝道的万石君

万石君原来叫石奋。他父亲是赵国人，赵国灭亡后，迁居到温县。高祖向东攻打项籍时，经过河内，当时石奋才十五岁，做小官，侍候高祖。高祖和他谈话，很喜欢他的恭敬，问他说：“你还有什么人？”

他回答说：“我家里贫穷，上有母亲，不幸双目失明；还有一个姐姐，擅长弹琴。”

高祖说：“你能跟随我吗？”

他说：“愿意尽力效劳。”

于是高祖召他姐姐来，封为美人，让石奋任中涓，兼管传达，把他家迁到长安城里的戚里。孝文帝时，石奋已经当上了大中大夫。他没有文才学问，但恭敬谨严没人能比得上。

文帝的时候，太子太傅张相如被免官，到处选拔可以担任太子太傅的人，大家都推举石奋，于是石奋当了太子太傅。到孝景帝即位，用他担任九卿。后来，石奋和皇上的关系太过于亲近了，皇上有点顾忌，就调开石奋，让他做了诸侯国相。

石奋的四个儿子，因为品行善良，孝敬父母，办事谨严，做官都到了二千石。于是景帝说：“石君和四个儿子都是二千石官员，作为臣子所能得到的尊贵，竟然都集中在他一家身上了！”于是称呼石奋为万石君。

孝景帝晚年，万石君以上大夫的身份回家养老，每年定期回来参加朝会。每次回来，经过皇宫的门楼，万石君一定下车快步走；看到皇上所乘的马车，一定会俯身按着车前横木表示敬意。他的子孙做小官，回家来进见他，万石君一定会穿着朝服来接见，不称呼名字。如果哪位子孙有错误，他要么是立刻加以谴责，要么就静静地坐着，拒绝吃饭。直到儿子们互相责备，然后光着上身，

态度虔诚地来谢罪，并且保证改正错误，他才转怒为喜。已成年的子孙在他身边，即使平常在家，也一定戴着礼帽，非常整齐肃穆的样子。奴仆也一派恭敬和悦，特别谨慎。皇上经常给他家赏赐食物，每次他都是跪下叩拜，俯伏着吃，好像皇上就在眼前一样。子孙遵循他的教导，也和他一样。

万石君一家凭着孝敬谨严而闻名于各郡各国。即使齐、鲁等地的儒生，也自愧不如。

建元二年，郎中令王臧因为推行儒学而犯罪。皇太后认为儒生夸夸其谈而缺少实质内容，不如万石君一家不多说话而身体力行，就让他的长子石建任郎中令，小儿子石庆任内史。

万石君身体好，他的儿子石建老到头发花白的时候，万石君却还非常健康，一点病都没有。石建任郎中令，每五天休假一次，每次都要回来拜见父亲。回来之后，总是偷偷拿来父亲的内裤和溺器，亲自洗好，再放回原处，不敢让万石君知道。石建当时任郎中令，像父亲一样说话谨慎，在朝廷上就好像不会说话一样。因此皇上更加尊敬他们，非常礼貌地对待他们。

万石君晚年迁居到了陵里。有一次，内史石庆喝醉了回家，进入外门没有下车。万石君听说了，气得不吃饭。石庆很害怕，就光着上身去请罪，万石君就是不原谅他。最后，石庆带着全族人，还有哥哥石建，都去请罪，万石君责备说："内史是显贵的人，进入乡里，乡里的长辈都走开回避，而内史坐在车中自得其乐，太不应当啦！"从此以后，石庆和众子弟进入里门，都快步赶回家中，不敢麻烦别人。

万石君在元朔五年去世。他的长子郎中令石建痛哭哀悼，扶着杖才能走路。一年多后，石建也去世了。

万石君的众子孙都有孝行，可是石建最突出，甚至超过了万石君。

石建任郎中令的时候，曾有一次上书禀奏事情，文件批下来之后，石建仔细阅读，突然害怕地说："哎呀，我写错字了！'马'字下面应该有五个点，可我只写了四个点，少了一个点。要是皇上发现，那我可就该死了！"越说越害怕。可见他做事的谨慎。

万石君的小儿子石庆任太仆，驾车外出，皇上问他驾车子的有几匹马，石庆用鞭子逐一数完马后，才举起手说："六匹马。"石庆在各位儿子中是最随便的了，但还是这样认真。他任齐国相，全齐国的人都仰慕他们家的品行，他们根本就不用发号施令，就把齐国治理的太太平平。大家敬佩他，还替他建立了石相祠。

元狩元年，皇上设立太子，选拔群臣中可以做太子老师的人，石庆从沛郡太守调任太子太傅，七年后升为御吏大夫。

元鼎五年秋天，丞相犯罪，被免官。皇上有制书诏告御史说："万石君不是一般人，先帝非常尊重他。他的子孙有孝行，也不同凡响，应该让御史大夫石庆任丞相，封为牧丘侯。"

当时，朝廷正在四面出击，南面征讨南越、东越，东边攻打朝鲜，北边驱逐匈奴，西边讨伐大宛；同时，国内也是动荡不安。国家财政短缺，桑弘羊等人就开辟财源，王温舒之流就推行严苛

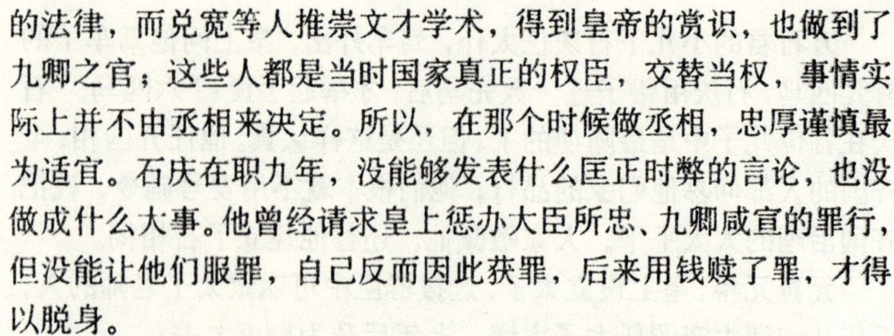

的法律，而兑宽等人推崇文才学术，得到皇帝的赏识，也做到了九卿之官；这些人都是当时国家真正的权臣，交替当权，事情实际上并不由丞相来决定。所以，在那个时候做丞相，忠厚谨慎最为适宜。石庆在职九年，没能够发表什么匡正时弊的言论，也没做成什么大事。他曾经请求皇上惩办大臣所忠、九卿咸宣的罪行，但没能让他们服罪，自己反而因此获罪，后来用钱赎了罪，才得以脱身。

元狩四年，关东有二百万流民，没有户籍的人有四十万。公卿大臣们议论纷纷，都觉得应该把流民迁移到边疆，以此作为对他们的处罚。皇上听说了，觉得这种作法对流民太不公平，很不应该，所以非常生气。他认为丞相年老谨慎，不会参加这样的议论，就赐丞相休假回家，然后就开始查究那些议论纷纷的大臣。

丞相回家，惭愧自己不能胜任职守，于是上书说：“我有幸得以担任丞相，但才能低下，没有能力来治理国家，弄得全国仓库空虚，百姓流离失所，按罪应当处死。但皇上仁慈，不忍心惩罚我。希望归还相印，希望能让我告老还乡，给贤能的人让路。”

天子说：“粮仓已经空了，百姓已经跑了，可你却要辞去职位，你想把危难推给谁呢？”石庆十分惭愧，只好重新处理政事。

石庆办事谨慎，可是没有什么雄才大略，也没有能力替百姓说话。

太初二年，丞相石庆去世，被赐号为恬侯。石庆的二子石德做了石庆的继承人，接替侯爵。石德担任太常的时候，犯法应当处死，后来赎罪免死刑降为平民。

当初，石庆担任丞相的时候，他的子孙都像他一样严谨而踏实，做大官的有十三人。石庆死后，这些人大多因为犯罪而被免官，这样一来二去，孝敬、谨严的家风就慢慢衰落了。

忠厚平庸的卫绾

建陵侯卫绾是代郡大陵人，最初因为善于驾车而当了郎官，侍奉文帝，后来因为连续立功而升为中郎将，虽然没有别的才能，但忠厚谨严超过一般的大臣。

孝景帝做太子的时候，曾经召呼皇上身边的人一起饮酒，而卫绾托称有病没有来，太子心里多少有些不高兴。文帝快要驾崩时，嘱咐孝景帝说："卫绾是忠厚人，你可要好好待他。"不久，文帝去世，景帝即位，虽然心里还是有些责怪卫绾，但是没有说出来。卫绾感激，工作上更加谨慎勤力。

有一次，景帝到上林苑，命令卫绾陪同乘车，回来时问道："你知道为什么能陪同我一起乘车吗？"

卫绾答："我只知道踏踏实实地做事，但是不知道为什么能受到这样的重视。"

皇上接着问道："我做太子时召你来，你不愿意来，为什么？"

卫绾回答："臣死罪，不过我确实是生病！真的是生病！"

景帝看他一脸真诚，相信了他，从此才真正原谅了他。过后不久，皇上赐给他宝剑作为奖赏。卫绾拒绝说："先帝赐给我的宝剑，已经有六把，我不敢再接受了。"皇上问到："很多人都喜欢宝剑，你多了就可以用来交换和买卖呀，难道你的宝剑一直留到了现在？"

卫绾说："都在。"

皇上让他拿来那六把宝剑，宝剑还在鞘中，没有使用过。景帝大为感动。

卫绾严于律己，宽以待人。很多时候，郎官们犯了错，都是由卫绾来顶罪承担，从不与他们争辩；而自己有了功劳，他却常常让给别的中郎将。皇上认为他廉洁公正，忠厚而没有什么诡计，就任命他为河间王太傅。吴、楚造反时，皇上命令卫绾任将军，率领河间的部队攻打吴、楚，卫绾杀敌有功，被任命为中尉。三年后，又因军功，被封为建陵侯。

第二年，皇上废弃太子刘荣，准备诛杀太子党羽栗卿等人。皇上认为卫绾太忠厚，要是让他去诛杀栗卿，他肯定不忍心，于是就赐他休假回家，而派郅都逮捕栗卿，杀了他全家。事情完结后，皇上立胶东王做太子，征召卫绾，任命他为太子太傅。过了几年，卫绾升为御史大夫。再过了五年，取代桃侯刘舍升任丞相。

卫绾做官，一般只是照章办事，勤勤恳恳，但是才能一般。他从开始做官一直到做丞相，从来都没有过什么出奇的提议。但天子认为他诚实宽厚，可以辅佐少主，所以尊重他，给他的赏赐非常多。

卫绾担任丞相三年之后，景帝驾崩，武帝登位。建元年间，武

帝发现各地官署里的很多囚犯都是无辜的，认为是卫绾的过错，觉得他根本就不称职，于是免了他的官。

卫绾去世后，儿子卫信继袭侯爵，卫信由于助祭献金不合规定而失去了侯爵，从此卫家成了平民。

第七十三章

田叔任安列传

中国历史名著文库

田叔荐孟舒

田叔是赵国陉城人，祖先是齐国田家的后代。田叔喜欢剑术，在乐巨公的那里学习过黄老思想。他为人严正、清廉、自重自爱，喜欢与那些年长而有德行的人交游。后来，他有了名声，赵国人就把他推荐给国相赵午，赵午见了他之后，很欣赏他，就向赵王张敖推荐，赵王于是让他出任郎中。几年后，他因为工作踏实、为人清廉公正，而受到了赵王的信任。赵王见他是个难得的人才，就准备提拔他。

在这个时候，陈豨在代造反，高祖御驾亲征。高祖带兵经过赵国的时候，赵王张敖亲自捧着托盘给高祖送食物，态度十分恭敬，可是高祖根本不讲礼貌，很随便地坐着，像骂仆人一样地骂他。赵国国相赵午等几十人见了，都很生气，于是对赵王张敖说："大王侍奉皇上，礼节周到，已经无以复加了。而他呢，却这样对待大王！我们请求造反。"

赵王也很气愤，但强忍心里的愤怒，咬着手指头，咬出了血。他劝大臣们说："我父亲曾经有难，假如没有陛下，别说我父亲，就是我们，也早就死掉腐烂不知多久了呢！你们怎么能这样说呢！不要再讲了！"

贯高等人见状，就暗地里策划，去谋杀皇上，没有让赵王知道。谋杀的事没有成功，朝廷下诏书逮捕赵王和群臣中谋反的人。赵午等人只得自杀，只有贯高投案受捕。这时，朝廷颁下诏书说："赵国有谁胆敢跟随赵王，就灭他的三族！"但是，孟舒、田叔等十几人还是想跟随赵王进京，他们穿上赤褐色的囚衣，剃光头发，带上枷锁，假称为赵王家的奴仆，跟着赵王张敖到了长安。不久，贯高谋反的事情被查清楚了，赵王张敖获释出狱，被贬为宣平侯。

赵王保住了性命，很感激田叔等十几人，就上奏皇上，称赞

他们的忠诚。皇上召见了他们，与他们聊天，聊得很投机，认为朝廷大臣中没有人比他们更贤良，十分高兴，就任命他们为郡守或者诸侯王的国相。田叔被封为汉中郡郡守，在这个任上干了十多年。

后来，孝文帝登位，召田叔来询问道："您知道当今天下，谁是忠厚而有德行的人吗？"

田叔回答说："我怎么可能知道呢？"

皇上说："您是忠厚长者，您不知道谁还能知道？"

田叔叩头说："原来的云中郡郡守孟舒是忠厚长者。"当时，孟舒因为匈奴大规模侵入长城内抢劫，云中郡被劫尤其严重，所以已经被免职了。

皇上听田叔夸奖说孟舒，很生气："先帝让孟舒担任云中郡守，已经十多年了，可是匈奴入侵时，孟舒不能坚守，士兵战死几百人，但还是没有挡住匈奴。有德行的人是这样吗？您为什么偏偏要说他是忠厚长者呢？"

田叔叩头回答说："皇上不了解其中的内情，实际上这正说明孟舒是忠厚长者啊！想当初，贯高等人谋反，皇上颁下诏书，明明白白地规定，要是谁敢于跟随赵王，就灭他的三族。可是孟舒主动剃光头发，带上枷锁，跟随赵王，这是想拿性命为主人效力呀！那个时候，他怎么知道自已将来会因为这个而做上云中郡守！

"再说，汉朝与楚国打仗，打了那么多年，士兵都疲乏不堪了，而匈奴就在这个时候来到汉朝边境，烧杀抢掠，无所不为，孟舒知道士兵们太疲劳了，不忍心命令他们作战，所以就让他们监守不战。可是士兵们争着出战，要与敌人决一死战，那种热情，简直就像儿子为了父亲，弟弟为了哥哥！不过，因为他们不听命令，有激情而无谋略，因此战死了几百人。这难道是孟舒的过错吗！所以我说，虽然云中郡死了那么多人，但这件事恰恰说明孟舒是忠厚长者。"

皇上听了，于是重新召见孟舒，还让他作云中郡守。

几年后，梁孝王派人杀害了前吴国国相袁盎，景帝很重视，就召田叔来，派他去梁国查办。田叔很快就查清了这件事的来龙去脉，然后回来汇报。

景帝问："梁王的确做了这事吗？"

田叔回答："有这事。"

皇上说："罪证在哪里？"

田叔回答："罪证当然有，但是请皇上不要彻底追究这个案子。"

景帝问："为什么？"

田叔说："梁王的罪不小，如果不判他死刑，那么朝廷的法律以后就无法执行；但是如果判他死刑，那么太后吃东西就会不知滋味，觉就不会睡好，而这样一来，陛下您可就没有好日子过了。"

景帝深受感动，更加认为田叔贤能，就任命他为鲁国国相。

田叔刚到鲁国，就有一百多名百姓到他那控告鲁王，说鲁王

掠夺他们辛辛苦苦挣来的财物。田叔考虑再三，就抓住他们的头头二十人，每人各打五十大板，其余的打手心二十板，并大声训斥他们说:“鲁王不是你们的君主吗？你们怎么敢这样反对你们的君主！”

鲁王听说了，十分惭愧，于是就主动打开内库，分发藏钱，让田叔还给他们。田叔说:“大王自己夺人钱财，却让国相去还，这样一来，可就是大王做坏事而国相做好事了。所以，我不敢替您去还。”鲁王觉得有道理，就亲自把财物偿还给了他们。

鲁王喜欢打猎，田叔不爱打猎，但是经常跟随鲁王到狩猎场去，鲁王觉得他是个累赘，就总是让他到馆舍里去休息，可田叔总是走出来，坐在外面晒太阳，在围场外等待鲁王。鲁王屡次派人让他去休息，他始终不肯，还说:“大王在围场中被太阳晒着，我怎么能躲到馆舍中去呢！”鲁王因为这样才不过分出外游猎。

几年后，田叔在官任上死去。鲁王伤心，拿出一百斤黄金作祭礼，田叔的小儿子田仁不肯接受，说:“不要用一百斤黄金损害了先父的名声。”

田叔死后，名声越来越大，比活着的时候还有名。

伯乐识任安

田仁有个好朋友，叫做任安。

任安是荥阳人，从小就成了孤儿，生活十分贫困。有一次，他替别人推车子来到长安，觉得长安很好，就留在了那里。他想在长安找工作，当个小吏就行，但连这样的机会都没有，于是他就把家安在了武功县。武功是个小县，任安认为，小县里面没有强豪，容易出人头地，所以就留在了那儿，在县衙里做一些杂活儿，后来，因为工作努力，做上了亭长。武功县的百姓都出外打猎，以此为生，任安作为亭长，经常要帮别人分配麋鹿、野鸡、兔子等猎物，还要负责安排老人、小孩和壮丁。大家都很信任任安，都说："任少卿分配，我们放心！他安排我们，都恰如其分，我们信得过他。"

后来，任安去做了卫青将军的家臣，在那里，他认识了田仁。他们两个同做家臣，志趣相同，彼此之间互相敬佩。这两个人因为家里贫穷，没有钱财来贿赂将军的管家，管家就派他们喂养咬人的烈马。晚上两人躺下睡觉，田仁偷偷地说："不了解人啊，管家！"任安回答："连将军都不了解我们，何况是管家呢！"

有一次，卫青将军带着两人去拜访平阳公主，公主的管家让他俩和奴仆们同席吃饭，两人生气，拔出刀来割断席子，与奴仆们分开来坐。公主的家人都很讨厌他俩，但谁也不敢呵斥。

后来，皇上下诏，要选拔卫将军的家臣来做郎官。卫将军从家臣里面选了几个最富裕的，让他们准备好鞍马、宝剑等物，准备带他们入宫上奏。出发之前，恰好太中大夫赵禹来拜访卫将军，将军就把这些家臣叫来，介绍给赵禹。赵禹一一向他们询问政事，发现十多人里面，连一个熟悉国家大事、有谋有略的都没有。

赵禹于是对将军说："我听说，将军的家门一定有可当将官的人。古书说：'要了解一个国君，就看任用什么人；要了解一个人，就看他结交什么朋友。'如今皇上要举荐将军的家臣，是要借此考察将军的用人之道啊！如果你只选几个富家子弟送上，一点智谋都没有，那就像给木偶人穿上锦绣衣服一样，他们能做些什么呢？"

卫将军于是召集全部家臣，一共一百多人，请赵禹替自己挨个考问，结果发现了田仁、任安。赵禹说："只这两人可以，其余人一点用处都没有。"

卫将军看到这两人衣冠破旧，显得很贫困，心里有些不喜欢他们。赵禹离去后，卫将军对两人说："你们赶快回去准备鞍马，再换上新衣服。"

两人回答说："家里穷，这些东西准备不起。"

将军发怒说："你们两人都是因为家里贫穷，所以才出来找工作，这我知道。但你们出来这么久了，还是这么穷，怎么还好意

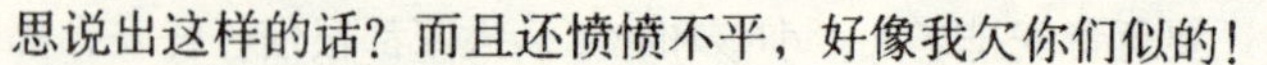

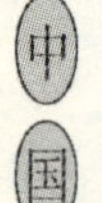
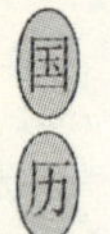

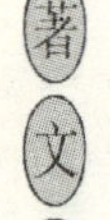

思说出这样的话？而且还愤愤不平，好像我欠你们似的！”

说是说，但将军也没有别的办法，只好替他们准备衣服和其他物品，然后去报告皇上。诏书下达，要召见卫将军家臣，两人于是前去拜见。

皇上问两人有什么才能，并让他们互相品评高下。

田仁首先说：“要论行军打仗，让部属们毫无怨言地拼死战斗，那我比不上任安。”

任安回答说：“可是，决断国事，评判是非，管理官吏，让老百姓没有怨气，那我任安比不上田仁。”

武帝大笑：“好！你们都太谦虚啦！”于是就派任安监护北军，派田仁到黄河边上监护边塞的屯田和谷物。

两人得到了武帝的重用，立即名扬天下。

后来，武帝又任用任安为益州刺史，任命田仁为丞相长史。

田仁到任之后不久，就上奏书给武帝说："全国各地郡守很多，其中很多人以权谋私，三河地区尤其严重，我请求您派我去侦察三河地区。三河的太守在京城中都有倚靠，甚至与三公有亲属关系，不过我不怕，要警告全国的犯法官吏，就应该先从三河下手。"

当时，河南、河内太守都是御史大夫杜周的亲属，河东太守是丞相石庆的子孙。杜周和石庆都很有势力，石家更是有九人作二千石级的大官，家势强盛，显贵之极。可是田仁就要拿他们开刀，多次上奏皇上，谈及这事。杜周和石家派人向田仁道歉，对他说："我们不敢有什么话要讲，希望少卿您不要诬陷我们。否则就不太好办。"

但田仁还是坚持己见，把三河太守全都抓了起来，并交给司法官，最后判处了死刑。然后，田仁回朝报告，武帝高兴，认为田仁能干，而且不畏权势，于是任命田仁为丞相司直。此后，田仁更是威震全国。

几年后，太子有一次私自发兵，有谋反的迹象。皇上担心，就把兵权交给丞相；丞相怕太子逃跑，就派田仁主管城门，看住太子。田仁觉得，太子是皇上的骨肉至亲，父子之间不会有太大的冲突，即使有冲突，自己也不想卷进去，于是就离开城门到别处去了。田仁一走，太子马上逃跑。武帝得知，马上派御史大夫去责问丞相："为什么放太子走？"丞相回答："我把看守太子的任务派给了田仁，是他放了太子。"武帝生气，把田仁抓了起来，不久被处死。

当时，任安担任北军的首脑，太子逃出来之后，就去找他，交给他符节，让把军队交给自己。任安下拜，接受了符节，然后就关起门，躲了起来。武帝听说了这件事，觉得任安是假装接受符节，并没有协助太子谋反，就饶了任安。

这件事就这样过去了，可是后来，有个被任安打骂过的小吏上书皇上，说任安接受了太子的符节，还肉麻地说了很多话，谄媚太子。武帝想了想说："唉，原来任安是个老奸巨猾的人啊！我怎么竟然没看出来？他早就盼着太子谋反，想坐山观虎斗，谁

胜利就跟谁联合。任安犯了这么大的罪，我却让他活到了现在，真是个莫大的过错啊！”于是就把任安交给法官治罪，处死了任安。

第七十四章

扁鹊仓公列传

中国历史名著文库

神医扁鹊

扁鹊是齐国勃海郡郑地人，原名叫秦越人。早年，他在一家宾馆里做主管。当时有个叫长桑君的客人经过这里时，扁鹊感到他是个很奇特的人，就一直很谨慎恭敬地对待他。长桑君也知道扁鹊不是一般的人。他在这家客馆里出出进进了有十多年，一天，他叫扁鹊单独来坐，两个人私下聊了一会，长桑君悄悄地告诉扁鹊说："我年纪大了，恐怕活不久了，我有一个秘方，想传给您，希望您不要泄露出去。"

扁鹊说："我一定恭敬照办。"

于是长桑君从怀中取出一包药递给扁鹊说："用没有落地的露水来喝下这药，三十天以后就能洞察一切事物了。"

扁鹊接过了药方，忽然之间，长桑君不见了，大概他原本就不是凡人吧。

扁鹊照他的话服药三十天后，就能隔着墙壁看见另一边的人。他据此来看病，完全看得见人的五脏疾病所在，只是以诊脉为名罢了。他行医有时在齐国，有时在赵国。在赵国的时候就名叫扁鹊，扁鹊原来是上古时代的一位医生。秦越人比上古的那位扁鹊晚生了两千多年，只是因为他治病的本领特别大，人们都尊他为"扁鹊"。后来大家都叫他扁鹊，他原来的名字秦越人，反倒很少有人知道了。

那时，众大夫的势力非常强大，但国君宗族的力量很弱小，晋国的赵简子是大夫，独揽国家大事。有一次赵简子生了病，五天不省人事，大夫们都很害怕，于是召来扁鹊。扁鹊进来看了病人一眼，就走出去了，大夫董安追上来问扁鹊，扁鹊说："他的血脉正常，你们大家不要惊怪！以前秦穆公也曾经这样，七天以后才苏醒。

苏醒的那天，他告诉公孙支和子舆说：‘我到了天帝那里十分快乐。我待了那么久，是因为正碰上天帝要指教我。天帝告诉我：‘晋国将要大乱，五代都不得安宁。之后将有人成霸主，称霸不久就会死去。霸主的儿子将使他们的国家男女淫乱。’公孙支把这些话记下来收藏好，秦国史书也根据这些记录记载了这件事。晋献公的淫乱，晋文公的称霸，而晋襄公在打败秦军后的放纵淫乱，这些都是您听说过的。如今你们主君的病和他相同，不超过三天一定痊愈，痊愈后必定有一些话要对你们说。”

过了两天半，赵简子果然醒了，他告诉众大夫说：“我到天帝那里十分快乐，和百神在天的中央游玩，听着各种乐器奏着许多乐曲，看着各种各样的舞蹈，不像上古时代的乐舞，乐声动人心弦。有一只熊想抓我，天帝命令我射杀它，我就把它射死了，又有一只罴走过来，我又射中了罴，罴也死了。天帝十分高兴，赐给我两个竹筒，里面装有首饰。我看见我的儿子在天帝的身边，天帝把一只翟犬交给我，说：‘到你儿子长大后，把这个赐给他。’天帝还告诉我：‘晋国将要一代一代地衰落，过了七代就灭亡。秦国将在范魁的西边大败周人，但他们也不能占据那个地方。’”

董安于听了这些话，记录下来收藏好。有人把扁鹊的话告诉赵简子，赵简子惊异叹服，赐给扁鹊四万亩田地。

后来扁鹊经过虢国。正逢虢国太子病死，扁鹊到虢国宫门前，问喜好方术的中庶子说：“太子患了什么病，怎么国中都在举行祝祷，别的事情都放下了？”

中庶子说：“太子患了气血不和的病症，气血运行交错违逆而不能宣泄，突然发作出来，就造成内脏受伤害。正气不能抑制邪气，邪气积聚而不能发散，因此阳脉松弛而阴脉拘急，所以突然昏倒死去了。”

扁鹊说：“他死了多少时候了？”中庶子说：“从鸡叫时到现在。”扁鹊说：“收殓了吗？”中庶子说：“还没有，他死了还不到半天。”

扁鹊说：“请告诉国君，说我是齐国渤海秦越人，家在郑地，没有机会望见国君的神采很遗憾。听说太子不幸而死，我能让他活过来。”

中庶子说：“先生该不会是胡说吧？凭什么说太子可以活过来呢？我听说上古的时候，有位名医叫俞跗，治病不用汤药酒剂、石针导引、按摩药熨，一察看就能发现疾病的所在，顺着五脏的腧穴，就能剖开肌肉，通导经脉，结扎筋腱，按髓脑，触膏肓，疏理隔膜，清洁肠胃，洗涤五脏，炼精气，换形体。先生的医术能这样，那么太子就可复活了；不能这样，而要让太子复活，那简直连刚刚会笑的婴儿都骗不了。”

听了这话，扁鹊仰天长叹说：“先生说的那些医疗方法，就像从竹管里看天，从缝隙里看花纹。我秦越人的医疗方法，不需切脉理，看气色，听声音，察形态，就能讲出病症之所在。知道疾病的外在表现就能推知内在的原因，知道疾病的内在原因就能推知外在表现。人体有病会从外表反映出来，据此可以诊断一千里外的病

人，我决断的方法很多，不只停留在一个角度看问题。您认为我的话是不真实的，您试试进去诊察太子，会听到他耳有鸣响，看到他鼻翼翕动，沿着他的两腿直到阴部，会觉得还是温热的。”

中庶子听了扁鹊的话，眼睛一眨不眨，舌头翘着放不下，就把扁鹊的话进去告诉了虢君。虢君听了后大惊，出来在宫廷门楼前接见扁鹊，说：“听到您崇高的品德已经很久了，可是没有机会拜见您。先生经过我们小国，希望能救助我们，偏僻小国的寡臣我真是十分荣幸，有了先生，太子就活了；没有先生，太子就只能抛尸野外而填塞溪谷，永远不能回来。”话没说完，就悲痛得气满郁结，涕泪纵横，悲痛得控制不住自己，连容貌神情都变了。

扁鹊说：“像太子这样的病，就是所谓的‘尸蹶’。因为阳气进入阴脉，脉气缠绕冲动了胃，经脉受损伤脉络被阻塞，分别下注入三焦、膀胱，因此阳脉下坠，阴脉向上争扰，会导致气闭而不通，阴气上争而阳气内行，下气在内鼓动而不能运行，上气外绝而不为役使，上有隔绝了阳气的脉络，下有破坏了阴气的筋纽，这样阴气破坏、阳气隔绝，就会使人的面色衰败、血脉混乱，所以人的身体会安静得像死去的样子。太子实际没有死。因为阳入袭阴而阻绝脏气的能治愈，阴入袭阳而阻绝脏气的必死。这些情况，都是五脏气机逆乱致病时突然发作的。精良的医生能治愈这些病，拙劣的医生因困惑而往往使病人陷入危险的境地。”

扁鹊于是让他的弟子子阳磨制针石，用来针刺三阳(太阳、少阳、阳明)、五会(百会、胸会、听会、气会、臑会)等经络的穴位。一会儿，太子苏醒了。扁鹊又叫弟子用能入体五分的药熨和药剂一起煎煮后交替在两胁下熨治。过不多久，太子已经能够坐起来了。扁鹊再进一步调和阴阳，太子只服用了二十天的汤药就完全复原了。天下人都认为扁鹊是一位能起死回生的神医。

扁鹊说：“我秦越人并不是能够使死人复活，其实他本来没有死去，我只是能使他起来罢了。”扁鹊经过齐国，进入宫廷拜见桓侯，说：“您有小病在皮肤与肌肉的交接处，如果不治疗，病情将要加重。”齐桓侯说：“我没有病。”扁鹊出来，桓侯对身旁的人说：“医生喜好功利，想拿医治没病的人来显示功绩。”

五天以后，扁鹊又来拜见，说："您的病在血脉里，不医治将会加重。"桓侯不高兴地说："我没有病。"扁鹊出来，桓侯很不高兴。

又过了五天，扁鹊还来拜见，对桓侯说："您的病在肠胃之间，不加治疗将会加重了。"桓侯不理睬他。扁鹊走后，桓侯更不高兴了。

又过了五天，扁鹊来拜见，一眼望见桓侯，转身就跑。桓侯感觉很奇怪，就派人去追扁鹊，问他为什么这样。

扁鹊说："病在皮肉之间的时候，汤剂、药熨的效力就能达到治病的目的；病在血脉中，靠针刺和砭石的效力就能达到治病的目的；病在肠胃中，药酒的效力就能达到治病的目的；病在骨髓，就是掌管生命的神也对它没有任何办法了。现在病在骨髓，我因此不敢请求为他治病了。"

五天以后，桓侯一病不起，派人去召扁鹊，扁鹊已经逃离了。桓侯于是就病死了。

扁鹊的美名传扬天下。他经过邯郸，听说当地尊重妇女，就做妇科医生；经过洛阳，听说洛阳人敬爱老人，他就做治疗耳、目、鼻病的医生；他来到咸阳，听说秦国人爱护小孩，就做小儿科医生：随着各地的风俗需要而改变自己的医治范围。秦国的太医令李醯，自己知道医技不如扁鹊，派人刺杀了他。到现在天下讲论诊脉治法的人，都是遵循扁鹊的理论。

太仓公论医

太仓公原是齐国都城里一个管理粮仓的长官，他是临淄人，姓淳于，名叫意。淳于意年轻的时候，很喜欢医术。高后八年，他又向同郡元里的公乘阳庆专门学习医术。阳庆是个七十多岁的老人，没有儿子了。他让淳于意把他自己以前学过的医书全部扔掉，再把自己的秘方全部交给他。并传授给他黄帝、扁鹊的脉书，以

及观察面部不同颜色来诊病的方法，以此了解病人的生死，判断疑难病症，决定能否医治，并有关于药物的理论，十分精辟。

学了三年后，他给人家治病，判断死生，很多都应验了。可是他往来于各诸侯国之间行医求学，经常不在家，有时不愿给人治病，因此许多病人都怨恨他。

文帝四年中，有人给朝廷上书，控告淳于意，根据罪行，应该用传车押解向西到长安。淳于意有五个女儿，都跟随着哭泣。淳于意发怒，骂道："生孩子不生男的，在危急关头没有可用的人！"小女儿缇萦对父亲的话很伤感，就跟随父亲西行到长安。她上书朝廷说："我父亲是官吏，齐国人民都称赞他的廉洁、公正，如今犯法被判刑。我十分痛心死的人不能再生，而受刑致残的人不能再康复，即使想改过自新，那也无路可行，终究不能够。我愿意自身没入官府做奴婢，来赎我父亲的罪刑，使他能够改过自新。"

缇萦的上书被汉文帝看到，皇上怜悯她的心意，赦免了淳于意，这一年中也废除了肉刑。

淳于意在家时，有诏书下来，问前太仓长臣淳于意："您对于医术有什么专长，能治愈什么病？有没有医书？都是在哪里学的医术？学了多长时间？曾治好的病人，都是什么地方的人？他们都长了什么病？医治用药后，病情都怎么样？请详细具体地讲一讲。"

淳于意回答说：

我从年轻时起，喜欢医术，试着用医术方剂给人看病，有很多没有效验。到高后八年，得以向临淄元里的公乘阳庆学习。那时阳庆七十多岁，我得以拜见侍奉他。他对我说："把你所学的医书全部扔掉，这些是不对的。我有古代先辈医家传下来的黄帝、扁鹊的脉书，以及观察面部颜色的不同来诊病的方法，了解人的生与死，判断疑难病症，决定能否医治，还有药物理论的书，十分精辟。我家中给用富足，没什么好牵挂的，我心里很欣赏您，想把我的秘方书全都教给您。"

我马上说："太幸运了，这真不是我敢奢望的。"我立即离开座席拜了两次。从此，我跟随老师学习了他的《脉书》、《上经》、

《下经》、《五色诊》、《奇咳术》、《揆度阴阳外变》、《药论》、《石神》、《接阴阳》等秘书和医术，学习理解并体验，大约花了一年时间。第二年，我就开始学以致用了，虽然有效，但还不算精到。我一共向他学习了三年左右，我曾经治过的病人，诊治病情判断生死的，都有效验，已达到精良的地步。如今阳庆已死了十年左右，我曾向他学习了三年，现在我已经三十九岁了。

齐国有位名叫成的侍御史自己说有头疼病，我给他诊脉，告诉他说："你的病很严重，一时无法说清楚。"出来后，我单独告诉成的弟弟昌说：'这是疽病，在肠胃里面发生，过五天后就会发肿，过八天后就会吐脓血而死。'成的病是饮酒后行房事引起的。成果然如期而死。我知道成的病情，因为我切他的脉时，切得出他肝脏里有病的脉气。肝气重浊而平静，这是内里严重而外表不明显的疾病。

脉象理论上说："脉长而像弓弦一样挺直，不能随四季的变化而更替，这是病在肝脏。脉虽长而直硬却均匀的，是肝的经脉有病，出现了时疏时密躁动有力的代脉，就是肝的脉络有病。"肝的经脉有病，脉均匀的，他的病得自于筋髓里。脉象时疏时密、一会儿停止一会儿有力，这种病得自于酒色过度。

我之所以知道五天后会有毒疮肿起，八天后他会吐脓血而死，是因为切他的脉时，少阳经络的脉位开始出现代脉。代脉的出现，说明少阳经脉得病后，进而发展到了少阳络脉。代脉是经脉生病，病势遍及全身，患者就有生命危险。络脉出现病症，这时，在左手关部一分处出现代脉，这是热积郁体中而脓血未出，到了关上五分处，就到了少阳经脉的边界，到八天后会吐脓血而死，所以到了关上二分处会产生脓血，到了少阳经脉的边界就会肿胀，其后疮破脓泄而死。当初内热就熏灼着阳明经脉，并灼伤络脉的分支，络脉病变就会经脉郁结发肿，经脉郁结发肿后就会糜烂离解，所以络脉之间交互阻塞。热邪上侵头部，头部受到侵扰，因此他会头疼。

齐王二儿子的男孩生病，召我去切脉诊治，我告诉他说：'这是气膈病。这病使人烦闷，吃不下饭，经常呕吐涎沫。这种病产

生于心情忧郁，常常厌食。'我立即给他开了下气汤饮服，服药一天，膈气下消，两天后能吃东西，三天就病好了。

我之所以知道这男孩的病情，是因为我诊他的脉时，诊到心有病的脉气，脉象浊重急躁，这是阳络病。脉象理论说：'脉达于手指时壮盛迅速，离开指下时艰涩而前后不一，病在心脏。'周身发热，脉气壮盛，称作重阳，阳热过重，就扰乱心神，所以心中烦闷，吃不下东西，就会络脉有病，络脉有病就会血从上出，血从上出的人就会死亡。这是内心伤悲所引起的，病得自于忧郁。

齐国有个名叫循的郎中令生病了，许多医生都认为是逆气进入胸腹，主张用针刺治疗。我诊治后，说："这是涌疝，这病使人不能大小便。"循说："不能大小便已经三天了。"我用火剂汤给他服用，服了第一剂就能大小便，服第二剂大小便就很畅通，服了第三剂后，病就好了。他的病是由房事引起的。我在切他的脉时，发现他右手寸口的脉象急迫，脉象反映不出五脏患有疾病，右手寸口脉象壮盛而快。脉快是中焦、下焦热邪涌动，他的左手脉快是热邪往下流，右手脉快是热邪上涌，都没有五脏病气的反应，所以说是"涌疝"。中焦积热，所以尿是赤红色的。

齐国有一位名叫信的中御府长生病，我入室为他切脉，告诉他说："这是热病的脉气。可是暑热多汗，脉稍衰，不致于死亡。"又说："这个病是得自于正在流水中洗浴时，感到非常寒冷，寒冷止后就开始发热。"信说："对，是这样的！去年冬天，我为齐王出使楚国，走到莒县阳周水边，看到莒桥坏得很严重，我就揽住车辕不想过河，谁知马受了惊，坠到了河里，我也落入水中，差一点儿淹死。官吏马上把我从水中救出来，衣服全湿透了，我感到身上一会儿发冷，一会儿又发热，像着了火，到现在还不能受寒。"我立即为他开了液汤火剂退热，服一剂后就不再出汗了，服第二剂热退去了，服了三剂病就好了。他服药大约有二十天，身体完全恢复了。

我知道信的病情，是因为我切他的脉时，发现他的脉象属于'并阴脉'。脉象理论说：'内热、外热错乱交杂者死。'我切他的脉时，没有发现错乱交杂的现象，但都是并阴脉。并阴脉，脉状顺的能用清理的方法治愈，热邪虽没有完全消除，仍能治好保住性命。我诊知他的肾气有时重浊，在太阴寸口依稀能切到这种情形，那是水气。肾本是主管水液运行的，所以由此知道他的病情。如果一时失治，就会转变成寒热病。

“齐太后生病，召我入宫去诊脉，我说：‘是风热侵袭膀胱，大小便困难，尿色赤红的病。’我用火剂汤给她服下，服一剂就能大小便，服两剂病就好了，尿色和以前一样。这种病得自于解小便时着凉，也就是脱掉衣服之后被吹干而着凉的。之所以知道齐太后的病情，是因为我给她切脉时，发现太阴寸口湿润，这是受风的脉气。”脉象理论说：“脉象用力切脉时大而坚实有力，轻轻切脉时大而紧张有力，是肾脏有病。”但我在肾的部位切脉，情况相反，脉象粗大躁动。粗大的脉象是显示膀胱有病；躁动的脉象显示中焦有热，而尿色赤红。

齐国章武里的曹山跗生病，我给他诊脉，告诉他：“这是肺消瘅，加上寒热症。这种病必死，无法医治。适当地进行调养，这已经不能再治了。”理论上说：“这种病三天后会发狂，乱走乱跑，五天后就死。”后来他果然如期死去。山跗的病得自于大怒之后行房事。我所以知道山跗的病，是因为我切他的脉时，从脉象上发现他有肺气热。脉象理论说：“脉来不平稳不鼓动的，身形羸弱。”这是五脏从上到下多次患病的结果，所以我切脉时，发现他的脉状不平稳，而且有代脉的现象。脉不平稳的，是血气不能归藏于肝；代脉，经常杂乱并起，有时浮躁，有时宏大。这是肺、肝两络脉断绝，所以说是死而不治的病。之所以加上有寒热症，是说他精神涣散，躯体如尸。精神涣散躯体如尸的人，身体就羸弱；身体羸弱，不能用针灸的方法，也不能服药性猛烈的药。

我还没去诊治的时候，齐国太医已先诊治他的病，在他脚上的少阳脉口给他针灸，而且让他服用半夏丸，病人马上下泄，腹中虚弱；又在他的少阴脉针灸，这样便重伤了他的肝筋阳气。像这样一再损伤病人的元气，因此说它是加上寒热症。之所以说他三天之后就会发狂，是因为肝的络脉横过乳下与阳明经相连结，

所以络脉的横过使热邪侵入阳明经脉，阳明经脉受伤，人就会疯狂奔跑。过五天后就死，是因为肝心两脉相隔五分，肝脏的元气五天就耗尽了，元气耗尽人就死了。

齐国的中尉潘满如小腹疼痛，我给他诊脉，说："这是腹中的气体遗留，积聚成了'瘕症'。"我就对齐国一位名叫饶的太仆、一位名叫繇的内史说："中尉如再不自己禁止行房事，就会在三十天之内死去。"过了二十多天，他就尿血而死。他的病得自于酗酒后行房事。我之所以知道他的病，是因为我发现他的脉象深沉小弱，这三种情形合在一起，是脾有病的脉气。而且右手寸口脉脉来紧而小，显现了瘕病的现象。两种脉气互相制约影响，所以三十天内会死。太阴、少阴、厥阴三阴脉一齐出现，符合三十天内死的规律；三阴脉不一齐出现，决断生死的时间会更短；交会的阴脉和代脉交替出现，死期还短。所以一旦他的三阴脉同时出现，就象前面说的那样，会尿血而死。

阳虚侯的丞相赵章生病，医生们都认为是寒气进入体内，我给他诊脉，说："是'迵风病'。"患有迵风病，饮食咽下后，总是呕出或泻出来，不能被消化吸收。理论上说："五天就死。"后来十天才死。他的病是因为饮酒过多。我为他切脉时，发现他脉滑，这属于内风病的脉。饮食下咽喉而总是呕出不留的，医理上说五天就死，这是前面说的分界法。后来十天才死，是因为这个病人酷爱喝粥，所以胃中充实，胃中充实才能过期而死。我的老师说："能容纳水谷的，过期才死，不能容纳水谷的，死期不到就会死。"

济北王生病，叫我去给他诊脉，我说："这是'风厥'，胸部烦闷。"就为他调制药酒，喝了三石，病好了。他的病是因为出汗时躺在地上。之所以知道济北王的病，是因为我切他的脉时，候到风邪的脉，心脉重浊。依照病理"病邪进入人体肌表，体表的阳气就会耗散，而寒气侵入。"寒气内盛就往上逆，而阳气下流，所以他会胸闷。之所以知道他是出汗时躺在地上而引起的病，是因为切他的脉时，脉气有阴邪。出现这种脉，必然是病已入里，用药酒治疗时，寒湿之气会随着汗液排出来。

齐国北宫司空的夫人出於生了病，许多医生都认为是风气人体内，主要是肺有病，就针刺她的足少阳经脉。我诊她的脉，说："这是疝气病，疝气影响膀胱，大小便困难，尿色赤红。这种病遇到寒气就会遗尿，使人小腹肿胀。"她的病得自于想解小便又不能解，接着行房事。我之所以知道出於的病，是因为我给她切脉时，发现她的脉象大而有力，但脉来的艰难，那是厥阴肝经有变动。脉来艰难，那是疝气影响膀胱。小腹所以肿胀，是因为厥阴络脉结聚在小腹，厥阴脉有病，和它相连的部位也会发生变化，这种变化就使得小腹肿胀。我就在他的足厥阴肝经施灸，左右各灸一穴，就不再遗尿而尿清，小腹也止住了疼痛。再用火剂汤给她服用，三天后，疝气消散，病就好了。

济北王召我给他的侍女们诊病，诊到一个名叫竖的女子时，看上去没病。我告诉永巷长说："竖伤了脾脏，不能太劳累，依病理看，到了春天会吐血而死。"我问济北王："这个人有什么才能？"济北王说："她喜好方技，有多种技能，能在旧方技中创出新意来，去年从民间买的，如她一样的四个人，共用了我四百七十万钱。"济北王又问我："她是不是有病？"我回答说："她病得很重，依病理会死去。"济北王召她来看，她的脸色没有变化，认为我不对，没有把她卖给其他诸侯。到春天，她捧着剑跟济北王去厕所，济北王离去，她仍留在后边，济北王派人去叫她，她已脸向前倒在厕所里，吐血而死。她的病得自于流汗。流汗的病人。依病理说是病重在内里，毛发、面色都润泽，脉不衰减，这也是内关一类的病。

齐国丞相门客的奴仆跟随主人上朝，进入王宫，我看到他在宫门外吃东西，望见他的脸色有病气。我马上告诉了一个名叫平的宦官。平喜欢诊脉，跟着我学习，我就将这个奴仆的病指给他看，告诉他说："这是脾脏有损伤的面色，到春天时，胸隔会阻塞不通，不能吃东西，依病理到夏天将泄血而死。"宦官平就去告诉丞相说："您门客的奴仆有病，病得很重，离死期不远了。"丞相不相信，问："你怎么知道？"他说："您上朝入宫时，您门客的奴仆在宫门外吃个没完，我和太仓公站在那里，太仓公就指给我看说，患这种病是要死的。”丞相就把这个门客召请来问他：“您的奴仆有病吗？”门客说：“我的奴仆没有病，身体没有什么疼痛。”

“但是，到了春天，这个奴仆果然发病了，四月时，果真泄血而死。我之所以知道他的病，是因为知道他的脾气普遍影响到五脏，脾受伤害就会在脸上某一部位显示相应的病色，伤脾之色，看上去脸色是黄的，仔细再看是青中透灰的死草色。许多医生不知这种情形，认为是体内有寄生虫，不知是伤害了脾。这个人所以到春天病重而死，是因为脾病脸色发黄，黄色在五行属土，脾土不能胜肝木，所以到了肝木强盛的春天就会死去。到夏天而死的原因，依照病理“病情严重，而脉象正常的是内关病”。内关病，病人不会感到疼痛，好像没有一点儿痛苦，如果再添任何一种病，就会死在仲春二月；如果能精神愉快顺天养性，能够拖延一季度。

他所以在四月死，是因为我诊他的脉时，发现他是个精神愉快顺天养性的人。他能够做到这样，人还算养得丰满肥腴，也就能拖延一些时候了。他的病得自于流汗太多，受火烤后又在外面受了风邪。

齐王黄姬的哥哥黄长卿家设酒席待客，叫我去。客人们坐着，还没有上菜。我望见王后的弟弟宋建，告诉他说："您有病，四、五天前，您的腰、胁疼痛，不能俯仰，还解不出小便。不赶紧医治，病就会浸入肾脏。趁着还没有滞留五脏，赶快医治。现在病正侵入肾区，这就是所谓'肾痹'。"宋建说："正是这样。我过去有腰脊痛的毛病，四、五天前，下雨，黄家的几个女婿看到我家建仓廪下基石，就去摆弄，我也想学他们，却举不起来，就放下了。黄昏的时候，腰脊疼痛，无法小便，到现在还没好。"宋建的病得自于喜好持重物。我之所以知道宋建的病，是因为我视察他的颜色，他颧骨部位的颜色发干，肾部及腰围以下有四分左右的部位枯干，所以知道他四、五天之前发病。我马上调制柔汤让他饮下，十八天左右，病就好了。

济北王有位姓韩的侍女患有腰背疼痛的病，恶寒、发热，许多医生都认为是寒热病。我给她诊脉，说："这是内寒，月经不通。"就用药为她熏灸，很快月经就来了，病痊愈了。这病得自于想要男子而没得到。我之所以知道韩女的病，是因为给她诊脉时，切到肾的病脉，脉来艰涩而不连属。艰涩而不连属，所以月经来得艰难；脉形坚固，所以月经不通。肝脉浮而紧，按着它也没有移动，溢出在左手寸口，所以说是想男子而得不到。

临汜里有个名叫薄吾的女人病得很重，许多医生都认为是寒热病，很严重，会死，无法医治。我给她诊脉，说："这是'蛲瘕病'。"这种病使人肚子大，腹部皮肤黄而粗糙，用手触摸肚腹，病人会感到很难受。我用芫花一撮用水送服，随即泄出约有几升的蛲虫，病也就好了。过了三十天，身体就完全康复了。蛲瘕病得自寒湿气，寒湿气积蓄太多，不能发散，变化为虫。我之所以知道她的病，是因为我切脉时，循按尺部脉位，她尺部脉象紧而粗大，又毛发枯焦，这是有虫的症状。她的脸色有光泽，是内脏没

有邪气，病也不重的原因。

齐国一位姓淳于的司马生病，我给他诊脉，告诉他说："应该是'迥风'病，迥风病的症状，是饮食咽下后就又呕吐出来。这病得自于饱餐后快跑。"淳于司马说："我到君王家吃马肝，吃得很饱，看到送上酒来，就跑开了，后来又骑着快马回家，到家就下泄了几十次。"我告诉他说："把火剂汤用米汁送服，过七八天就好了。"当时医生秦信在旁边，我离去后，秦信对身边姓阁的都尉说："他认为司马得的什么病？"都尉说："认为是迥风病，能够治疗。"秦信就笑着说："这是不了解。淳于司马的病，依病理在九天后就死去。"经过九天没有死，司马家又召请我。我去询问他，全如我所诊断的。我就为他调制火剂米汤让他服用，七八天后病就好了。我之所以知道他的病，是因为诊他的脉时，他的脉象完全符合正常的法则。他的病情和脉象一致，所以不会死。

齐国有个名叫破石的中郎生病，我给他诊脉，告诉他说："肺脏破伤，无法医治，会在十天后的丁亥日那天尿血而死。"就在十一天后，破石真的尿血而死了。破石的病，得自于从马上摔下来，跌在了石头上。我之所以知道破石的病，是因为切他的脉时，肺阴脉脉象来得非常浮散，好像从几条脉道而来，又不一致。同时他脸色赤红，这是心脉压着了肺脉的表现。我之所以知道他是从马背上摔下来的，是因为切到反阴脉，反阴脉进入虚里，然后乘肺脉，在肺的脉位出现了散脉，原来脸色白却变红，那是心脉侵袭肺脉的表现。他之所以与预料的死期不合，是因为老师说过："病人能容纳水谷的，就能超过期限才死，不能容纳水谷的，不到期限就会死。"这个人酷爱吃黄黍，黄黍补肺，所以过期。之所以尿血，是因为诊脉的理论说："病人性喜安静的，血从下出而死，性喜活动的，血从上出而死。"这个人喜欢安静，不急躁，又长久坐着不动，伏在小桌上睡熟，所以血从下部泄出。

齐王有一个名叫遂的侍医生了病，他自己炼制五石散服用。我去拜访他，他对我说："我有病。希望你为我诊治。"我立即给他诊治，告诉他说："您得的是内脏有热邪的病。病理说'内脏有热邪，不能小便的，不能服用五石散'。石药药力猛烈，您服后小便次数减少，赶紧停止服用吧。从你的脸色看来，要生疮肿。”他说：“从前扁鹊说过：‘阴石可以治阴虚有热的病，阳石可以治阳虚有寒的病。’药石的方剂都有阴阳寒热的分别，所以内脏有热的，就用阴石柔剂医治；内脏有寒的，就用阳石刚剂医治。”

我说：“您错了。扁鹊虽然说过这样的话，然而必须审慎诊断，确立标准，订立规矩，斟酌权衡，依据参照色脉表里、盛衰、顺逆的原则，参验病人的举动与呼吸是否谐调，才可以下结论。医药理论说：‘体内有阳热病，体表反应阴冷症状的，不能用猛烈的药和砭石的方法医治。’因为强猛的药进入体内，邪气就会更加恣肆，而郁热就会蓄积更深。诊病理论说：‘外寒多于内热的病，不能用猛烈的药。’因为猛烈的药进入体内就会躁动阳气，阴虚病症就会更严重，阳气更加强盛，邪气到处流动行走，就会重重团聚在腧穴，最后激发为疽疮。”

一百多天后，他的乳上果然生了疽疮，蔓延到锁骨上窝后，他就死了。这就是说理论只是大体情形，必须掌握其中的原则。平庸的医生有一处没学到，就会使得条理、阴阳出现差错。

齐王以前当阳虚侯时，病得很严重，许多医生都认为是蹶病。我给他诊脉，认为是痹症，病根在右胁下，大如倒扣着的杯子，使人气喘，气上逆不能饮食。我就用火剂粥给他服用，六天后，逆气平降；就让他再服丸药，前后又六天，病好了。病得自于房事不节制。我为他诊治时，不懂得如何用经脉理论解释这种病，只是大略知道疾病的所在部位。

我曾经为安阳武都里的成开方诊病，他自称没有病，我说他将被沓风病所苦，三年后四肢不能自己支配，喑哑不能言语，一旦喑哑就会死去。现在听说他四肢已经不能动，虽喑哑却还未死。他的病得自于多次喝酒之后受了剧烈的风邪。我之所以知道成开方的病，为他诊治，是因为他的脉象符合《奇咳术》的说法：“脏气相反的会死。”切他的脉，得到肾气反冲肺气的脉象，病理说：“三年会死。”

安陵坂里有位名叫项处的公乘生病，我给他诊脉，说：“这是牡疝病。”牡疝是发生在胸隔下，上连肺脏的病。病得自于行房事

不节制。我对他说：“千万不要干用力的事，做这样的事就一定会呕血而死。”项处后来去“蹴鞠”，腰部寒冷，出了很多汗，吐了血。我再次为他诊脉后说：“会在第二天黄昏时死去。”结果他到时就死了。他的病是因房事而得。我之所以知道他的病，是因为切脉时得到反阳脉，反阳的脉气进入上虚，第二天就会死。一方面出现了反阳脉，一方面上连于肺，这就是牡疝。

其他我能诊断出生死时间以及治好的病太多了，时间太长，忘记了，不能全部记住，所以不敢拿这些来回答。

诏书还问：“你所诊治的病，许多病名相同，诊治的结果却不同，有的死了，有的没死，为什么呢？”

“病名大多是相类似的，不能分辨，所以古代圣人创制了脉法，来确立诊断的标准，订立规矩，斟酌权衡，依照规则，测量人的阴阳情形，区别人的脉象，并分别命名，与自然界变化相应，参考人的情况，因此才可以区别各种疾病，使它们病名各异，医术高明的人能区分它们，医术拙劣的人就会混同它们。然而脉法不能全都应验，诊治病人要用分度脉的方法区别，才能区别相同名称的疾病，说出病因在什么地方。如今我诊治的病人，都有诊治记录。我之所以这样区别疾病，是因为跟随老师刚学成，老师就死了，因而记录诊治的情况，预期决断生死的时间，来验证失误、正确的情况是否符合脉法，因为这个缘故，现在很清楚各种疾病情况。”

“你预期决断病人生死的时间，有的却没有应验，这是什么原因呢？”

“这都是病人饮食喜怒不加节制，或者因为不恰当地服药，或者因为不恰当地进行针灸，因此没有如期而死。”

“在你正能够了解病人的生死情况，论说药品的适应症时，诸侯王、大臣有曾经向你请教的吗？到齐文王生病时，不找你去诊治，什么原因呢？”

回答说：“赵王、胶西王、济南王、吴王都派人来召我去，我不敢去。齐文王生病时，我家里贫困，想替人家治病，确实害怕官吏委任我为侍医而拘缚住我，所以我把户籍迁到亲戚邻居等人名下，不治理家事，到处行医游学，长期寻访医术精妙的人向他求教，拜见侍奉过许多老师，全部学到了他们的主要本领，也全部领会了他们医书的内容，并且进行分析评定。我住在阳虚侯的封国中，于是侍奉他。阳虚侯入朝，我跟随他到长安，因此能给安陵的项处等人诊治病。”

“你知道齐文王生病不起的原因吗？”

“没有看到齐文王的病情，可是私下听说齐文王患气喘、头痛、视力差的病。我心里想，认为这不是病。我认为是肥胖而蓄积了精气，身体得不到活动，骨头支撑不起，所以气喘，不应当医治。脉法理论说：‘二十岁血脉正旺，应当多跑动，三十岁应当多快步走，四十岁应当安静地坐着，五十岁应当安静地睡卧，六十岁以上应当使元气深藏。’齐文王年纪不满二十，正当脉气旺盛的时候，却懒于走动，不顺应自然规律。后来听说医生用灸法治疗，病情马上加重，这是分析论断病情上的错误。据我分析，这是正气外争而邪气内入，这就不是年轻人所能康复的了，所以死亡。对于这种形气俱实的情况，应该调和饮食，选择晴朗天气，或驾车，或步行，来开阔心胸，调和筋骨、肌肉、血脉，疏泻体内的郁积的旺气。所以，二十岁时，是人们说的‘易实’时期，按医理不应当用砭法灸法来治疗，使用这种方法会导致气血奔流。”

“你老师阳庆从哪里学的医术？齐国的诸侯是否知道他？”

回答说：“不知道阳庆从哪儿学的。阳庆家里富有，擅长医术，不愿意为人治病，应当是这个原因才不被人知道。阳庆还告诫我说：‘千万不要让我的子孙知道你学我的医术。’”

“你的老师阳庆是怎么看中并喜爱你的？怎么想把全部医术教给你？”

“我本来没听说老师阳庆的医术精妙。我后来之所以知道阳庆，是因为我年轻时喜欢各家医术，我试用他的医方，大多有效，而且精妙。我听说菑川唐里的公孙光擅长使用古代流传的医方，就去拜见他。我得以拜见侍奉他，从他那里学到调理阴阳的医方以及口头流传的医理，我全部接受记录下来。我想要全部学到他

精妙的医术，公孙光说：‘我的医方全部拿出来了，对你不会有所吝惜。我的身体已经衰老，不须再侍奉我了。这是我年轻时所受的妙方，都给你，不要教给别人。’我说：‘能够拜见侍奉在您跟前，得到了全部秘方，太幸运了。我到死也不敢胡乱传给别人。’

“过了些日子，公孙光闲着没事，我就深入分析论说医方，他认为我对历代医方的论说是高明的。他高兴地说：‘你一定会成为国医。我所擅长的医技都生疏了，我的同胞兄弟住在临菑，擅长医学，我不如他，他的医方很奇特，是世间难以听到的。我中年时，曾经想接受他的医方，阳庆不肯，说‘你不是那种可以接受医方的人’。必须我和你一起前往拜见他，他就会知道你喜爱医术了。他也老了，但家里富有。’当时还没去，恰逢阳庆的儿子阳殷来献马，通过老师公孙光进献给齐王，因为这个缘故我就和阳殷熟悉了。公孙光又把我托付给阳殷说：‘淳于意喜好医术，你一定要好好对待他，他是倾慕圣人之道的人。’于是就写信把我推荐给阳庆，因此也就认识了阳庆。我侍奉阳庆很恭谨，因此他很喜爱我。”

“官民曾经有人向你学习医术，并全部学到你的医术吗？是什么地方人？”

“临菑人宋邑曾经来跟我学习，我教他察看脸色诊病，他跟我学了一年多。济北王派太医高期、王禹来学，我教他们经脉上下分布的部位和异常络脉的结系之处，常常论说腧穴所处的方位，以及经络之气运行时的邪正顺逆的情况，怎样选定针对病症需要砭石针灸治疗的穴位，也学了有一年多。菑川王时常派太仓署中管理马匹的长官冯信向我请教医术，我教给他按摩中的顺、逆两种方法，论述用药的方法，鉴定药的性味，以及组合配伍方剂，制汤药的方法。高永侯的管家杜信喜好诊脉，前来学习，我教他经脉上下分布的部位、《五色诊》。他跟着我学了两年多。临菑召里的唐安前来学习，我教他《五色诊》、上千经脉分布的部位、《奇咳术》、四季气候随阴阳变化而变化的道理，没有学成，被任命为齐王的侍医。”

“你诊病决断生死，能够完全没有失误吗？”

"我诊治病人，一定首先切他的脉，才进行治疗。脉象衰败与病情违背的不可以医治，脉象和病情相顺应的才可以医治。如果不精心切脉，本来能决断出生死时间的病有时会被以为是可医治的病，往往出现失误，我不能完全没有失误。"

[illegible]

[illegible]

[illegible]

[illegible]

第七十五章

吴王濞列传

中国历史名著文库

吴王谋叛

吴王刘濞，是汉高帝的哥哥刘仲的儿子。高帝平定天下七年后，立刘仲为代王。后来匈奴攻打代国，刘仲没能坚守住，抛弃封国逃跑了。他抄小路跑到洛阳。向天子自首。天子因为是骨肉至亲的缘故，不忍心用法律制裁他，就把他废黜为郃阳侯。

高帝十一年的秋天，淮南王英布反叛，向东吞并了荆地，夺取了那里侯国的军队，向西渡过了淮河，攻打楚国，高帝亲自率领军队去讨伐他。刘仲的儿子沛侯刘濞当时二十岁，健壮有力，以骑将的身份跟随高帝在蕲县西边的会甄打败了英布的军队，英布逃跑。荆王刘贾被英布杀害，没有后嗣。

皇上担心吴地、会稽地方的人轻浮好斗，没有年富力强的王来镇抚他们，自己的儿子都还小，就封刘濞在沛地做吴王，统治三个郡五十三个县。刘濞接受印信后，高帝召刘濞来，给他相面，对他说："你的状貌有反叛之相。"心里后悔起来，但已经任命了，不能更改，于是拍着他的背，告诫他说："有传闻说汉朝建立后五十年间东南方有叛乱的人，难道是你吗？可是天下同姓是一家人，千万不要反叛啊！"刘濞叩头说："不敢。"

后来孝惠帝、高后时期，天下刚刚安定，郡国的诸侯各自一心安抚他们的百姓。吴国有豫章郡的铜矿山，刘濞就招募天下亡命之徒私下铸钱，煮海水制盐，因为这个使得国家的开支很富足。

孝文帝时期，吴王太子进京朝见，他陪伴皇太子饮酒、玩博戏。吴太子的老师都是楚地人，轻浮强悍，平素又骄横，博戏的时候，吴太子和皇太子争夺博局上的通道，态度一点也不恭敬，皇太子被惹恼了，他拿起博戏的台盘掷击吴太子，杀死了他。后来把他的尸体运回吴国埋葬。

到了吴国，吴王怨怒地说："天下同姓是一家，死在长安就葬

在长安，何必回来埋葬呢！”又把尸体运到长安埋葬。吴王从此逐渐抛弃了作为封国王侯的礼仪，经常托称有病不进京朝拜。

朝廷知道他是因为儿子的缘故，托称有病不来朝见。待查问清楚吴王确实没有病，等那些吴国使者来到时，朝廷便拘禁、责问并要治他们的罪。吴王心中害怕，策划谋反越发积极了。

后来吴王派人代行秋季朝见礼仪，皇上又责问吴王的使者，使者回答说："吴王确实没有病，朝廷拘禁惩办了几批使者，因为这样就托称有病。如今吴王刚假装有病，就被朝廷发觉，追究得紧，就越想隐藏着自己，害怕皇上诛杀他，称病的计谋出于无可奈何。希望皇上不要再追究他，给他一个重新开始的机会。"

于是天子就赦免了吴王的使者，让他们回去，并且赏赐给吴王几案和拐杖，嘱他年纪大，不用来朝见。吴王得以解除了他的罪过，阴谋也逐渐放弃了。他所在的封国因为产铜产盐的缘故，老百姓不用缴纳赋税。士兵去服役，总是发给代役金。每逢年节，就慰问有才能的人士，赏赐平民。别的郡国官吏想来捉拿逃亡的罪犯，吴王就收容罪犯不交给他们。像这样过了四十多年。

晁错是太子的家令，一直很受太子的宠幸，他多次怂恿太子说，吴王有罪，应该削减他的封地。他还多次上书劝说孝文帝，文帝宽厚，不忍心处罚吴王，因此吴王日益骄横起来。

到孝景帝登位，晁错任御史大夫，他劝说皇上道："以前高帝刚平定天下，兄弟不多，儿子们年幼，就广泛地分封同姓的人，所以赐封庶子悼惠王为齐王，统治齐国七十多县，异母弟楚元王统治楚国四十多县，哥哥的儿子刘濞统治吴国五十多县：分封三个旁支亲属，就分去了天下的一半。如今吴王以前有吴太子被打死的嫌隙，假托有病不朝见，按照古代法律应当诛杀，文帝不忍心，还赐给他几案和拐杖，恩德十分深厚，他应该改过自新。可是他愈发骄横放肆，依据铜山铸造钱币，煮海水来造盐，引诱天下逃亡的人，阴谋要造反。现在是削减他封地也造反，不削减他封地也造反。削减他的封地，他很快就造反，祸害小一些；不削减他的封地，他造反得晚，祸害就大了。"景帝还是举棋不定，觉得很难下定决心。

景帝三年冬天，楚王来朝见，晁错趁机进言说楚王刘戊去年为薄太后服丧时，在服丧的房子里偷偷淫乱，应该诛杀他。皇上下诏赦免其死罪，罚他削去东海郡。趁机就削减了吴的豫章郡、会稽郡。还有前两年赵王因为行罪，削去了他的河间郡。胶西王因为卖爵位时舞弊，削去了他的六个县。

汉朝廷的大臣正在讨沦削减吴王的封地。吴王刘濞害怕无休止地削减封地，便想趁机公开自己的图谋，要发兵起事。他考虑到诸侯中没有值得和他筹划的人，听说胶西王勇猛，好斗气，喜欢用兵，齐地的诸侯都害怕他，于是就派中大夫应高去引诱胶西王。

为了保密，吴王没有用书信，而是由应高口头报告说："吴王不才，有早晚就要来临的忧患，不敢把自己当作外人，派我来表明他的好意。"

胶西王说："请问您有什么赐教？"

应高说："如今皇上被奸邪之臣蒙蔽，不断提拔奸臣。喜欢眼前小利，听信搬弄是非的坏蛋，擅自改变法令，侵夺诸侯的封地，征求越来越多，诛杀惩罚善良的人们，一天比一天厉害。俗话说：'吃完米糠就到吃米了。'吴国和胶西国，都是有名的诸侯，一旦被察觉，恐怕不能安宁自由了。吴王身体有暗疾，不能按春秋两季去朝见已有二十多年了，他一直担心被怀疑，无法表白自己，如今缩着肩膀小心走路，还害怕不被宽恕。私下听说大王因为出卖爵位的事情有罪责，但罪过不应该到这样严重，这恐怕不只是削减封地就罢了。"

胶西王说："对，有这样的事。您打算怎么办？"应高说："憎恶相同的互相帮助，爱好相同的互相体贴，情感相同的互相成全，欲望相同的互相追求，利益相同的互相去赴死。如今吴王自认为和大王有共同的忧患，愿意顺应时势、遵循事理，牺牲自身来为天下除掉祸害，料想也可以吧？"

胶西王吃惊地说："我怎么敢这样？如今皇上虽然严厉，我本来就有死罪啊，怎么能不拥护他？"

应高说："御吏大夫晁错，迷惑天子，侵夺诸侯封地，蒙蔽忠

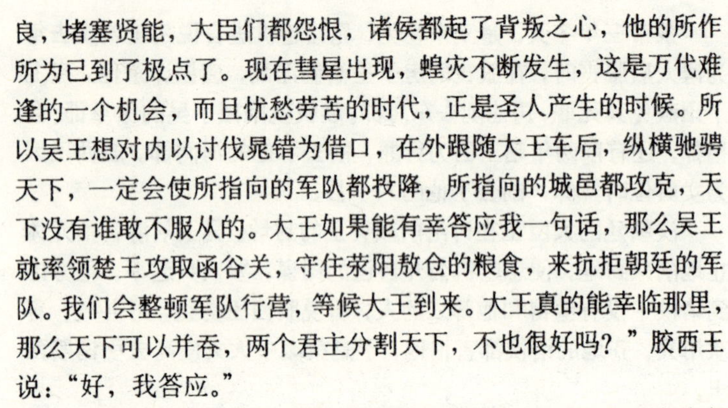

良，堵塞贤能，大臣们都怨恨，诸侯都起了背叛之心，他的所作所为已到了极点了。现在彗星出现，蝗灾不断发生，这是万代难逢的一个机会，而且忧愁劳苦的时代，正是圣人产生的时候。所以吴王想对内以讨伐晁错为借口，在外跟随大王车后，纵横驰骋天下，一定会使所指向的军队都投降，所指向的城邑都攻克，天下没有谁敢不服从的。大王如果能有幸答应我一句话，那么吴王就率领楚王攻取函谷关，守住荥阳敖仓的粮食，来抗拒朝廷的军队。我们会整顿军队行营，等候大王到来。大王真的能幸临那里，那么天下可以并吞，两个君主分割天下，不也很好吗？”胶西王说：“好，我答应。”

应高回去报告吴王，吴王还恐怕他不参与谋反，又派出使者出使到胶西，当面和他结盟。

胶西国群臣中有人听说了胶西王的阴谋，规劝说：“拥戴一个皇帝，是最大的快乐。如今大王和吴王向西发兵，假使事情成功，两个君主又互相争权夺利，祸患就开始了。诸侯的土地不够朝廷各郡的十分之二，背叛朝廷还会让太后忧虑，这不是好的计谋。”胶西王不听从。于是派使者约邀齐王、胶东王、济南王、济北王等，他们都答应了。

诸侯都刚刚受到削减封地的处罚，都很震惊恐慌，大多怨恨晁错。等到削减吴会稽郡、豫章郡的文书传到，吴王便首先起兵，在正月丙午这天，杀死朝廷任命的二千石以下的官吏，胶东王、菑川王、济南王、楚王、赵王也这样，他们一起向西进军。

齐王后来后悔了，服毒自杀，违背了盟约。济北王的城墙毁坏没有修好，他的郎中令劫持看守他，不能发兵。于是胶西王作为首领，和胶东王、菑川王、济南王一同进攻。赵王刘遂也参与了反叛，并暗中派使者到匈奴和他们联合军队。

七国发动叛乱的时候，吴王征召他的士兵，下令全国说：“我已经六十二岁了，此次还亲自担任统帅。我的小儿子才十四岁，也在士卒前列。那些年纪上和我一样，下和我小儿子一样的人，都要出征。”这样他征召了二十多万人，来征讨朝廷。

孝景帝三年正月甲子日，吴王在广陵起兵。向西渡过淮水，合并楚国军队。他派使者给诸侯送信说：

“吴王刘濞恭敬地问候胶西王、胶东王、济南王、赵王、楚王、淮南王、衡山王、庐江王、原长沙王的儿子：

“请多指教，因为朝廷有奸臣，他侵夺诸侯封地，派官吏弹劾拘捕诸侯，以侮辱诸侯为能事，不用诸侯王君主的礼仪对待刘姓骨肉至亲，而是断绝先帝的功臣，提拔任用坏人，惑乱天下，危害国家。而陛下多病，神志失常，不能察明情况。我想发兵诛杀他，在此恭敬地听从列位指教，我国虽然狭小，土地纵横三千里；人口虽然少，精锐的士兵很多；准备五十万。另外我侍奉南越有三十多年，他们的君主答应分派他的军队来跟随我，又可以得到三十多万人。

“我虽然没有才能，但希望能够跟随各位侯王一起，直取长安，纠正天子的错误，来安定高祖庙。希望各位侯王努力。如果

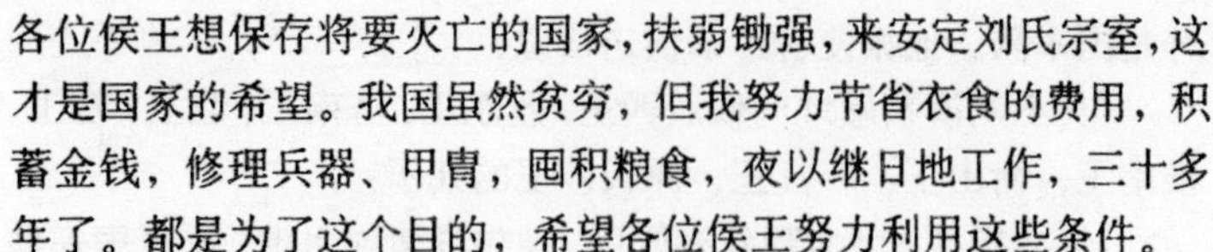

各位侯王想保存将要灭亡的国家，扶弱锄强，来安定刘氏宗室，这才是国家的希望。我国虽然贫穷，但我努力节省衣食的费用，积蓄金钱，修理兵器、甲胄，囤积粮食，夜以继日地工作，三十多年了。都是为了这个目的，希望各位侯王努力利用这些条件。

“能够杀死、俘获大将军的，赐给黄金五千斤，封邑一万户；杀死、俘获将军的，赐给黄金三千斤，封邑五千户；杀死、俘获副将的赐给黄金二千斤，封邑二千户；杀死、俘获二千石的官员，赐给黄金一千斤，封邑一千户；杀死、俘获一千石的官员，赐给黄金五百斤，封邑五百户：都可以被封为列侯。那些带着军队或城邑来投降的，士兵有一万人，城邑有一万户人口，可获得大将的位置；士兵、城邑人数达到五千，可获得将军的职位；士兵、城邑人数达到三千，能当上副将；士兵、城邑人数达到一千，可当上二千石的官员；而那些投降的小官吏可依据职位不同封爵赏金。其他的封赏都比汉朝的军法规定多一倍。

“这样一来，那些原来有封爵城邑的人，只会增加，不会依旧。希望各位侯王明白地向士大夫宣布，我不敢欺骗他们。我的金钱在天下到处都有，不一定到吴国来取，各位侯王日夜使用也不能用光。有应该赏赐的，就告诉我，我将前去送给他。恭敬地把这些话奉告各位侯王。”

七王兵败

七国反叛的文书被天子获知后，天子就派太尉周亚夫率领三十六位将军，前去攻打吴、楚；派曲周侯攻打赵；将军栾布攻打齐；大将军窦婴则驻扎在荥阳，监视齐、赵的军队。

窦婴出发前，向皇上称颂原吴国的丞相袁盎。袁盎当时正在家闲居，当他应诏入宫进见时，皇上正和晁错筹划军队和军粮的事情。

皇上问袁盎说："您曾经任吴国丞相，了解吴国大臣田禄伯的为人吗？如今吴、楚反叛，您有什么看法吗？"

袁盎回答说："不值得担忧，我们能打败他们。"

皇上说："吴王依靠铜矿来铸造钱币，煮海水来制盐，能引诱天下的豪杰之士，在头发白了的时候起来反叛。像这样，他的计谋如果不是万无一失，难道会发动么？怎么说他没有什么作为呢？"

袁盎回答说："吴国有铜、盐的便利是确实，哪里能有豪杰而且被他们引诱呢！假如吴王真的得到豪杰，也将会辅佐吴王行正义，不会造反了。吴王所吸引的都是无赖子弟，逃亡、铸钱的坏人，所以互相勾结着造反。"

晁错说："袁盎分析得很对。"

皇上问道："怎么作出对策呢？"

袁盎回答说："希望屏退旁边的人。"皇上屏退了别人，只有晁错还在。

袁盎说："我所说的，作为人臣不能知道。"于是皇上就屏退晁错。晁错急忙避开到东厢，心里十分怨恨。

皇上这时问袁盎，袁盎回答说："吴、楚互相来往书信，说：'高帝封刘姓子弟为王并且各有分封的土地，如今奸臣晁错擅自惩罚诸侯，削夺诸侯的封地。'所以用造反为名义，向西一同进发来诛杀晁错，他们说恢复原来的封地就罢兵。如今计策只有斩杀晁错，派使者赦免吴、楚七国的罪过，恢复他们以前被削的封地，那么军队就不用交战了。"

皇上沉默了很长时间，说："想来这该怎么办呢？我不会爱惜一个人而拒绝天下的。"

袁盎说："我愚蠢的计谋没有再超过这个的，希望皇上好好考虑。"

最后皇上终于下定了决心，他任命袁盎为太常，吴王弟弟的儿子德侯做宗正。袁盎秘密准备行装。十多天后，皇上派中尉去召晁错，骗他乘车巡行东市。晁错身穿上朝的衣服被斩杀在东市。然后皇上又派袁盎以侍奉宗庙的身份，宗正以辅助亲戚的名义，

依照袁盎的计策出使告知吴王。到了吴国，吴、楚的军队已进攻梁国营垒了。宗正因为亲戚的关系，先进去见吴王，告诉吴王让他下拜接受诏书。吴王听说袁盎到来，也知道他要劝说自己，笑着回答说："我已经做了东帝，还向谁下拜呢？"不肯接见袁盎，而把他扣留在军中，想强迫他做将军。袁盎不答应，吴王就派人包围他，想要杀了他，袁盎趁夜赶紧逃出，一直跑到梁国的部队里，才得以回朝廷报告。

这时条侯周亚夫已经到了洛阳，见到剧孟，他高兴地说："七国反叛，我乘坐专车到这里，自己没想到能安全到达。还以为诸侯们已经得到了剧孟，如今剧孟很安全。那么我据守荥阳，荥阳以东就可以不用担忧了。"

到了淮阳，周亚夫又询问他父亲原来的门客邓都尉说："您有什么好的计策吗？"

门客说："吴国军队十分凶猛，难以和他们争胜。但楚国军队轻浮，不能持久。如今为将军考虑，不如带领军队向东北在昌邑筑下营垒，把梁国放弃给吴国，吴国一定用全部精锐力量攻打它。将军深挖沟、高筑垒，派轻装的军队断绝淮水泗水交汇处，堵塞吴军的粮道。让吴、梁互相削弱、粮食耗光，然后用我们的强大军队去制服疲惫已极的军队，打败吴国是必然的了。"

条侯说："好。"听从了他的计策，就坚守在昌邑南面，派轻装的军队断绝吴军粮道。

吴王刚发兵的时候，吴国臣子田禄伯任大将军。

田禄伯说："军队聚集而向西，不是什么奇妙计策，难以取得成功。我愿意带领五万人，另外沿着长江、淮水而上溯，汇集淮南、长沙军队进入武关，和大王会合，这是一条奇妙的路线。"

吴王太子规劝说："父王以造反为名义，这种军队难以委托给别人，委托给别人也要反叛父王，怎么办？况且拥有军队而另外行动，会有很多其他的利害，无法知道，只是白白地损失自己罢了。"吴王就没答应田禄伯。

吴国另一位青年将军桓将军劝说吴王说："吴国有很多步兵，步兵适宜于险恶地形作战；汉军有很多战车骑兵，战车骑兵适宜于平地作战。希望大王所经过的城邑攻不下，就径直放弃而离开，迅速向西占据洛阳的兵器库，吃敖仓的粮食，依靠山河的险要来号令诸侯，即使不进入关内，天下其实已经平定了。假如大王行进迟缓，滞留攻克城邑，汉军的战车骑兵到来，冲进梁国、楚国的郊野，事情就失败了。”

吴王询问老将军们，老将军说：“这年轻人推进冲锋的计策还可以，哪里知道远大的考虑呢！”于是吴王没有采用桓将军的计策。

吴王专断地集中统率他的军队，还没渡过淮水，那些宾客都得以任将军、校尉、侯、司马等职务，只有周丘没有被任用。周丘是下邳人，逃亡到吴国，卖酒，品行不好，吴王刘濞看不起他，不任用他。

周丘拜见吴王，劝吴王说：“我因为没有才能，没能在部队中任职。我不敢要求率领军队，希望得到大王一个汉朝的符节，一定会有所报效大王。”

吴王就给了他符节。周丘得到符节，连夜驱车进入下邳。下邳当时听说吴王造反，都坚守城池。周丘到了客舍，召来县令。县令走进门口，就让随从依借罪名斩杀了县令。又召集他交好的富豪官吏说：“吴国反叛的军队快要来到，那时屠杀尽下邳人不过吃一顿饭的工夫。要是先投降，家室一定能保全，有才能的人还可以封为侯。”

这些人出去就互相转告，下邳人都投降了。周丘一个晚上得到三万人，派人报告吴王，于是率领他的军队向北攻取城邑。等到了城阳，军队已有十多万，打败城阳中尉的军队。但他听说吴王已经战败逃跑，估计自己没有人一起成就功业，就带领军队回下邳。还没到达，他就因后背生毒疮而死了。

二月中旬，吴王的军队已经被打败，他失败逃走，于是天子颁下诏书给将军们说：

“听说做好事的人，上天会用福事来酬报他；做坏事的人，上天会用灾祸来报应他。高皇帝亲自表彰功德，封立诸侯，幽王、悼惠王的封爵因为没有后嗣而断绝，孝文皇帝怜惜，给予恩惠，封立幽王的儿子刘遂、悼惠王的儿子刘印等人为王，让他们奉祀他们先王的宗庙，作为朝廷的藩国，恩德和天地相配，光明和日月并列。

“吴王刘濞背叛恩德违悖道义，引诱接纳天下逃亡的罪人，扰乱天下的钱币，托称有病不来朝见有二十多年了，主管官员多次请求对刘濞治罪，孝文皇帝宽释了他，想他能改过自新。如今却和楚王刘戊、赵王刘遂、皎西王刘印、济南王刘辟光、茁川王刘贤、胶东王刘雄渠结盟一起造反，做下罪大恶极的事，发兵来危害朝廷，残杀大臣和朝廷使者，逼迫、挟持广大百姓，摧残、杀害无辜的人，烧毁百姓房屋，挖掘他们的坟墓，十分暴虐。如今刘印等人又更加大逆无道，烧毁宗庙，掠夺祖庙的器物，我十分痛恨他们。

“将军们要勉励士大夫们攻打反叛的敌人。深入敌阵杀伤多人

“将军们要勉励士大夫们攻打反叛的敌人。深入敌阵杀伤多人

才有功劳，捉到了俸禄在三百石以上的反贼都杀掉，不要释放。胆敢有议论诏书和不依诏书的，都要腰斩处死。”

起初，吴王渡过淮水，一路都打了胜仗，锋芒甚劲。梁孝王很害怕，就派了六位将军攻打吴军，吴军打败了梁国的两位将军，士兵都逃回梁了。梁王多次派使者向条侯报告，请求救援，条侯不答应。梁王就派使者到皇上面前攻击条侯，皇上派人告诉条侯让他救援梁国，条侯又坚持便宜行事的策略不去增援。梁王派韩安国和为国事牺牲的楚国丞相的弟弟张羽做将军，才得以稍微打败吴国的军队。吴军想要向西进发，梁国坚守城池，使吴军不敢西进，吴军就跑到条侯军队驻地，和条侯军队在下邑相遇。

吴军想要交战，条侯坚守营垒，不肯出战。到后来吴军粮食断绝，士兵饥饿，屡次挑战，又趁夜晚奔袭条侯军营，骚扰东南阵角。条侯派人防备西北方，果然吴军从西北方侵入。吴军大败，士兵大多饿死，于是都叛逃或溃散了。吴王和他部下几千人连夜逃走，渡过长江跑到丹徒，得到东越保护。东越军队大约有一万多人，他们派人收集吴国的逃兵。汉朝就用金钱来收买东越，东越就骗吴王，吴王出去慰劳军队时，东越派人用矛戟刺杀吴王，装着他的头，乘快车向皇上报知。吴王的儿子刘子华、刘子驹逃跑到闽越。吴王的部队都溃散了，纷纷投降了太尉、梁王的军队。楚王刘戊军队也失败了，他自杀了。

胶西王和其他两个国王一起围攻齐国的临菑，三个月都没能攻下。汉军来到，他们只能都率军回去。胶西王于是光着膀子光着脚，坐在草席上，喝着白水，向太后请罪。王太子刘德说：“汉军远道而来，我看他们已经疲弊，可以袭击，希望收集大王的剩余军队攻打他们，攻击不获胜利，就逃到海上去，也不算晚呀。”

胶西王说：“我的士兵都已经败散，不可能发起使用了。”汉朝的将军弓高侯给胶西王送信说：“奉诏书来诛杀不义的人，投降的人就赦免他的罪过，恢复原有的官爵；不投降的人就灭掉他们。大王要如何处置，我等待答复以采取行动。”

胶西王到汉军营垒光着膀子叩头，请求说：“我刘印奉行法律不谨慎，惊扰了百姓，才使将军辛苦地远道而来到这穷国，请求惩办我碎尸万段的罪。”弓高侯手持金鼓来接见他，说：“大王被战事所苦，希望听到大王发兵的原因。”胶西王叩头跪着前行回答说：“当时，晁错是天子当权的大臣，改变高皇帝的法令，侵夺诸侯的封地。刘印等人认为不合正义，害怕他败坏、扰乱天下，七国发兵，将要诛杀晁错。如今听说晁错已被诛杀，刘印等人就罢兵回去。”

将军说：“大王如果认为晁错不好为什么不报告皇上？却没有诏书、虎符，擅自派兵攻打合乎道义的王国。由此看来，意图不是想诛杀晁错。”于是拿出诏书给胶西王宣读。读完了，说：“大王自己考虑吧。”

胶西王说：“像我等人死有余辜。”于是自杀。太后、王太子都死了。胶东王、济南王等都死了，封国被削除，收纳归朝廷。郦将军围攻赵国都城，经过十个月才攻克，赵王也自杀了。济北王因为被劫持的缘故，得以不被诛杀。

当初，吴王带头反叛，纠集率领楚军，联合齐、赵。正月间起兵，到三月份都被打败，只有赵最后被攻下。景帝又立楚元王的小儿子平陆侯刘礼为楚王，延续楚元王的后代。调汝南王刘非统辖吴国的旧地，做江都王。

第七十六章

魏其武安侯列传

中国历史名著文库

魏其侯窦婴

魏其侯窦婴，是孝文帝窦皇后堂兄的儿子。在他父亲以前，他家世世代代是观津人。窦婴从小就豪爽有器量，喜欢结交宾客。孝文帝时，窦婴做吴王的国相，因为有病被免职；孝景帝刚登位时，窦婴任詹事。

梁孝王是孝景帝的弟弟，母亲窦太后很喜欢他。梁孝王入京朝见，有一次以亲兄弟的身份和皇帝一起宴饮。这时皇上还没有立太子，喝酒喝得正高兴，就随便说："我去世后把皇位传给梁王。"太后听了，非常高兴。窦婴却举起一杯酒献给皇上，说道："天下是高祖的天下，父子相传，这是汉朝的规定，皇上怎么能擅自传位给梁王呢！"太后从此憎恨窦婴。窦婴也嫌官位低，就托病辞职。太后趁机开除了窦婴出入宫殿门的名籍，不准他参加春秋两季的朝会。

孝景帝三年，吴、楚等七国反叛，皇上考察了所有的宗室和外家窦氏子弟，发现这么多人，没有一个比窦婴更贤能的，于是就召见窦婴，要对他委以重任。窦婴进宫拜见，坚决推辞官位，托词说有病，无法胜任。太后见窦婴这样，也感到十分惭愧。于是皇上说："天下正有急难，你难道可以推托么？"就任命窦婴为大将军，赐给他黄金一千斤。窦婴于是把袁盎、栾布等闲居在家的名将贤士推荐给景帝。把赏赐的黄金，摆放在廊檐下，小军官经过，就让他们酌量拿去用，他自己没有拿一点黄金回家。窦婴驻守在荥阳，监督讨伐齐、赵的军队。后来，七国军队全部被打败，景帝按其功劳封窦婴为魏其侯。那些游士、食客都争着投奔魏其侯。孝景帝时，每逢朝廷上议论大事，除了条侯，没有列侯敢和魏其侯平起平坐的。

孝景帝四年，立了栗太子，让魏其侯任太子太傅。孝景帝七年，栗太子被废掉，魏其侯多次力争也无济于事。魏其侯就借口有病，退隐居住在兰田县南山下有好几个月，许多宾客辩士去劝说他，没有人能让他回来。

梁地人高遂劝魏其侯说："能够使将军富贵的，是皇上，能够亲信将军的，是太后。如今将军作为太子的老师，太子被废掉却不能力争；力争了没有效果，又不能以身殉职。自己称病引退，搂着赵地美女，隐居闲处而不肯入朝。这样看来，您是在表明自己而张扬皇上的过错啊。假如皇上和太后都要整治将军，那将军您的妻子、孩子一个也逃脱不了。"魏其侯认为他说得对，于是就出山回来，照旧参加朝见。

桃侯被免除了丞相的职位后，窦太后多次向皇上提到魏其侯。孝景帝说："太后难道认为我舍不得，而不让魏其侯任丞相么？但魏其侯这个人骄傲自满，办事轻率，难以胜任丞相一职，担当重任啊。"于是就没有任用魏其侯，而是任用了建陵侯卫绾做丞相。

武安侯田蚡

武安侯田蚡是孝景帝皇后同母异父的弟弟，他出生在长陵。魏其侯当了大将军以后，一时声名十分显赫。当时田蚡担任郎官，并不显贵，常常往来于窦婴家，陪从宴饮、跪拜起立像儿孙辈一样。

到孝景帝晚年，田蚡越来越显贵得宠，官至太中大夫。他口才很好，能言善辩，学过《槃盂》等书籍，王太后认为他很贤能。等到孝景帝逝世，当天太子即位，王太后摄政，所采取的镇压、安抚等措施，有很多是由田蚡的宾客出谋划策的。田蚡和弟弟田胜，都因为是王太后的弟弟而官运亨通，在孝景帝后元三年，田蚡被封为武安侯，田胜被封为周阳侯。

武安侯田蚡很想当权做丞相，他对待宾客谦恭有礼，还把那些闲居在家的知名人士推荐做官，他想用这种办法来压倒魏其侯及别的将相大臣。建元元年，丞相卫绾因病被免职，皇上考虑要另外任命丞相、太尉。籍福劝田蚡说："魏其侯显贵已经很长时间了，天下人士平素都来归附他。如今将军您刚兴旺，比不上魏其侯，假如皇上任命您当丞相，您一定要让给魏其侯。如果魏其侯任丞相，您一定会当上太尉。太尉与丞相的尊贵是相等的；您还有让贤的好名声。"

武安侯于是委婉地告诉王太后，让她暗示皇上，因此皇上就任命魏其侯为丞相，武安侯为太尉。籍福去向魏其侯祝贺，顺便劝谏他说："您的天性喜欢好人，憎恶坏人，如今好人颂扬您，所以当上了丞相；可是您又憎恨坏人，坏人那么多，也将会毁谤您。如果您能够同时容纳好人和坏人，那么相位就会保持长久；如果不能，很快就会因为遭到毁谤而丢官了。"魏其侯听了，很不以为

然。

魏其侯、武安侯都喜欢儒家学说，于是就推荐赵绾任御史大夫，王臧任郎中令。把鲁国的申公迎来，打算设置明堂，他们命令列侯们回到自己的封地去，废除关禁，按照古礼来制订各种服饰制度，以此来兴起清明太平的政治。

魏其侯检举了许多窦氏子弟和皇家宗室中品行恶劣的人，开除了他们的族籍。当时窦太后和王太后娘家的一些子弟都被封为列侯，很多的列侯都娶公主为妻，不想回自己的封国，因此毁谤魏其侯等人的话每天都传到窦太后耳中。窦太后喜好黄老学说，而魏其侯、武安侯、赵绾、王臧等人竭力推崇儒家学说，贬斥道家言论，所以窦太后更加不喜欢魏其侯等人。

到建元二年，御史大夫赵绾奏请，以后不要把政事禀奏给居住在东宫的窦太后。窦太后知道后，十分生气，就罢免并驱逐了赵绾、王臧等人，还免除了他们的丞相、太尉等职务，任命柏至侯许昌为丞相，武强侯庄青翟为御史大夫。魏其侯、武安侯从此以侯爵的身份在家闲居。

武安侯虽然不担任官职，但因为王太后的缘故，仍旧得到亲幸，他屡次向皇上议论政事，大多都有效果，天下趋炎附势的官吏和士人，都离开魏其侯而归附武安侯。武安侯一天比一天骄横。

建元六年，窦太后逝世，丞相许昌、御史大夫庄青翟因为没有办好丧事获罪，被免官。武安侯田蚡终于被任命为丞相，大司农韩安国为御史大夫。天下的士人、郡守和诸侯至此更加趋附武安侯。

武安侯身材矮小，其貌不扬，出身却很尊贵。他认为各诸侯王大多年纪很大，皇上又刚刚登位，年纪很轻，自己靠皇亲国戚的关系当了朝廷的丞相，不狠狠地杀一下他们的威风，用礼法来使他们屈服，天下就不会肃顺。

在那时，丞相入朝向皇上奏事，坐在那里一谈往往是大半天，他所说的话皇上都听从。他所推荐的人有的会从闲居一下子提升到二千石级，他就这样渐渐地把皇上的权力移到自己手上。有一次皇上有些气恼地说："你任命官吏到头了没有？我也想委任官吏了。”他还曾经请求把考工官署的土地划给他扩建住宅，皇上生气地说：“你为什么不干脆把武器库也拿去！”从此以后，他才稍为收敛了一些。

有一次他请客人宴饮，让他的哥哥盖侯朝南坐，自己面朝东坐，他认为汉朝的丞相尊贵，不可以因为他是哥哥而私下降低了自己的身分。武安侯从此更加骄横，他修建的住宅好过一切贵族的府第。田地庄园都很肥沃，而派出到各郡县去采购器具物产的人员一路上络绎不绝。前厅摆设着钟鼓，竖着曲柄长旗；后房的美女数以百计。各地诸侯奉送的金玉、狗马和玩物，多得数不清。

灌夫骂座

魏其侯失去窦太后的宠幸后，同皇上更加疏远而不被任用。因为没有权势，那些宾客都渐渐离去了，对他也越来越轻慢，只有将军灌夫一人不改变原来的态度。魏其侯每天闷闷不乐，只是对待灌将军特别好。

灌夫将军是颍阴人。他父亲叫张孟，曾经做过颍阴侯灌婴的家臣，受到宠信，灌婴便推荐他当上了二千石级官员，所以张孟就用了灌家的姓叫灌孟。吴、楚反叛时，颍阴侯灌何任将军，隶属于太尉周亚夫，他向太尉推荐灌孟做校尉。灌夫带着一千人和他父亲一同出征。灌孟年纪太大，颍阴侯勉强推荐他，他闷闷不乐，所以作战时常常故意冲击敌人的坚固阵地，终于战死在吴军中。按照军法，父子都参军的，有一人战死，另一人可以护送灵柩回去。灌夫不肯跟随灵柩回去，他激昂地说：“希望斩取吴王或吴国将军的头颅，为我父亲报仇。”

于是灌夫身披铠甲，手持战戟，召集了军中平素同他要好并愿意跟随他的勇士几十人。等到走出营门，面对前面浩浩荡荡的军队，许多人胆怯了，不敢前进。只有至交的两个好友和发配在他部下服军役的十几名囚徒骑兵冲入吴军中，他们冲到吴军的将旗下，杀死杀伤了几十人。不能再向前了，又飞马跑回，跑进汉军营中，跟随他的囚徒都死了，只有他和一名骑兵回来。灌夫身上十几处受到重伤，幸好有名贵的好药，才没有死去。灌夫的伤势稍好些，又向将军灌何请求说："我现在比以前更了解吴军营地中的曲折路径了，让我再一次前去攻打他们吧。"灌何认为他勇敢有义气，恐怕灌夫战死，就向太尉报告，太尉于是坚决阻止他。吴军被打败后，灌夫因此天下闻名。

颍阴侯向皇上称赞灌夫的行为，皇上就任命灌夫为中郎将。几个月后，他因为犯法被免职。后来他住在长安，长安城中的贵族们没有不称道他的。孝景帝时，他做到了代国国相。孝景帝逝世，当今皇上刚登位，认为淮阳是天下的交通枢纽，必须有强大的军队驻扎，于是就调灌夫任淮阳太守。

建元元年，皇上又调灌夫入京任太仆，灌夫又做了一年。一次，灌夫和长乐宫的卫尉窦甫一起饮酒，饮酒饮得太多了，灌夫醉了，打了窦甫。窦甫是窦太后的兄弟。皇上害怕太后一生气，要杀灌夫，就调他任燕国国相。几年后，因为犯法被免官，他又在长安家中闲居了。

灌夫为人刚强直爽，好逞酒兴，不喜欢当面奉承人家。对那些地位比自己高的有权势的皇亲国戚，如果不想恭敬有礼的对待他们，就一定要凌辱他们；对那些地位比自己低的士人，越是贫困低贱的，却反而尊敬他们，和他们平等相待。在大庭广众之中，推荐夸奖年轻人。士人也因此称颂他。

灌夫不喜好文学，喜欢仗义行侠，自己答应的事一定办到。他所结交往来的人，都是豪强恶霸。他的家里积聚了几千万金，每天招待的食客有几十上百人。对于山林、水池、田地、园苑，灌夫的宗族宾客都加以争夺，在颍川一带横行霸道。颍川的儿童就唱谣歌说："颍水清，灌氏宁；颍水浊，灌氏族。"

灌夫在家里虽然富有，可是失却了权势，像卿相侍中那样的宾客越来越少，到魏其侯失势的时候，想依靠灌夫去教训打击那些原先仰慕趋附自己后来又背弃的宾客。灌夫也要倚重魏其侯去交结列侯宗室来抬高自己的声望。两人互相倚仗，相处得像父子一样。彼此十分投机，没有一点隔阂，只恨相识得太晚了。

有一次，灌夫丧服在身，去访问丞相。丞相随口说："我想和你去访问魏其侯，碰巧你有丧服在身。"灌夫说："将军竟然肯赏脸光顾魏其侯，我怎么敢因为有丧服而推辞呢！请让我告诉魏其侯备好筵席，将军明天早点光临。"武安侯答应了。灌夫把对武安侯讲的话告诉了魏其侯。魏其侯和夫人很高兴，就买了很多酒肉，连夜打扫干净，很早就开始安排陈设筵席一直忙到天亮。天刚亮，就命令家人到大门口去等候接待。可到了中午，丞相武安侯也没来。

魏其侯对灌夫说："丞相难道忘记这事了吗？"

灌夫不高兴，说："我身穿丧服来邀请，他应该来。"于是就驾了车子，自己去迎接丞相。其实，丞相只是上一天开玩笑答应了灌夫，一点都没有去的意思。等到灌夫到了丞相家门口时，丞相还在睡觉。灌夫进去拜见，说："将军昨天赏脸答应访问魏其侯，魏其侯夫妇准备迎接，从一清早到现在，还不敢吃东西呢。"

武安侯吃惊地道歉说："我昨天喝醉了，一下子忘了和你讲的话。"于是驾车前去，可在路上又慢慢地走，灌夫越发生气。到了魏其侯家，在宴席上饮酒正酣时，灌夫起身跳舞，邀请丞相也跳，丞相不肯起身，灌夫在座位上用话语讥刺他。魏其侯赶紧把灌夫扶出去，向丞相赔罪。丞相喝酒喝到夜晚，尽兴离去。

丞相曾经派籍福向魏其侯求要城南的一片田地。魏其侯十分怨恨地说："我老仆虽然被弃去不用，将军虽然尊贵，难道就可以这样仗势侵夺吗？"籍福很尴尬，说不出话来。灌夫听说了，很生气，大骂籍福。

籍福怕窦婴和田蚡两人结下仇怨，于是用好话欺骗丞相说："魏其侯老得快要死了，应该容忍他些时候，姑且等待着吧。"

不久武安侯听说魏其侯、灌夫其实是因为愤怒而不给他田，也发怒说："魏其侯的儿子曾经杀了人，我救了他的命。我对待魏其侯什么事都肯干，他为什么吝惜这几顷田呢？况且灌夫为什么也参与进来呢？我不敢再求取田了。"武安侯因此十分怨恨灌夫、

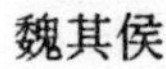

魏其侯。

元光四年春天，丞相向皇上揭发灌夫家人在颍川，横行不法，百姓受其侵扰。请求查办。皇上说："这是丞相的事，何必请示我。"灌夫也抓住了丞相的秘密如非法谋取私利、接受淮南王的贿赂以及和他谈话等。他们的宾客从中调停，才结束了相互攻击，和解了。

这年夏天，丞相娶燕王刘嘉的女儿作夫人，王太后诏令，叫列侯宗室都去祝贺。魏其侯去探访灌夫，想和他一起去。灌夫推辞说："我多次因为酒醉得罪过丞相，丞相如今又和我有仇怨。"魏其侯说："事情已经和解了。"强迫他一起去。大家饮酒饮得正高兴，武安侯起身敬酒，客人都离开席位伏在地上。

过了一会儿，魏其侯敬酒，只有一些老朋友离开席位，其余一半的客人只是稍微欠身，跪在席上。灌夫不高兴。他起身敬酒，

敬到武安侯时，武安侯欠身跪着说："不能喝满杯。"灌夫发怒，于是强笑着说："将军是贵人，请干了这一杯！"可武安侯就是不肯。

灌夫敬酒依次轮到临汝侯，临汝侯正和程不识说悄悄话，不离开席位。灌夫一肚子火无处发泄，就骂临汝侯说："你平日把程不识诋毁得一钱不值，今天长者来向你敬酒，你竟然学女孩子咬着耳朵说悄悄话！"

武安侯对灌夫说："程、李两位都是东西宫的卫尉，你今天当众羞辱程将军，难道您不想给李将军留点面子么？"灌夫说："今天我准备杀头穿胸，哪里知道什么程、李呢！"客人于是都借口起来上厕所，陆续走掉了。魏其侯要离去，用手指示灌夫也出去。

武安侯就发怒说："这都是因为我放任灌夫才得罪了人啊。"就下令骑兵扣留灌夫。灌夫想走却走不掉。籍福起来替灌夫谢罪，并且按住灌夫脖子让他谢罪。灌夫更加生气，不肯谢罪。武安侯于是指使骑兵把灌夫捆起来放在驿馆里，召来长史说："今天召请宗室，是奉王太后的诏令。"灌夫在席上骂人，犯大不敬罪，把他关押进居室。查究他以前的罪行，派人分头追捕灌氏的各支宗族，全都判处死罪。魏其侯十分惭愧，出钱派宾客去求情，没能得到宽释。灌家的人闻讯，都逃亡躲藏起来，而灌夫被拘禁，终于没能告发武安侯的秘密罪行。

魏其侯为了救灌夫挺身而出。他的夫人劝他说："灌将军得罪了丞相，冒犯了太后家，难道还有救么？"魏其侯说："侯爵是由我挣得的，由我失掉它也没有什么遗恨。况且我终究不能让灌夫一个人去死，而我独自生存。"于是就瞒着他的家人，偷偷出去上书给武帝。武帝立即召他进宫，他把灌夫喝醉了酒的事情全部告诉武帝，认为不够死罪。皇上认为很对，留他在宫中吃饭，说："到东宫太后那里去辩白清楚这事。"

魏其侯到了东宫，极力称赞灌夫的优点，说他是由于酒醉犯了错误，可是丞相就用别的事来诬陷他。武安侯极力攻击灌夫所作所为骄横放肆，犯有大逆不道罪。魏其侯考虑到这样做没有什么效果，就开始揭发丞相的过失。

可武安侯说：“幸好天下安乐无事，我能够成为皇上的心腹，我所喜好的是音乐、狗马、田地房舍。我喜欢的是乐工、演员、能工巧匠之流，不像魏其侯、灌夫那样日夜招集天下豪杰壮士一起议论，对朝廷心怀不满，不是仰观天文，就是俯画地理，窥测于东、西两宫之间，希望天下发生变动，而想建立大功业。我真不明白魏其侯等人的所作所为。”

于是皇上问大臣们说：“你们说这两个人谁说得对？”御史大夫韩安国说：“魏其侯说灌夫的父亲为国而死，灌夫手持战戟冲进生死存亡难测的吴军中，身受几十处伤，名声在全军数第一，这是天下的壮士。如果没有大的罪过，只是因为喝醉了发生争执，是不值得援引别的过错来处死他的，魏其侯说得对。丞相说灌夫勾结豪强恶霸，欺压百姓，家里积敛有成千上万的财产，在颍川横行无忌，凌辱侵犯宗室亲族，这是所谓‘树枝比树干还大，小腿比大腿还粗，不折断就一定会裂开’，丞相说的也对。希望英明的主上裁断这事。”

主爵都尉汲黯认为魏其侯对。内史郑当时认为魏其侯对，可是后来又不敢坚持意见回答皇上。其他的人都不敢回答。皇上怒骂内史说：“你平时多次谈论魏其侯、武安侯的好坏，今天在朝廷上议论，却吞吞吐吐像驾在车辕下的马驹，我要把你们这些人一并杀掉。”就罢朝起身，进入宫内，去侍候太后用膳。太后也已经派人在朝廷上打探消息，当时的情形全都知道了。

太后很生气，不吃饭，说：“如今我还活着，而有人都敢作践我的弟弟，如果我死后，都会像宰割鱼肉那样宰割他了。况且皇帝难道能像石头人一样不作主张吗？现在皇帝还活着，大臣就唯唯诺诺，假令皇帝过世以后，这些人还有可以相信的？”皇上谢罪说：“都是宗室和外戚，所以才让他俩在朝廷上辩论。不然的话，这只要一个法官就裁决了。”这时，郎中令石建把魏其侯、武安侯两人的事分别向武帝奏说。

武安侯退朝后，走出来，召韩安国和他一同坐车，生气地说：“我和你共同对付一个老秃翁，你为什么这样畏首畏尾呢？”韩安国过了好一会儿才对丞相说：“我看您太不爱重自己的名声了！魏其侯攻击您，您应当脱下官帽，解下印绶，回家去，说：'我以皇帝的心腹，有幸得当丞相，本来是不胜任的，魏其侯说的都不错。'像这样做，皇上一定赞赏您有谦让的美德，不会废免您。魏其侯一定会内心惭愧，关上门咬断舌头自杀。如今人家诋毁您，您也诋毁人家，就像商人、女人吵嘴一样，您怎么那样不识大体呢！”武安侯谢罪说：“争辩的时候太性急了，没想到应该这样做。”

皇上派御史依据文簿记载查究魏其侯所说的灌夫的情状，发现有很多不相符的地方，就认定魏其侯在欺骗皇上。就把他弹劾，拘禁在都司空的狱中。孝景帝时，魏其侯曾接受过景帝临死时的遗命，说：“有什么你觉得不方便的事情，你可以获得权利直接向皇上发表议论。”等到自己被拘禁，灌夫的罪将要被灭族，事情一天比一天危急，大臣们没有人敢再向皇上说明这事。魏其侯就让自己的侄子上书说明自己曾受过先帝的遗诏，希望能够再被召见。奏书送上以后，进行查对，可尚书保管的档案中并没有先帝的这份遗诏。诏书只藏在魏其侯家里，是由他的管家盖印封存的。于是又弹劾魏其侯伪造先帝的遗诏，应该判处斩首示众。

元光五年十月，灌夫和他的家属全都被处决。魏其侯过了很久才听说，听到后十分气愤，他患了中风病，不吃饭，只想死。后来有人听说皇上没有杀魏其侯的意思，魏其侯又开始吃饭、治病了，可后来又有许多流言蜚语诽谤魏其侯的话，让皇上听到了，所以在当年十二月的最后一天，最终还是把魏其侯在渭城处死了。

这年春天，武安侯患病，嘴里总是呼叫服罪的话。手下让能看见鬼的巫师去看他的病，巫师看见魏其侯、灌夫一同守着武安侯，要杀死他。他缠绵病榻多日，终于死了。他的儿子田恬继承了爵位。元朔三年，武安侯田恬因穿短衣进宫，犯了不敬的罪，被废去了爵位。

淮南王刘安谋反被发觉后，皇上要求追查这件事。查明淮南王前次来朝见时，武安侯任太尉，当时到霸上去迎接淮南王，他曾经对淮南王说：“皇上还没有太子，大王最贤明，是高祖的嫡孙，如果皇上驾崩，不是大王您继位还会是谁呢！”淮南王十分高兴，送给武安侯许多金银财物。皇上从魏其侯的事件发生时起，就认

为武安侯是不对的，只是碍着太后的缘故。等到听说淮南王送给武安侯财物的事，皇上说："假如武安侯还活着，一定要将他灭族。"

第七十七章

韩长孺列传

中国历史名著文库

深明大义机智巧辩

御史大夫韩安国，原来是梁国成安县人，后来搬迁到睢阳。他曾经在邹县田先生那里学习过《韩非子》、杂家学说。侍奉梁孝王，担任中大夫，吴、楚七国反叛的时候，梁孝王派韩安国和张羽任将军，在东部的边界上抵御吴军。张羽奋力作战，韩安国防守稳固，因此吴军没能通过梁国。吴、楚七国被打败后，韩安国、张羽的名声开始显扬。

梁孝王是景帝的同母弟弟，窦太后很喜欢他，允许他能自己设置国相和二千石的官员，梁孝王因此恃宠而骄，进出、游戏的排场，可以和天子相比。天子听说了，心里很不高兴。窦太后知道景帝不高兴，就迁怒于梁国的使者，不接见他。查究责备梁王的所作所为。

韩安国那时担任梁国使者，就去进见大长公主，哭着说：

“为什么梁王作为人子的孝心，作为人臣的忠心，太后竟然觉察不到呢？前些时候，吴、楚、齐、赵等七国反叛时，函谷关以东的诸侯都联合起来向西进军，只有梁国最忠于朝廷，而成为叛军进攻的阻难。梁王想到太后、皇上在京师，底下诸侯扰乱，一谈起这些事情，就泪如泉涌。他长时间跪着送我们六人带领军队击退吴、楚军队，吴、楚军队因此才不敢向西进发，而终于失败灭亡，这也是梁王的力量啊。

“现在太后因为苛细的礼节而责怪梁王。梁王的父亲、哥哥都是帝王，所见的场面很大，所以出行时要开路清道，进来时要警戒，车子、旗帜都是帝王赏赐的，他不过是想在偏僻的小县炫耀一下，在国中让车马来回奔驰，来向诸侯显耀，让天下人都知道太后、皇上喜欢他。如今梁国使者来到，受到查问责备，让梁王很害怕，日夜流泪思念，不知做什么好。为什么梁王作为人子的

孝心，作为大臣的忠心，太后不怜惜呢？”

大长公主把这些话都告诉了太后。太后高兴地说：“我要替他向皇上解释。”于是向皇上说了这些话，皇上心里的疙瘩才解开了，而且脱下帽子向太后谢罪说：“兄弟间不能相互教导，竟给太后带来忧虑。”并接见了梁国所有的使者，赐给他们丰厚的礼物。

从那以后，梁孝王更受宠爱。太后、长公主再赏赐韩安国大约价值一千余金的财物。韩安国的名声更加显扬了，还和朝廷有了联系。

那以后，韩安国因为犯法被判罪，蒙县的狱官田甲羞辱韩安国。韩安国说：“死灰难道不会再燃烧吗？”田甲说：“再燃烧就撒泡尿浇灭它。”没过多久，梁国内史的职位空缺，朝廷派使者任命韩安国做梁国的内史。从囚徒起任为二千石官员。听到这个消息，田甲吓得逃跑了。韩安国说：“田甲如果不回来就任，我灭掉他的家族！”田甲于是光着上身来谢罪。韩安国笑着说：“你可以撒尿了！你们这些人值得我处置吗？”他最终还是和这些人友好相待。

梁国内史职位空缺的时候，梁孝王刚结交了齐地人公孙诡，很喜欢他，想请求任命他做内史。窦太后听说了，就诏令梁孝王任命韩安国做内史。

公孙诡、羊胜劝说梁孝王向景帝请求做皇位继承人和增加封地的事情，恐怕朝廷大臣不服气，就暗中派人刺杀朝廷中掌权的谋臣。他们刺杀了原吴国国相袁盎，景帝听说了公孙诡、羊胜等人的计谋，立刻派使者捉拿公孙诡、羊胜，命令他们一定要捉到。

汉朝使者十几批来到梁国，从国相以下进行全国大搜查，可一个多月都没有捉到。内史韩安国听说公孙诡、羊胜藏在梁王那里，韩安国就进宫拜见梁王，哭着说：“主上受辱，臣下该死。大王没有贤良的臣下，所以事情纷乱到这个地步。如今捉不到公孙诡、羊胜，我请求辞别，赐我自杀。”

梁孝王说：“怎么会到这种地步呢？”

韩安国泪落如雨，说：“大王自己考虑一下，您和皇帝的关系，比起太上皇和高帝以及皇帝和临江王，哪一个更亲密呢？”

梁孝王说："我比不上他们。"韩安国说："太上皇和高帝、皇帝和临江王是父子的关系，可是高帝说：'手提三尺宝剑夺得天下的是我啊'，所以太上皇始终不能决定政事，住在栎阳。临江王本是嫡长太子，只为一句话的过错，被废黜降为临江王；又因为建宫室时侵占了祖庙墙内的空地，终于在中尉府中自杀了。为什么呢？这是因为治理天下终究不能凭借私情来扰乱公事。

谚语说：'即使是亲生父亲，怎么知道有一天他会不会变为老虎？即使是亲哥哥，怎么知道他有一天会不会变为狼？'如今大王是诸侯，喜欢听奸臣的虚妄言论，触犯了皇上的禁令，阻挠了圣明的法律。而天子因为太后的缘故，不忍心惩办大王。太后日夜哭泣，希望大王自己改正，可是大王始终不觉悟。假如太后一旦逝世，大王还能攀附谁呢？"

话还没说完，梁孝王痛哭流涕，向韩安国道谢说："我现在就

放了公孙诡、羊胜。”可是这个时候，公孙诡、羊胜自杀了。汉朝使臣回去报告说，梁国的事情顺利解决了，都仰仗韩安国的努力。于是景帝、太后越发看重韩安国。梁孝王去世，梁共王登位，韩安国因为犯法被免官，在家闲居。

青云而上郁郁而终

武帝建元年间，武安侯田蚡任朝廷太尉，十分尊贵而有权势。后来，韩安国拿价值五百斤黄金的东西送给了田蚡。田蚡在太后面前就开始常常称道韩安国如何贤能，天子也一直听说他贤能，就征召他任北地郡都尉，后提升做大司农。闽越、东越互相攻打，韩安国和大行令王恢领兵去讨伐。军队还没到越地，越人杀了他们的大王来投降，汉朝廷的军队就撤回来了。

建元六年，武安侯田蚡任丞相，韩安国任御史大夫。

正在这个时候，匈奴派人来请求和亲，天子召集大臣们来讨论。大行令王恢，是燕地人，多次担任边疆官吏，熟悉了解匈奴的情况。他建议说：“汉朝和匈奴和亲，一般不超过几年就又背弃盟约。不如不答应他们，发动军队攻打它。”

韩安国说：“到千里以外去作战，对军队没有任何好处。如今匈奴依恃兵马的充足，怀有禽兽般的心思，像鸟一样迁徙移动，难以制服他们。得到他们的土地不能算是广大，拥有他们的民众不能算是强大，他们从上古以来就不内属中国。汉朝军队经过几千里远征去攻打，一定是人困马乏，而敌人就会以全盛之势攻击我们的弱点。俗话说强弩射出后到最末，连轻薄的鲁缟也穿不透；强风的末尾，力量连雁毛都冲飘不起。不是起初不够强劲，而是到最后力量都衰退了。我们攻打他们没有好处，不如同他们和亲。”大臣们的建议大多同意韩安国，于是皇上答应和匈奴和亲。

第二年，即元光元年，雁门郡马邑县的豪绅聂翁壹，通过大行令王恢向皇上建议说："匈奴刚和亲，亲信边地的人民，可以用便宜来引诱他们。"皇上便暗中派聂翁壹作为间谍，逃进匈奴中，对单于说："我能够斩杀马邑县的县令、县丞和其他官吏，拿城池来投降，得到了你全部的财物。"单于听了很高兴，认为不错，就答应了聂翁壹。聂翁壹回来，装模作样地斩了一个死囚的头，悬挂在马邑的城墙上，来向单于的使者表明可信。他说："马邑的长官已经死了，可以快速前来了。"于是单于率领十多万骑兵通过关塞，进入武州塞。

当时，汉朝埋伏的军队有战车、骑兵、步兵三十多万，都藏在马邑城旁边的山谷中。卫尉李广任骁骑将军，太仆公孙贺任轻车将军，大行令王恢任将屯将军，太中大夫李息任材官将军，御史大夫韩安国任护军将军，各位将军都归属于护军将军指挥。互相约定，只等单于一进入马邑城，汉朝军队就奔驰出击。王恢、李息、李广则另外从代主攻匈奴的军用物资。

这时，匈奴单于进入到汉朝长城的武州塞，距离马邑城还有一百多里，要抢夺劫掠，他们看见牲畜放养在野外，却没有一个人。单于觉得奇怪，就攻下烽火台，捉到武州尉史，向他探问情况。尉史说；"汉朝军队有几十万埋伏在马邑城下。"单于回头对左右的人说："几乎被汉朝欺骗了。"于是带兵回去。单于出了关塞，说："我得到这位尉史相助，真是天意啊。"马上任命尉史为"天王"。

塞下传说单于已经带兵离去。汉朝军队追赶到塞下，估计追不上，就作罢了。王恢等人的军队三万人，听说单于没有和汉军交锋，估计去攻打匈奴的军用物资，一定会和单于的精兵交战，汉军疲惫之势作战一定会失败，就便宜行事撤回了军队，汉军无功而返。

天子对王恢擅自带兵撤回，不出击袭取单于的军用物资非常生气。王恢说："起初，我诱约匈奴进入马邑城，汉军和单于交锋，而我攻打他们的军用物资；这样可以获得利益。如今单于听说了消息，不来而回去，我率领三万人不能和他相匹敌，只是自取耻辱罢了。我本来就知道回来会被斩，但是能够保全陛下的士兵三

万人，我觉得心安。”

于是皇上就把王恢交给廷尉处理。廷尉判他曲行避敌、观望不前罪，应当处死。王恢暗中送给丞相田蚡一千斤黄金。田蚡不敢对皇上说，而对太后说：“王恢最先倡议马邑诱敌之计，如今却因为没成功而诛杀王恢，这是替匈奴报仇啊。”皇上朝见太后，太后把丞相的话告诉了皇上。

皇上说：“最先倡议马邑诱敌之计的人，是王恢，所以发动天下几十万军队，听从他的话，这样做了。而且纵使抓不到单于，如果王恢的军队攻打匈奴的军用物资，也还很可能有收获，来安慰将士们的心。如今不诛杀王恢，无法向天下人谢罪。”后来王恢听说这事，就自杀了。

韩安国为人有大谋略，他的智谋足够用来迎合世俗，可是他这样做都出于忠厚之心。他对财物很贪婪。他所推荐的都是廉洁

的士人，比他自己贤能。如他在梁国举荐的壶遂、臧固、郅他，都是天下有名的士人，士人也因此称赞、仰慕他，就是天子也认为他有治国的大才。

韩安国任御史大夫四年多，丞相田蚡去世，韩安国便代理丞相的职务。有一次，他为天子作前导，跌下了车，跛了脚。天子商议任命丞相，想要任用韩安国，派使者去探望他，发现他脚跛得厉害，就改任平棘侯薛泽做丞相。韩安国因为有病免官几个月后，脚伤好了，皇上又任命他做中尉。一年多后，调任做卫尉。

车骑将军卫青攻打匈奴，从上谷出发，在龙城打败匈奴。将军李广被匈奴俘虏，后又逃脱了；公孙敖的士兵伤亡很大——他们俩都应当被处死，后来出钱赎罪成为平民。第二年，匈奴大举入侵边境，杀害辽西太守，等到进入雁门，杀死和掳走的有几千人。

车骑将军卫青奉命攻打匈奴，卫尉韩安国任材官将军，驻扎在渔阳。韩安国活捉到匈奴人，俘虏说匈奴已经远远离去。韩安国就上书说现在正是耕作的时候，请求他暂且停止军屯。可停止军屯一个多月后，匈奴突然大举入侵上谷、渔阳。

韩安国的军营中才有七百多人，出去和匈奴交战，根本抵挡不住。让匈奴掳走了一千多人以及不少牲畜财产。天子听说了，很气愤，派使者斥责韩安国。调韩安国向东移动，驻扎在右北平。因为这时匈奴的俘虏供说要入侵东边。

韩安国最初任御史大夫和护军将军，后来逐渐被排斥疏远，贬官降职；而新得宠的青年将军卫青等人有功劳，越发尊贵。韩安国被疏远后，很不得志；领兵驻守又被匈奴人侵袭，损失很大，十分自愧。希望能够罢兵回去，却越发被派向东边迁移屯守，心里郁郁不乐。

几个月后，韩安国生病吐血而死。

第七十八章

李将军列传

中国历史名著文库

骁勇善战出生入死

李将军名叫李广，是陇西郡成纪县人。他的先祖李信，是秦朝的一位将军，曾经追击并捉到燕国太子丹。他的老家在槐里，后来迁到成纪县。李广是将门之后，他家世代传习箭术。

孝文帝十四年，匈奴大举入侵萧关，李广以良家子弟的身份随军出击匈奴。他善于骑马射箭，能以一当十，斩杀敌人很多，很快升迁到了中郎的职位。李广的堂弟李蔡，也任郎官。李广曾跟随孝文帝出行，文帝见他冲锋陷阵、抵御敌人，以及搏杀猛兽时十分英勇，文帝说："可惜啊，将军生不逢时！如果你生在高帝的时候，被封个万户侯还在话下吗？"

等孝景帝即位时，李广任陇西都尉，后来调任骑郎将。吴、楚起兵叛乱的时候，李广任骁骑都尉，跟随太尉周亚夫攻打吴、楚军队，他在昌邑城下夺取了敌旗，声名大大显扬了起来。但是，由于梁王私自授予李广将军的印绶，回朝后，皇上就没有再对他封赏。

后来，李广被调任做上谷太守，每天都和匈奴交战。典属国公孙昆邪对皇上哭着说："李广的才能气势，天下无双，他仰仗自己的才能，屡屡和匈奴硬拼，臣恐怕他有什么闪失。"于是，皇上便调他任上郡太守。后来李广又担任过陇西、北地、雁门、代郡、云中太守，都因为奋力作战而出名。

匈奴大举入侵上郡，皇上派一名宦官跟随李广学习军事，抗击匈奴。那位宦官率领几十名骑兵纵马奔跑，发现了三个匈奴人，就和他们交战。三个匈奴人回身射箭，射伤了宦官，几乎杀光了他的骑兵。宦官逃到李广那里，李广对他说："这一定是匈奴中射雕的人。"随即便带领了一百名骑兵去追赶那三个匈奴人。

那三个人没有马，徒步行走了几十里。李广命令他的骑兵左

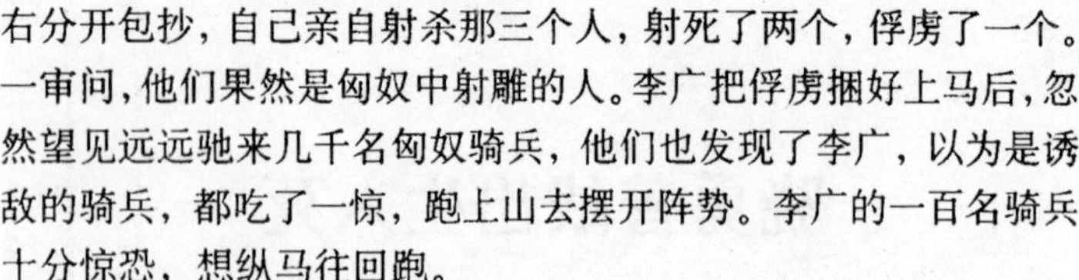

右分开包抄，自己亲自射杀那三个人，射死了两个，俘虏了一个。一审问，他们果然是匈奴中射雕的人。李广把俘虏捆好上马后，忽然望见远远驰来几千名匈奴骑兵，他们也发现了李广，以为是诱敌的骑兵，都吃了一惊，跑上山去摆开阵势。李广的一百名骑兵十分惊恐，想纵马往回跑。

李广说："我们距离大部队几十里远，如果就这样一跑，匈奴一定会追击射杀我们，一百名骑兵一个也别想生还。如果我们不走，匈奴一定认为我们是被派来诱敌的，就不敢攻打我们了。"

于是李广命令骑兵们说："前进！"待大家冲到离匈奴的阵地还有二里远的地方，停了下来，又下令说："都下马解下马鞍！"

骑兵们说："敌人那么多，又离得近，假如有危急，怎么办？"

李广说："敌人一定认为我们会逃跑，但我们解下马鞍来表明不逃跑，这样他们就会认定我们是在诱敌了。"

果然匈奴骑兵见状，犹疑不决，不敢来进攻。一位骑白马的匈奴将领出阵来监护他的士兵，李广上马和十多名骑兵纵马上去射杀了那位将领，而后又回到他的骑兵中，解下马鞍，命令士兵们都放开马，躺下。这时正好是黄昏，匈奴军队更加疑惑，一直不敢发动进攻。半夜里，匈奴军队认为汉朝很可能在附近安排了伏兵，要趁夜偷袭他们，就带领军队离去了。

第二天早晨，李广才率领大家回到大军营中。大军不知道李广到哪里去了，根本无法去接应他。

过了很长时间，孝景帝逝世，武帝即位，左右近臣都认为李广是有名的将领，于是把李广由上郡太守调任做未央宫的卫尉，让程不识做长乐宫的卫尉。程不识以前和李广都以边郡太守的身份率领军队屯守驻防。等到出兵攻打匈奴时，李广行军没有队列和阵势，喜欢靠近水草丰富的地方驻扎，筑营停宿，非常便利，晚上也不用打更来自卫，军中幕府简化了各种文书簿册。由于李广一直防范的很严密，远远地布置哨兵，所以从来没有遭到过危险。

程不识对队伍的编制、行军队列、驻营阵势等要求都很严格。夜晚打更，军吏整理文书簿册直忙到天亮，军队得不到休息，可是他也从未遇到过危险。程不识说："李广治军最简单，可是假如敌人突然来侵犯他们，他就无法阻挡了；而他的士兵也安逸快乐，都乐于为他去死。我的军队虽然军务烦乱杂扰，不过敌人也无法侵犯我。”

当时汉朝边郡的李广、程不识都是名将，可是匈奴害怕李广的谋略，士兵也大多喜欢跟随李广而以跟随程不识为苦。程不识在孝景帝时因为多次直言进谏而做了太中大夫，他为人廉洁，谨守法律条文。

后来，汉朝用马邑城引诱单于，派大军埋伏在马邑附近的山谷中，由李广任骁骑将军，由护军将军统领。当时单于发觉了这个计谋，迅速离去了，汉军都没有功劳。那以后四年，李广由卫尉任为将军，从雁门出发攻打匈奴。匈奴军队人多，打败了李广的军队，活捉了李广。单于一直听说李广有才能，下令说：“如果捉到李广，一定要把他活着送来。”

匈奴骑兵捉到李广时，李广正有伤病，匈奴就把李广放在两匹马中间，编好网兜，把他装在里边躺着。这样走了十多里，李广假装已经死去了，他斜眼看到他旁边有一名匈奴少年骑着一匹好马，便找到一个好时机，突然一跃而起，跳上那少年的马，把少年一把推下去，夺了他的弓，策马向南奔跑了几十里，终于遇到了他的剩余部队，于是带领他们进入关塞。匈奴出动几百名追捕的骑兵来追赶他，李广边走边拿那匈奴少年的弓，射杀追来的骑兵，因此得以逃脱。

李广经历千辛万苦，终于回到了汉朝京城，朝廷把他交给法官处理。法官判决李广这次出击，损失太大，又被敌人活捉，应被处死。那时可以用钱来赎罪，李广后来就出了很多钱，赎了死罪，成为平民。

英雄易老李广难封

时间一晃而过，李广在家已经闲居几年了。他家和已故颍阴侯灌婴的孙子灌强一家都隐居在蓝田南山中，常常一起在山中打猎。

一天晚上，李广带着一名随从外出，到田间去和人饮酒。回来时到了霸陵亭，霸陵尉喝醉了，呵斥李广，不让他通过。随从在一边说："这是前任李将军。"亭尉说："现任将军尚且不能夜晚通行，何况是前任呢！"阻拦李广，让他停宿在霸陵亭下。

不久，匈奴入侵杀害了辽西太守，打败了韩安国将军，后来韩将军调到右北平。皇上又想起了李广，就征召任命李广为右北平太守。李广请求皇上派霸陵尉和他一起去赴任，一到军中，就把他杀了。

李广驻守右北平，匈奴听说了，都称他为"汉朝飞将军"，躲避他好几年，不敢入侵右北平。一次李广出去打猎，看见草丛中有块石头，以为是老虎，就向它射箭，箭头都射了进去，才发现原来是石头。不过李广也射杀过真正的老虎。他在驻守右北平时，曾经去射虎，老虎很威猛，跳起来伤了李广，但最终还是死在李广箭下。

李广为人廉洁，得到赏赐就分给他的部下，饮食也和士兵们在一起。李广一生做二千石俸禄的官做了四十多年，家里没有多余的财产，他始终也不谈论家产方面的事情。他身材很高，两臂如猿，善于射箭其实是天赋。即使是他的子孙或别人向他学习，也没有人能比得上他。李广口齿迟钝，很少说话，和别人聚在一起，就在地上指画排兵布阵，然后来射箭，根据射中密集或宽疏的行列来定罚谁饮酒。他专门以射箭作为消遣，一直到死。

李广带兵，遇到缺粮断水时，如果发现有水，士兵没有一一饮遍了，他是决不会靠近水边的；士兵还没有都吃上饭，李广就一点都不吃。他对士兵宽厚和缓而不苛刻，士兵因此乐于为他效劳。他射箭，看见敌人逼近，不到几十步以内，估计射不中就不射，只要发射，敌人立即随弓弦的响声而倒下。因此，他带领军队多次被困受辱，射杀猛兽也常常为它们所伤。

不久，石建去世，皇上于是召见李广，让他代替石建任郎中令。元朔六年，李广又任后将军，跟随大将军卫青的军队从定襄出发，攻打匈奴。将领们大多都因斩杀敌人符合规定的数目，凭战功被封为侯，而李广的军队却一直没有功劳。

过了两年，李广以郎中令的身份带领四千名骑兵从右北平出塞，博望侯张骞带领一万名骑兵和李广一同出征，兵分两路。走了几百里左右，匈奴左贤王率领四万名骑兵包围李广，敌众我寡，李广的士兵都很恐慌，李广就派儿子李敢向匈奴军队冲击。李敢独自和几十名骑兵飞奔而去，直插入匈奴骑兵中，又从他们的左右两翼突击而回来，报告李广说："匈奴很容易对付了。"士兵们这才安心。李广布下圆形阵势，面向外。匈奴猛攻，箭如雨下。汉朝士兵死了一半多，弓箭也快要用光了。李广就命令士兵拉满弓，不要发射，李广亲自用大黄弩弓射匈奴的副将，射杀了好几个，匈奴军队才渐渐散开下去。适逢黄昏，军吏士兵都面无人色，可是

李广却神态自若，从容地整顿好军队。从此，军中上上下下都佩服他的镇定和勇敢。

第二天，李广又奋力作战，而博望侯张骞的军队也赶到了，匈奴军队终于解围离去了。汉军非常疲劳，不能追击。当时李广的军队几乎全军覆没，就收兵回来。根据汉朝法律，博望侯张骞行军迟缓，延误期限，应当处死，后来出钱赎了死罪成为平民。李广功过相抵，没有奖赏。

起初，李广的堂弟李蔡和他一同侍奉孝文帝。景帝时，李蔡积累功劳达到了二千石级的官位。孝武帝时期，又做到代国的国相。李蔡在元朔五年任轻车将军，跟随大将军卫青攻打匈奴右贤王，按斩杀敌人首级的规定数目取得功劳，被封为乐安侯。

元狩二年间，李蔡取代公孙弘任丞相。李蔡为人的才干在下等士兵的中间，名声和李广相差很远，可是李广得不到封爵和封

地，做官也从未超过九卿，而李蔡被封为列侯，官位达到三公。李广的军官和士兵中有人也获得了封侯。

李广曾经和星象家王朔私下里闲谈，说："自从汉朝攻打匈奴以来，我没有一次不参战，可是各部队校尉以下的军官，才能比不上中等人，因为攻打匈奴有军功而被封侯的却有几十人，我李广不比别人差，但是没有一点功劳来获取封地，为什么呢？难道是我命中不该封侯吗？还是本来就命该如此呢？"王朔说："将军自己回想一下，曾经有过遗恨的事没有？"李广说："我做陇西太守时，有一次羌人造反，我引诱他们来投降，来降的有八百多人，我在一天内把他们都杀了，欺骗了他们。直到今天，我觉得我平生最大的遗恨就是这件事了。"王朔说："没有比杀害已经投降的人更大的罪过了，这就是将军不能被封侯的原因。"

两年后，大将军卫青、骠骑将军霍去病大规模出兵攻打匈奴，李广多次请求随行。皇上认为他年纪太大，没有答应他；过了很久才同意，让他任前将军。

元狩四年，李广跟随大将军卫青攻打匈奴。出了边塞后，卫青俘虏了一个敌人，从他口中获知了单于居住的地方，于是自己率领精兵追击单于，而命令李广和右将军的部队合并，从东路出发。东路稍微有些迂回绕远，而且大军在水草缺少的地方行进，这种形势无法驻扎部队。李广请求说："我的职务是前将军，如今大将军却改令我从东路出征，况且我从成年后一直和匈奴交战，到今天才有一次机会能够遇上单于，我希望做前锋，先和单于决一死战。"

大将军卫青私下里曾接受过皇上的告诫，认为李广年纪太大，命运不好，不要让他和单于对敌。这时公孙敖刚失去侯爵，担任中将军，跟随大将军，大将军想派公孙敖和自己一起与单于对敌，所以还是调开了前将军李广。

李广知道了这件事，向大将军辞免，坚决请求不要把他调开。大将军没有听从他，命令长史写文书送到李广的幕府，说："赶快到右将军部队里，照文书办。"李广不向大将军告辞就出发了，心怀恼怒地前往军部。他带领士兵和右将军赵食从东路出征。军队

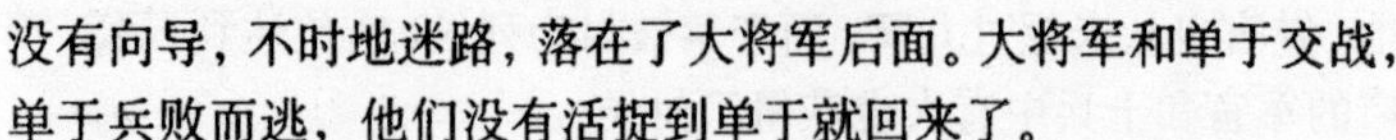

没有向导，不时地迷路，落在了大将军后面。大将军和单于交战，单于兵败而逃，他们没有活捉到单于就回来了。

大将军向南横渡沙漠，遇上了前将军、右将军。李广谒见大将军后，回到部队中。大将军派长吏拿着干粮和酒送给李广，顺便询问李广、赵食迷路的情况，好上书向皇上报告部队的详情，李广没有回答。

大将军卫青派长史迅速责令李广幕府的人员去受审对质。李广说："校尉们没有罪，是我自己迷了路。我现在亲自去受审对质。"到了大将军的幕府，李广对他的部下说："我李广平生和匈奴作战大小有七十多次，如今有幸跟随大将军出发和单于交战，可是大将军又调我的部队去走迂回绕远的路，并且又迷了路，难道这不是天意吗？况且我六十多岁了，终究不能再受那些刀笔吏的侮辱了。"于是拔刀自杀。

李广部队的将士都痛哭失声。百姓们听说了，认识和不认识李广的，不论老少都为李广落泪。右将军赵食单独被交给法官处办，应当处死，不过后来还是出钱赎了罪，成为一介平民。

名将陨落后世衰微

李广有三个儿子，李当户、李椒、李敢，成人后都做了郎官。有一次，天子和韩嫣戏耍，韩嫣的行为有点放肆不敬，李当户见了很愤怒，就上前去打韩嫣，韩嫣赶紧跑开了。天子认为李当户很勇敢，非常赞许他。

可惜李当户死的太早，天子又任命李椒做代郡太守，这两人都比李广死得早。李当户有个遗腹子叫李陵。李广在部队中去世时，李敢正跟随着骠骑将军霍去病。李广死后的第二年，李蔡（李广堂弟）以丞相身份侵占孝景帝陵园前大道两旁的空地而获罪，应当交给法官判处，李蔡不愿受审对质，也自杀了，封国被废除。

李敢以校尉的身份跟随骠骑将军霍去病攻打匈奴左贤王，奋力作战，夺得左贤王的战鼓和军旗，斩杀敌人很多首级，被赐给关内侯的封爵，封给食邑二百户，接替李广担任郎中令。

后来，李敢怨恨大将军卫青使他父亲含恨而死，就打伤了大将军，大将军把这事隐瞒了起来。不久，李敢跟随皇上去雍县，到甘泉宫打猎。骠骑将军霍去病和卫青有亲戚关系，就射死了李敢。霍去病当时正显贵受宠，皇上就隐瞒真相，说李敢不小心被鹿触撞而死。一年多后，霍去病去世。李敢有个女儿是太子的侍妾，受到宠爱，李敢的儿子李禹也受到太子的宠爱，但他贪图财物，李家逐渐衰败了。

李陵到了壮年以后，被选任为建章营的监督官，监管那些骑兵。他善于射箭，爱护士兵，天子认为李家世代为将，就派他率领八百名骑兵。李陵曾经深入匈奴境内二千多里，穿过居延海，观

察地形，因为没有看到匈奴敌军的影踪而回来。皇上任命他做骑都尉，率领丹阳的楚兵五千人。

几年后，也即天汉二年秋天，贰师将军李广利率领了三万名骑兵，在祁连天山攻打匈奴右贤王，同时派李陵率领他的射手、步兵五千人，从居延海出塞向北到了大约一千多里的地方，想因此分散匈奴的兵力，让他们难以全力追击贰师将军。

到了预定期限后要回兵，可是单于用八万大军围攻李陵的部队。李陵的部队只有五千人，箭射光了，士兵死了一半多，可他们杀伤的匈奴人也有一万多。他们边退边战，连战了八天，往回走到距离居延海还有一百多里时，匈奴兵拦堵住狭窄的山谷，截断了他们的通路。

李陵的军队里紧缺粮食，救兵又迟迟不来，敌人加紧攻打，并劝诱李陵投降。李陵说："我没有脸面回去报告陛下了。"于是投降了匈奴。他的军队全军覆没，其余逃散回到汉朝的有四百多人。

单于得到李陵后，一直听说过他们家的名声，到了打仗时又很勇猛，就把自己的女儿嫁给李陵，让他显贵。消息传到汉朝，就杀了李陵母亲、妻子全家。从那以后，李家名声败落，陇西人士曾做过李家宾客的，都以此作为耻辱。

第七十九章

匈奴列传

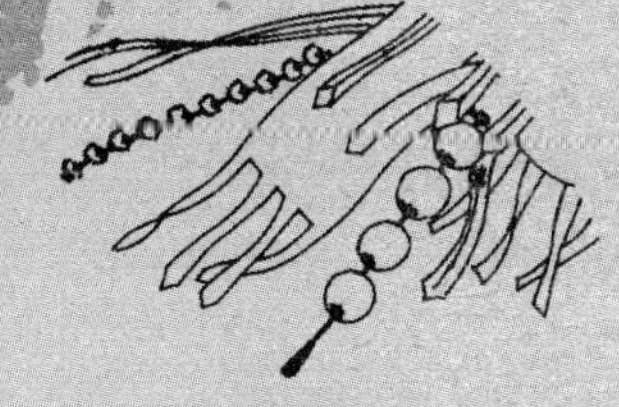

中国历史名著文库

马背上的沧桑

匈奴人是夏后氏的后代。早在唐尧、虞舜以前，匈奴就有山戎、猃狁、荤粥等部落，居住在北边蛮荒之地，以畜牧为主，牲畜多是马、牛、羊等等。此外，还饲养了很多当时看来很奇特的牲畜，比如骆驼、驴、骡。他们不事农耕生产，而是随着水草四处迁移，没有城镇等常居之地，但是也各有各的牧地。他们没有文字和书籍，只通过说话来交流。

匈奴人很小就能够骑羊，拉弓射鸟、鼠；稍大一点就能射狐狸、兔子。男子都有力量拉开弓，全都是披甲的骑兵。

他们的风俗有别于汉人，平时随意游牧，以射猎禽兽为生；形势紧急时，就人人演习作战来进行侵袭征伐，这是他们的天性。他们使用的长兵器是弓和箭，短兵器是刀和铁柄小矛。作战时，情况有利就进攻，没有利就退却，不以逃跑为羞耻。如果有利可得，就不在乎什么礼义。从君王以下，都吃牲畜的肉，穿牲畜的皮革，披着带毛的皮袄。他们尊重健壮的人，看轻年老体弱的人，健壮的人吃肥美的食物，老年人只能吃剩下的。父亲去世，儿子就把后母作为妻子；兄弟去世，活着的兄弟就娶已故兄弟的妻子为妻。

等到夏朝国运衰落，公刘失去了他的稷官职位，就在西戎实行变革，他在豳地建立都邑居住下来。而原来的豳地人都跟随首领，跑到岐山下营造城邑，建立了周国。

后来到周武王时，讨伐商纣王，营建洛邑，又回到酆京、镐京居住，他把戎夷驱逐到泾水、洛水以北，让他们按时向周进贡，叫做“荒服”。

而随着周朝政治衰落，一次，周穆王讨伐犬戎，只得到四条白狼、四只白鹿回来后，荒服的戎夷之人不再来进贡了。到了周幽王统治的时期，周幽王因为宠姬褒姒的缘故，和大臣申侯有了

仇怨。申侯一气之下，就联合犬戎一同攻打周幽王，把他杀死在骊山脚下，于是犬戎就取得了周朝的焦获等地方。

秦襄公闻讯赶来援救周王，攻打犬戎一直打到岐山。后来犬戎不断骚扰诸侯国，齐桓公时，向北攻打山戎，山戎逃跑。

那以后二十多年，戎狄来到洛邑，攻打周襄王，周襄王逃奔到郑国的汜邑。后来，周襄王要攻打郑国，就娶了戎狄的姑娘作为王后，和戎狄军队一同讨伐郑国。可不久，就废黜了狄王后，狄王后很怨恨，正巧，周襄王的后母叫惠后，有个儿子叫子带，想立他为王，于是惠后和狄后、子带作为内应，为戎狄打开城门，戎狄因此能够入城，赶走了周襄王，立子带作为天子。于是，有些人戎狄就居住在陆浑，东部到达了卫国，不断侵犯残害中原，中原人很痛恨他们。

周襄王在外居住了四年，派使者向晋国告急。晋文公刚即位，想要建立霸业，就发动军队讨伐并赶走戎狄，杀死了子带，迎回周襄王，继续居住在洛邑。

在那个时候，秦国、晋国都是强国。晋文公赶跑了戎狄，戎狄居住在河西的圁水、洛水一带，称为赤狄、白狄。秦穆公得到由余的帮助，使得西戎八个国家都向秦国臣服，而晋国北边有林胡、楼烦等戎族，燕国北边有东胡、山戎。他们各自分散居住在溪谷里，各自都有君长，常常相聚在一起的有一百多个戎族部落，可是没能统一。

这以后一百多年，匈奴部落和个诸侯国之间，因为利益，时和时打，纷争不断。秦国受到匈奴部落的侵扰最多，他们就修筑长城来抵御匈奴。

而赵武灵王钦佩匈奴的骁勇善战，就改变风俗，穿匈奴人的衣服，练习骑马、射箭，大大增强了力量。他向北打败了林胡、楼烦，又修筑长城，从代地沿着阴山修下去，直到高阙，建起关塞，设置了云中郡、雁门郡、代郡。

后来，燕国有位贤能的将领叫秦开，在匈奴那里作人质，匈奴人十分信赖他。他回来后，袭击并打败、赶走了东胡，东胡后退了一千多里。后来和荆轲一起刺杀秦王的秦舞阳，就是秦开的孙子。燕国也修筑长城，从造阳一直到襄平。设置上谷、渔阳、右北平、辽西、辽东郡来抵御匈奴。

在这个时候，有七个诸侯的强国，而其中三个，接邻匈奴。后来李牧任赵国将军时，特别英勇，匈奴人不敢进入赵国的边界。后来秦国灭亡了六国，秦始皇派蒙恬率领十万人向北攻打匈奴，全部收复了河南(今内蒙古河套一带)的土地。秦始皇又凭借黄河作为边塞，修筑四十四座县城靠近黄河，迁徙囚犯到那里。后来，又修造直通的大路，从九原一直到云阳。凭借山岭、险要的沟堑、溪谷等可以修缮的地方建造长城，从临洮起直到辽东，有一万多里。

匈奴部落的统一

这个时候，东胡和月氏都很强盛。匈奴的单于叫头曼，头曼打不过秦朝，就向北迁移。十多年后蒙恬去世，诸侯于是背叛秦朝，中原形势非常纷乱，那些秦朝调派去谪守边境的人都离去，匈奴这才摆脱了困境，又逐渐渡过黄河向南，占据和中原接壤的边塞。

单于原来有个太子名叫冒顿。但单于所喜欢的阏氏，生了个小儿子，单于就想废弃冒顿，立小儿子为太子，于是就派冒顿到月氏做人质。冒顿到月氏做人质后，头曼反而加紧进攻月氏。他想这样激怒月氏人好杀死冒顿，冒顿偷取了好马，逃回来了。头曼感于他的勇猛，就不再追究，还拨给他一万名骑兵。

冒顿很聪明，他制造了一种响箭，训练部下骑马、射箭，他发布命令说：“响箭射到的地方，大家都要跟着一齐射，谁不全力去射，就处死他。”冒顿经常带领士兵出去打猎鸟兽，他放出响箭，只要有人不向响箭所射的地方去射，马上斩杀他。后来，冒顿用响箭亲自射向他的好马，手下的亲信有的不敢射，冒顿立即处死了不向好马射箭的人。不久，冒顿又用响箭射向他喜欢的妻子，手

下有人十分害怕，不敢施射，冒顿又处死了他们。后来冒顿出去打猎，用响箭射向单于的好马，手下的人都跟着射。冒顿知道他的部下都可以使用了。

一次，他跟随父亲头曼去打猎，趁头曼不备，一个响箭射向头曼，他手下的人也都跟着响箭射杀了头曼。随后，冒顿又杀死了他的后妈和弟弟，以及那些不服从的大臣。冒顿自己立为单于。

冒顿做了单于后，这时东胡强大，听说冒顿杀死了父亲自己做了单于，就派使者对冒顿说，想得到头曼的千里马。冒顿征求大臣们的意见，大臣们都说："千里马是匈奴的宝马，不能给。"

冒顿说："怎么可以和别人做邻国而吝惜一匹马呢？"于是把千里马送给了东胡。不久，东胡认为冒顿畏惧自己，就又派使者对冒顿说，想得到单于的一个妃子。冒顿又征求身边人的意见，身边的人都生气地说："东胡没有道义，竟然求取妃子！应该进攻他们。"

冒顿说："怎么可以和别人做邻国而吝惜一个女人呢？"就把自己喜欢的妃子送给了东胡。东胡王越发骄横，向西侵犯。东胡和匈奴中间有一千多里荒弃的土地，没有人居住，双方都在这空地的两边修起哨所。东胡派使者对冒顿说："贵国和我们交界的空地，好多都空着，我想占有它们。"

冒顿征求大臣们的意见，大臣们有的说："这是空地，给他们也可以，不给他们也可以。"冒顿大怒说："土地，是国家的根本，怎么可以给他们呢！"那些说给土地的人，都被处死。

于是，冒顿跨上马，命令国中所有的兵马跟随他进发，去袭击东胡，有退后的人就处死他。东胡起初轻视冒顿，不加以防备，等到冒顿率领军队来到，根本抵挡不住。

冒顿消灭了东胡王，抢走了他的百姓和牲畜、财产。回来以后，匈奴又向西攻打并赶走了月氏，向南兼并了楼烦、白羊河南王，又全部收复了秦将蒙恬所夺走的土地。这样匈奴就和汉朝以原来的河南塞作为边界，直到朝那、肤施两地。这时汉军正和项羽对垒，中原地区疲于交战，因此冒顿能够强大起来，他麾下能拉弓射箭的士兵有三十多万。

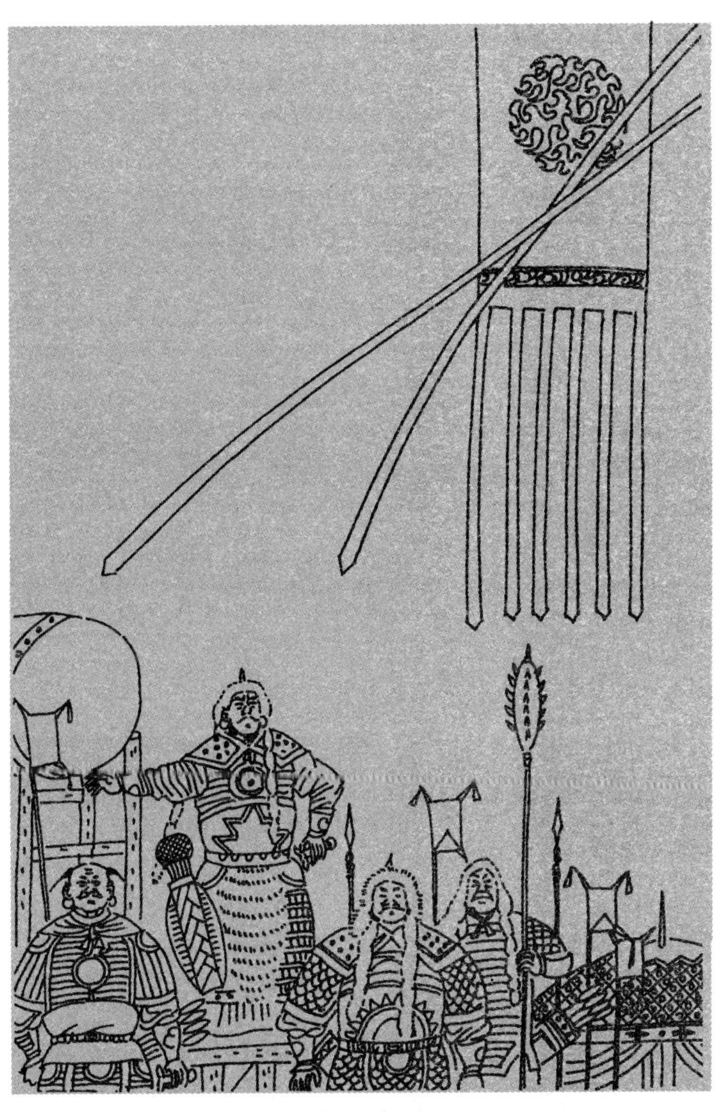

从淳维一直到头曼有一千多年，匈奴势力时大时小，离散分化，所以他们流传的世系无法按次序排列出来。可是到冒顿时，匈奴最强大，他臣服了整个北方的外族，向南和中国相对敌。这样，

他们的世系、国家的官位名号才能够被记录下来。

匈奴设置有左、右贤王，左、右谷蠡王，左、右大将，左、右大都尉，左、右大当户，左、右骨都侯。匈奴人把贤能称作为“屠耆”。匈奴人一般常任命太子为左屠耆王。从左、右贤王以下到当户，官职大的拥有一万名骑兵，小的拥有几千名骑兵，大臣们都是世袭的官员。呼衍氏、兰氏，后来还有须卜氏，这三姓是最尊贵的家族。那些左方的王和将居住在东边，直到上谷郡以东，东边和秽貉、朝鲜接壤；右方的王和将居住在西边，直到上郡往西，和月氏、氏、羌接壤；而单于的王庭直到代郡、云中郡；他们各自都有分占的领地，追随着水草而迁移。左、右贤王和左、右谷蠡王是最大的官员，左、右骨都侯辅助单于处理政事。

每年正月，各位官长在单于王庭进行小聚会。五月，在茏城进行大聚会，祭祀祖先、天地、鬼神。秋天，马匹肥壮，在蹛林有更大的集会，用来考核和计算人口、牲畜的数目。

匈奴的法律，有意伤人并将刀剑拔离鞘一尺的人要被处死，犯偷盗罪的人没收其财产；犯罪轻的判压碎关节的刑罚，大的判处死刑。坐牢时间最长的不超过十天，全国的囚犯不超过几个人。

单于早上走出营地，祭拜初升的太阳，傍晚祭拜月亮。他们坐的规矩，年长的坐左边，还要面朝北方。他们重视戊日，己日。他们安葬死者，有棺椁、金银、衣裘，没有坟墓和丧服制度；单于死后，他所亲近的大臣、侍妾跟随殉葬的，多达几百乃至几千人。他们打仗的时候要观测星月，月亮满圆就发动攻战，月亮亏缺就退兵。他们攻战，如果斩杀敌人或俘虏敌人，都要赐给一壶酒；谁得到的战利品，就把这些东西送给他，如果是人就用作奴婢。所以他们作战，为了利益，人人都非常勇敢，善于埋伏军队来袭击敌人。他们看见敌人就去追逐利益，像鸟飞集在一起；他们遭到危难失败，就土崩瓦解了。战斗的时候，把死者运载回来的人，就能得到死者的全部家产。

后来，匈奴向北征服了浑庾、屈射、丁零、鬲昆、薪犁等国家。匈奴的贵族、大臣都敬服冒顿，认为冒顿单于有才能。

挑衅与和亲

在冒顿统一漠北的时候，刘邦也扫平了各路起义军，建立了汉朝。面队匈奴的威胁，刘邦调派韩王信到代地，建都在马邑。匈奴大举围攻马邑，韩王信投降了匈奴。匈奴得到了韩王信，继续带兵向南越过句注山，进攻太原，来到了晋阳城下。

高帝亲自率领军队前去攻打匈奴。适逢冬天十分寒冷，又降雨雪，十分之二三的士兵都冻掉了手指。冒顿假装失败逃跑，引汉军去追。汉军不知有诈，使劲追击冒顿，冒顿把他的精兵隐藏起来，只显示出自己的老弱残兵，于是汉军全部出动，大多是步兵，共有三十二万人，向北追击。

高帝到了平城时，步兵还没有全部赶到，冒顿指挥他的精兵四十万，把高帝包围在白登山。七天七夜，被困的汉军得不到军粮救济。匈奴的骑兵，铺天盖地。高帝于是派使者暗地送给匈奴宠爱的妃子很丰厚的礼物，她就对冒顿说：“我听说，两个君主不应互相围困，我想，大王即使得到了汉朝的土地，您最终也不能居住在这里。而且汉王也有神灵的保佑，您考虑一下再决定吧。”

正好这时，冒顿和韩王信的部将王黄、赵利约定时间会师，可是王黄、赵利的军队没有来，冒顿怀疑他们和汉朝有阴谋，同时也觉得妃子说得有道理，就解除了包围圈的一角。于是高帝命令士兵拉满弓，箭头朝向外边，从解开的一角直冲出去，终于和大军会合，而冒顿就带兵离去了。汉朝也带兵回来，派刘敬去和匈奴缔结和亲的盟约。

这以后，韩王信做了匈奴的将军，和赵利、王黄等人多次违背盟约，侵袭掠夺代郡、云中郡。过了不久，陈豨反叛，又和韩信一同谋划进攻代郡。汉朝派樊哙前去攻打他们，重新攻取了代、雁门、云中等郡县。

这时，匈奴因为汉朝很多将领去投降，冒顿经常来侵犯掠夺代地。于是，高帝就派刘敬进献皇族女儿给匈奴的单于做妃子，每年还奉送给匈奴一定数量的粗丝棉、丝织品、酒、米、食物等，约定为兄弟，冒顿才暂时停止侵扰。后来燕王卢绾反叛，带领他的同党几千人投降了匈奴，往来侵扰上谷以东一带。

等到高祖逝世，孝惠帝、吕太后时期，汉朝刚刚安定，国力还很空虚，匈奴显得越加骄横。冒顿竟然写信给高后，胡说八道。气得高后要攻打匈奴，将领们说："凭着高帝的贤能、勇武，还被围困在白登山，您出兵要谨慎啊！"于是高后才作罢，又和匈奴实行和亲。

到孝文帝刚即位，继续推行和亲的事。孝文帝三年五月，匈奴右贤王进入河南居住，他不断侵袭上郡，杀害掠夺人民。于是，孝文帝下诏命令丞相灌婴带领八万五千战车和骑兵，去攻打右贤王。右贤王逃跑出了边塞。

第二年，单于送信给汉朝说：

上天所立的匈奴大单于恭敬地问候皇帝平安无事。以前皇帝说到和亲的事，双方都欢喜。最近，汉朝边境的官吏侵袭、侮辱右贤王，右贤王没有向单于请示，听信奸人的计谋，和汉朝官吏相对抗，断绝双方君主的盟约，离间兄弟们的亲近。皇帝责备的信两次送来，我们派出使者送信回复，使者没能回来，汉朝使者又不到，汉朝因为这个缘故不与我们和解。

我们现在已经责罚了右贤王，派他向西征讨月氏。凭着上天的福佑，消灭了月氏，斩杀了反抗的人，降服了他们。而且我们还平定了楼兰、乌孙、呼揭和附近的二十六个国家，都成为匈奴的属国。所有弯弓射箭的人，都合并为一家，北方已经平定。我希望可以停止战争，休养生息，恢复过去的盟约，顺应自古以来的友好关系，世世代代和平快乐。不知道皇帝意下如何，所以派郎中系雩浅呈送书信向您请示，并送上骆驼一匹，可骑乘的马两匹，可驾车的马八匹。皇帝如果不希望匈奴靠近边塞，那我就将诏令官吏百姓远离那里来居住。使者到达后，请马上送他回来。

匈奴使者在六月中旬来到薪望这个地方。书信送到，汉朝商议攻打与和亲哪种有利。公卿大臣都说："单于刚打败了月氏，正处于胜利的形势，不能够进攻他们。况且匈奴的土地，都是盐碱地，不能居住。和亲是最有利的。"汉朝就答应了匈奴的请求。

孝文帝前元六年，汉朝送信给匈奴说："皇帝恭敬地问候匈奴大单于平安无事。您在信中所建议的，我十分赞同，这是古代圣明君主的意见。汉朝和匈奴结为兄弟，所以才送给单于十分丰厚的礼物。但违背盟约、离间兄弟亲情的人，常常是匈奴一方。右贤王的事情是在大赦以前，请单于不要深责他。如果单于能够明确地告知各位官吏，让他们不要违背盟约，遵守信用，那么我们将恭敬地按照单于信中的意思来做。我们现在送给您的有皇帝穿戴的绣袷绮衣、绣袷长襦、锦袷袍各一件，比余一个，黄金装饰的宽衣带一件，黄金带钩一件，绣花绸十匹，锦缎三十匹，赤绨和绿缯各四十匹。

后来不久，冒顿去世了，他的儿子稽粥当了单于，号称老上单于。单于刚刚继位，孝文皇帝就送来皇族的女儿给单于做妻子，还派宦官燕国人中行说去辅佐公主。中行说不想前去，汉朝强迫他。中行说说："天子如果一定要我去，那么我就会成为汉朝的祸患。"中行说到了匈奴后，果然投降了单于，单于十分宠信他。

最初，匈奴喜欢汉朝的缯絮和食物，中行说："匈奴人数比不上汉朝的一个郡，可是能强大的原因，是衣食和汉人不同，不用依靠汉朝。如果用汉朝的缯絮做成衣服，穿上在草棘丛中骑马奔跑，衣裤都会破裂损坏，这说明汉朝衣裤比不上旃衣皮袄坚固完善。而汉朝食物也比不上乳汁和乳制品的方便美味。"后来，中行说还教单于身边的人分条记录的方法，来计算、核查他们人口和牲畜的数量。

汉朝送信给单于，写在一尺一寸的木片上，中行说让单于送给汉朝的信用一尺二寸的木片，并且印章和封泥的尺寸都加宽加大加长，把信的开头话写得傲慢些说："天地所生、日月所置的匈奴大单于恭敬地问候汉朝皇帝平安无事"。

汉朝使者中有的说："匈奴的风俗轻视老年人。"中行说诘难汉朝使者说："你们汉朝风俗，凡是派去屯守边疆的人要出发，他们年老的父母难道有不让出自己暖和的衣服和丰美的食物，来送给出行的人吃穿吗？”汉朝使者说：“是这样。”中行说说：“匈奴人都以战争为大事，那些年老体弱的人不能战斗，所以把丰美的食物供给健壮的人，这也是用来保卫自己啊，像这样，父亲儿子才能长久地互相保护，怎么能说匈奴轻视老年人呢？”

汉朝使者说：“匈奴的父亲儿子竟然同睡在一个毡帐中，父亲死了，儿子可以娶他后妈为妻；兄弟死了，活着的兄弟可以娶已故兄弟的妻子为妻。而且匈奴人还没有帽子、衣带的装饰，以及朝廷的礼仪。”

中行说：

匈奴的风俗是人们吃牲畜的肉，饮它们的乳汁，穿它们的皮；牲畜吃草饮水，随季节而迁移地方。所以在危急的时候，人们就练习骑马、射箭，在和平的时候，人们就相安无事，他们受到的

约束很少，君臣的关系也很简单，一个国家的政治，就像一个人的身体一样。父亲、兄弟死了，活着的娶死者的妻子为妻，是不愿意宗族的灭绝。所以匈奴虽然伦常混乱，但一定要立宗嗣。如今中国的伦常虽然详备，不娶他们父亲、兄弟的妻子为妻，但亲属关系越发疏远，而且相互杀害，甚至于改朝换姓。都是因为这一类缘故造成的。而且过多的礼仪也有弊病，君臣之间会相互怨恨，而追求宫室的高大华美，必然耗尽民力。总之，匈奴人努力耕田种桑，来求取衣服食物，修筑城池来保卫自己，所以百姓在紧急时练习战斗，宽松时又劳累地耕作劳动。唉！住在土石房子里的汉人，还是不要多说！

从这以后，汉朝使者想要辩论的，中行说总是说："汉朝使者不要多讲了，只要你们送来布匹和粮食，而且数量足、质量好就行了，何必多说别的话呢？如果你们供应的物品不齐全，又粗劣，那么等到秋天庄稼成熟时，匈奴就会骑马来践踏你们的庄稼了！"

汉孝文帝十四年，匈奴单于带领十四万骑兵进入萧关，杀死了北地都尉，掠走了很多百姓和牲畜。匈奴还派突击队攻进并烧毁了回中宫，他们的侦察兵到达了雍地的甘泉宫。

于是文帝任命中尉周舍、郎中令张武为将军，出动一千辆战车，十万名骑兵，驻扎在长安城附近，来防备匈奴侵犯。又任命昌侯卢卿做上郡将军，宁侯魏遬做北地将军，隆虑侯周灶做陇西将军，东阳侯张相如做大将军，成侯董赤做前将军，大规模发动战车、骑兵去攻打匈奴。

单于留在关塞内一个多月才离去，汉朝军队追击出了边塞就回来了，没有斩杀到什么敌军。匈奴一天比一天更加骄横，每年都侵入边境，杀害、掠夺百姓和牲畜，其中云中、辽东两郡受害最严重。汉朝对这很忧虑，于是派使者送信给匈奴，单于也派当户送回信答谢，双方又讨论和亲的事情。

孝文帝后元二年，派使者送信给匈奴说：

皇帝恭敬地问候匈奴大单于平安无事。派当户且居雕渠难、郎中韩辽送给我的两匹马，已经送到，我恭敬地接受了。先帝的规定：长城以北的地方，是拉弓射箭的国家，服从单于统治；长城以内，是戴帽子束衣带的人家，由我控制它。我要让百姓耕种、织布、射猎来获取衣食，父子不分离，大臣君主相安无事，没有暴虐和叛逆的事情。

如今我听说邪恶的刁民贪图攻战掠夺的利益，背信弃义，违反盟约，忘却千万百姓的性命，离间两位君主的友谊，但这些都是以前的事情了。您的信说：'两国已经和亲，两位君主停止战争，安定的日子重新开始。'我十分赞同。圣人应该天天都使自己的道德言行进步，让老年人得到安养，年幼的人得到成长，人人都能安享天年。我和单于都遵循这个道理，顺应天意，体恤人民，天下无不受到利益。汉朝和匈奴是势均力敌的邻国，匈奴地处北方，寒冷，肃杀之气来临得早，所以我命令官吏每年都送给单于一定数量的金帛、丝絮和其它物品。

如今天下十分安定，百姓们和乐，我和单于作为他们的父母也很高兴。回想以前的事情，都是微末小事，是谋臣考虑失当，都不值得来离间兄弟间的情谊。我听说上天不会只覆盖一方，大地不会只承载一处。我和单于都抛弃以前的小误会，遵循大道理，消除以前的不快，来图谋长远的利益，使两国的人民像一家人。让我们都抛开以前的恩怨吧！我释免逃往匈奴的汉人的罪责，单于也不要再追究逃往汉朝的章尼等人。我听说古代的帝王，誓约分明而决不食言。单于记住盟约，天下就会特别安宁，和亲以后，汉朝不会先失约。望单于明察这件事。

单于已经同意和亲，于是汉文帝就下令御史说："匈奴大单于送信给我，说已经确定和亲，匈奴不入侵塞内，汉朝不出塞外，违犯现今条约的就处死，长久地保持亲近友好，今后不再有祸患，双方都有利。我已经答应了。请向天下发布告示，使人们都明白地知道这件事。"

汉文帝后元四年，老上稽粥单于去世，他儿子军臣继位做了单于。单于继位后，孝文皇帝又和匈奴和亲。而中行说仍旧侍奉军臣单于。

军臣单于继位四年以后，匈奴又断绝了和亲关系，大举入侵上郡、云中郡，分别派出了三万名骑兵，杀死、掠获了许多汉人和财物。于是汉朝派张武等三位将军带兵驻扎在北地，沿着边境，都派兵坚守，来防备匈奴敌人。朝廷还安排周亚夫等三位将军，带兵驻扎在长安西边的细柳、渭河北岸的棘门和霸上，来防备匈奴。

几个月后，汉朝军队到了边境，匈奴也远远地离开边塞，汉军也撤兵了。一年多后，孝文帝驾崩，孝景帝继位，而赵王刘遂暗中派人到匈奴联系。吴、楚等七国反叛，匈奴想和赵国一起入侵。等到汉朝军队围攻打败了赵国，匈奴也作罢了。从这以后，孝景帝又和匈奴和亲，开通边境的互市市场，送给匈奴礼物，把公主嫁给单于，如同以前的盟约。直到孝景帝去世，匈奴时常有小的骚扰边界举动，但没有大的入侵。

当今皇帝继位，延续有关和亲的规定，优待匈奴，开通边境互市市场，送给他们大量的财物。匈奴从单于以下都亲近汉朝，往来于长城脚下。但两国也时有征战。

一次，汉朝派马邑属下的聂翁壹故意违犯禁令，私运货物和匈奴交易，佯称出卖马邑城来引诱单于。单于相信了他，而且贪图马邑的财物，就率领十万名骑兵，进入武州塞。那时，汉朝埋伏了三十多万军队在马邑城附近，御史大夫韩安国任护军将军，监护着四位将军来伏击单于。

单于进入汉朝关塞后，离马邑城还有一百多里，看到牲畜遍野而没有人放牧，觉得奇怪，就攻打汉朝的哨亭。当时雁门尉史正在视察，单于捉到了他，要杀死他，尉史就供出了汉朝军队埋伏的地点。单于大吃一惊说："我本来就怀疑这事。"于是带兵回去。出了边塞说："我得到尉史，这是天意，是上天让你向我报告呀！"就封尉史做"天王"。汉军约好单于进入马邑城，就放士兵攻杀，单于没有来，因此汉军一无所获。汉朝将军王恢的部队走出代郡去攻打匈奴的辎重，听说单于回兵了，匈奴士兵很多，就不敢出击。

汉朝认为王恢是最初策划这次行动的人，却不敢进攻，就处死了王恢。从这以后，匈奴断绝了和亲关系，屡次攻击直通要道的关塞，常常入侵汉朝的边境，次数多得无法计算。可是匈奴贪婪，还是喜欢和汉朝互通关市，非常喜欢汉朝的财物，汉朝也依旧不断与匈奴通关市。来迎合他们的心意。

武帝抗击匈奴

到了汉武帝时期，汉帝国经过几朝的休养生息，国力已经非常强大，而且汉武帝重视军事力量的培养，开始着力抗击侵扰多年的匈奴。马邑军事行动后的第五年秋天，汉朝派四位将军分别率领万名骑兵在关市附近攻打匈奴。卫青将军从上谷出塞，直到茏城，获得敌人首级、俘虏七百人。公孙贺从云中出塞，一无所获。公孙敖在公代郡出塞，被匈奴打败，损失了七千多人。李广从雁门出塞，被匈奴打败，匈奴活捉了李广，后来李广逃了出来。汉朝拘禁了公孙敖、李广，公孙敖、李广出钱赎罪，成为平民。

那年冬天，匈奴多次入侵边境，渔阳受害最为严重。汉朝派将军韩安国驻守渔阳来防御匈奴。第二年秋天，匈奴二万名骑兵入侵汉朝，杀死了辽西太守，掳走了二千多人。匈奴又入侵打败了渔阳太守的军队一千多人，围困住汉朝将军韩安国，韩安国当时带领的一千多名骑兵也快要死光了，适逢燕国的救兵赶到，匈奴人才离去。

匈奴又入侵雁门，杀死、掳走了一千多人。汉朝派卫青率领三万名骑兵从雁门出塞，李息从代郡出塞，攻打匈奴。他们杀死、俘虏了匈奴几千人。第二年，卫青又出塞到云中以西，直到陇西，在河南攻打匈奴属下的楼烦、白羊王，杀死、俘虏了几千人，获得牛、羊一百多万头。于是汉朝就占有了河南一带，他们修筑朔方城，又修复以前秦朝时蒙恬所建造的关塞，凭借黄河来固守。同时，汉朝也放弃了上谷郡的和匈奴地区犬牙交错的偏僻县份如造阳。这年，是汉朝的元朔二年。

那以后一年的冬天，匈奴军臣单于去世。军臣单于的弟弟左谷蠡王伊稚斜自己继位做了单于，打败了军臣单于的太子於单。

於单逃跑来投降汉朝，汉朝封於单做涉安侯，几个月后他就去世了。

伊稚斜单于继位后，多次侵扰边境，直至入侵到河南，侵犯朔方。杀死、掳走许多官员、百姓。

汉朝就派出大将军卫青率领六位将军，十多万骑兵，从定襄出塞几百里去攻打匈奴，前后杀死、俘获了共一万九千多人，而汉朝也损失了两位将军、三千多名骑兵。右将军苏建得以逃脱，前将军翕侯赵信出师不利，投降了匈奴。赵信是原来匈奴的小王，投降了汉朝，汉朝封他做翕侯，他因为与大部队分开出发，独自遇上了单于的军队，所以全军覆没。单于得到翕侯后，加封他做了王，地位仅次于单于，还把自己的姐姐嫁给他做妻子。

单于和他商量怎么对付汉朝。赵信教单于向北迁移，越过沙漠，来引诱汉军，等他们疲劳至极时就攻取他们，不要靠近汉朝的边塞。单于听从了他的计谋。第二年，匈奴骑兵入侵上谷，杀死了几百人。

第二年春天，汉朝派骠骑将军霍去病率领一万名骑兵从陇西出塞，越过焉支山一千多里，攻击匈奴，杀死、俘虏匈奴一万八千多人，打败了休屠王，并获得了他的祭天金人。那年夏天，骠骑将军霍去病又联合合骑侯几万名骑兵从陇西、北地出塞二千里，攻打匈奴。越过居延，攻击祁连山，杀死、俘虏匈奴三万多人，其中裨小王以下官员七十多人。这时匈奴也来入侵代郡、雁门，杀死、掳走几百人。汉朝派博望侯张骞和李广将军从右北平出塞，攻打匈奴左贤王。左贤王包围了李广将军，李广的军队大约四千人，快要死光了，但他们斩杀匈奴的数目，远远超过了自己军队的损失。适逢博望侯张骞的军队赶来救援，李将军才得以解围。博望侯张骞因为耽误了骠骑将军约定的日期被判为死刑，后来出钱赎罪，成为平民。

单于由于损失了几万人十分愤怒，他认为责任都在据守在那的浑邪王、休屠王，要召他们来杀掉。浑邪王和休屠王很害怕，商量投降汉朝，汉朝就派骠骑将军前去迎接他们。休屠王害怕卫青的威势，害怕投降后被杀掉就想反悔，浑邪王就杀死了休屠王，合并了他的部众，率领部众投降了汉朝，总共有四万多人，号称十万。

汉朝在得到浑邪王投降后，陇西、北地、河西遭受匈奴的侵扰越来越少了。汉武帝把关东的贫苦人家，迁调到从匈奴那里夺得的河南、新秦中地区，并将北地以西的戍卒减少了一半。

第二年春天，汉朝大臣商量说："翕侯赵信为单于出谋划策，居住到大沙漠以北，认为汉军不能到达，我们就出其不意去攻击他们。"于是汉武帝命令用粟喂养马匹，发动十万名骑兵，加上自愿携带军需品参军的骑兵，共有十四万人，运输粮食的车马不在这数目内。他命令大将军卫青、骠骑将军霍去病平分军队，大将军从定襄出塞，骠骑将军从代郡出塞，约定越过沙漠攻打匈奴。

单于听说了，把辎重运到远处，率领精兵在沙漠北边等候。匈奴同大将军卫青交战这一天，适逢傍晚，刮起了大风，汉军撒开左右两翼包围单于。单于估计自己打不过汉朝军队，就独自和精壮的几百名骑兵击溃了汉军的包围圈，从西北方逃跑。汉军连夜追赶，没有捉到。但一边追赶，一边斩杀、活捉了匈奴一万九千人，直到达北边的阗颜山赵信城才退回来。

单于逃跑的时候，他的军队常常和汉军混战在一起，没法跟随单于一起逃跑。单干很久没有和他的大部队会合了，他的右谷蠡王认为单于已死，就自己继位做单于。真单于又找到了他的部众，右谷蠡王就舍弃了自己的单于王号，又做了右谷蠡王。

汉朝骠骑将军从代郡出塞二千多里，和左贤王交战，汉军杀死、俘虏了匈奴七万多人，左贤王和将领们都逃跑了。骠骑将军在狼居胥山祭天，在姑衍山祭地，直到翰海才回师。

这以后，匈奴远远地逃开，沙漠以南没有了匈奴的足迹。汉朝军队渡过黄河，从朔方向西到了令居，在那里修通沟渠，开垦田地。

当初，汉朝两位将军大举出动围攻单于，杀死、俘虏了有八、九万人，而汉朝士兵死去的也有几万人，汉朝的马匹死掉了十多万。匈奴虽然疲惫不堪。远远地离去了，而汉朝也因为马匹减少，无法再前去攻打。

匈奴采纳赵信的计策，派使者到汉朝，好言好语请求和亲。天子把这事交给大臣们商议，有的赞成和亲，有的主张趁机让匈奴臣服。丞相长史任敞说："匈奴刚被打败，处境窘困，应该让他们做外臣，每年春秋两季在边境朝拜皇上。"

于是，汉朝就派任敞出使匈奴，去见单于。单于听说了任敞的计划，十分气愤，就扣留了任敞，不送他回去。在这之前，汉朝也招降过匈奴使者，匈奴单于也就扣留汉朝使者相抵偿。汉朝重新收集士兵、马匹，可适逢骠骑将军霍去病去世，于是汉朝很长时间没有向北攻打匈奴。

几年后，伊稚斜单于继位十三年去世，他儿子乌维继位做单于。这一年，是汉元鼎三年。乌维单于继位，汉天子开始出去巡视郡县。那以后汉朝正向南诛灭南越和东越，没有进攻匈奴，匈奴也不入侵边境。

武帝抗击匈奴

乌维单于继位三年，汉朝已经灭亡了南越，派前太仆公孙贺率领一万五千名骑兵从九原出塞二千多里，到浮苴井才回来，没有看到一个匈奴人。汉朝又派前从骠侯赵破奴率领一万多名骑兵从今居出塞几千里，到匈河水而回来，也没有看到一个匈奴人。

这时天子巡视边境，到了朔方郡，统领十八万骑兵来显示军威。而单于始终没有到汉朝边境侵扰。而是休养士兵和马匹，练习射箭打猎，还多次派使者到汉朝，好言好语请求和亲。

这时汉朝在东边攻取了秽貉、朝鲜而设置了郡，在西边设置了酒泉郡来隔绝匈奴和羌的交往道路。汉朝又向西沟通了月氏、大夏，把公主嫁给乌孙王做妻子，来分离匈奴在西方的援国。汉朝又向北扩大田地，作为边塞，而匈奴始终不敢对此表示不满。

这年，翕侯赵信去世，汉朝掌权的大臣认为匈奴已经衰弱，可以让他们臣服了，就派杨信出使匈奴。杨信为人刚直倔强，一向不是汉朝显贵的大臣，单于不亲近他。单于要召他进入毡帐里，但他不肯放弃符节，单于就坐在毡帐外面接见了杨信。

杨信见过单于后，劝他说："如果您想和汉朝和亲，就应该将单于太子送到汉朝作人质。"

单于说："这不符合以往的盟约，以往的盟约，汉朝常常派公主来匈奴，供给不同数量的绸布、丝棉和食物，来结和亲，而匈奴也不去侵扰边境。如今竟然要违反古时的盟约，让我的太子做人质，那和亲没有希望了。"

匈奴的风俗是，如果汉朝使者不是皇宫中受宠的宦官，而是儒生，就会认为他们是来游说的，便设法驳倒他的辩辞；如果是少年，就认为他是要来斥责匈奴，便没法摧毁他的气势。每次汉朝使者进入匈奴，匈奴总要给予报偿。如果汉朝扣留了匈奴使者，匈奴也扣留汉朝使者，一定要求得对等才肯罢休。

杨信回到汉朝后，汉朝又派王乌出使匈奴，匈奴的法律规定，汉朝使者不放弃符节而用墨黥面，就不能够进入毡帐。王乌是北地人，熟悉匈奴的习俗，就放弃符节，用墨黥面，得已进入毡帐。单于很高兴，就用好话作出许诺，说要派遣他的太子进入汉朝作人质，来请求和亲。他还欺骗王乌说："我想进入汉朝朝见天子，当面缔约结为兄弟。”

王乌回来报告汉朝，汉朝就专门为单于在长安修筑了官邸。匈奴又说：“得不到汉朝尊贵的人出使，我不同他讲实活。”

这边，匈奴也派他们身份尊贵的人到汉朝出使，可他患了病，汉朝送给他药，想治好他，可是他不幸死了。

汉朝就派使者路充国佩带二千石的印信，出使匈奴，顺便护送他的灵柩，之前，因为丰厚的葬礼就花费了几千斤黄金，说：“这是汉朝的贵人，应该厚葬。”但单于还是认为“汉朝杀害了我尊贵的使者”，就扣留路充国，不让他回去。单于所说的那些话，只是凭空欺骗王乌，根本没有进入汉朝和送太子来作人质的意思。

此后，匈奴多次派突击队侵犯边境。汉朝就任命郭昌为拔胡将军，和浞野侯驻守朔方以东，防御匈奴。路充国被匈奴扣留了三年。

单于死去之后，乌维单于继位十年后也死去，他的儿子乌师庐继位做了单于。乌师庐年纪小，号称儿单于。这年是汉朝元封六年。从这以后，单于越发向西北迁移，左边的军队直到云中郡，右边的军队直到酒泉郡、敦煌郡。

儿单于继位后，汉朝派来两位使者，一位吊唁单于，一位吊唁右贤王，想据此来离间他们的君臣关系，来使国家混乱。使者进入匈奴，匈奴人把他们都送到单于那里。单于很生气，把汉朝使者全都扣留了。汉朝使者被匈奴扣留的前后有十多批，而匈奴使者来，汉朝也总是扣留对等数量的匈奴使者。

这年，汉朝派贰师将军李广利向西征伐大宛，命令因杆将军公孙敖修筑受降城。冬天，匈奴下大雪，牲畜大多受饥寒而死。儿单于年纪小，喜好战争，国人大多感到不安。左大都尉想杀死单于，派人暗中报告汉朝说：“我想杀了单于而投降汉朝，汉朝离得远，如果派兵来迎接我，我就行动。”汉朝听到了这话，就修筑受降城，天子认为城离匈奴较远。

第二年春天，汉朝派浞野侯赵破奴率领二万多骑兵从朔方出塞向西北二千多里，约定到浚稽山才回师。浞野侯按时到达了那里，左大都尉想行动而被发觉，单于诛杀了他，发动左边的军队

攻打浞野侯。浞野侯边走边捕杀匈奴几千人。回来时，距离受降城还有四百里，匈奴军队八万骑兵包围了他。浞野侯夜晚自己出来寻找水，被匈奴捉拿，他们活捉了浞野侯，趁机加紧攻击他的军队，汉军全部覆没。匈奴的儿单于十分高兴，就派突击队攻打受降城。没有能够攻下。第二年，单于要亲自攻打受降城，还未到那里，就病死了。

儿单于继位三年后死去。他的儿子年纪小，匈奴就立他叔父乌维单于的弟弟右贤王呴犁湖当单于。这年是汉朝太初三年。犁湖单于继位一年后就死了。匈奴就立他的弟弟左大都尉且侯做单于。

且侯单于继位后，送还了不肯投降的汉朝使者，路充国等人才得以回到汉朝。单于刚继位，害怕汉朝袭击，就自称："我是小孩子，怎么敢和汉朝天子相比呢！汉朝天子，是我的长辈。"于是汉朝就派中郎将苏武送去十分丰厚的礼物。单于变得骄傲，礼节非常傲慢，汉朝大失所望。第二年，浞野侯赵破蚊逃回了汉朝。

第二年，汉朝派贰师将军李广利率领三万骑兵从酒泉出塞，在天山攻打右贤王，杀死、俘虏了匈奴一万多人。但在他回师途中，匈奴大举包围了贰师将军，汉军死亡了十分之六、七。汉朝派因行将军公孙敖从西河出塞，和强弩都尉在涿涂山会合，也没有什么收获。又派骑都尉李陵率领步兵、骑兵五千人，从居延出塞一千多里，和单于相会，双方交战，李陵的军队杀死、杀伤一万多敌军，武器和粮食都用尽了，匈奴包围了李陵的军队，李陵投降了匈奴，得以回来的只有四百人。单于于是重用李陵，将自己的女儿嫁给他做妻子。

那以后第二年，汉朝又派贰师将军率领六万骑兵，十万步兵，从朔方出塞。强弩都尉路博德率领一万多人，和贰师将军会合。游击将军韩说率领步兵、骑兵三万人，从五原出塞。另外，公孙敖率领一万骑兵、三万步兵，从雁门出塞。

匈奴听说了，把他们的贵重东西全部远远地运到了余吾水以北，而单于率领十万骑兵等待在余吾水的南面，和贰师将军交战。贰师将军和单于接连交战了十多天。贰师将军听说他的家属因为巫蛊罪被灭族，就和军队一起投降了匈奴。他的军队只有千分之一的人，能够回到汉朝。游击将军韩说一无所获。公孙敖和左贤王交战，形势不利，就带兵回来。这年汉朝军队出塞攻打匈奴，损失惨重。皇帝下令逮捕了太医令随但，因为他说出贰师将军家人被灭族，使贰师将军投降了匈奴。

第八十章

卫将军骠骑列传

中国历史名著文库

戎马生涯立奇功

大将军卫青，是平阳县人。他父亲叫郑季，是个小官吏，在平阳侯曹寿家中供事。郑季和平阳侯的小妾卫媪私通，生下了卫青。他的同母姐姐卫子夫在平阳公主家做歌女时，得到了天子的宠幸，卫青就冒充姓卫。

卫青是平阳侯家的仆人，小时候回到他父亲那里，他父亲让他牧羊。父亲前妻的儿子都把他当做奴仆对待，不把他当做亲人。卫青曾经跟随别人进入到甘泉宫的居室，有一个脖子上套着铁圈的犯人给卫青相面说："你是贵人，将来，会做官封侯。"卫青笑着说："我是奴婢生的，能够不受打骂就满足了，怎么可能有封侯的事呢！"

卫青长大后，做了平阳侯家的骑兵，跟随平阳公主。武帝建元二年春天，卫青的姐姐卫子夫进入皇宫。皇后还没有皇子，听说卫子夫受皇上宠幸，有了身孕，十分嫉妒，可又不敢惹卫子夫，就将气撒在了卫子夫的异父兄弟卫青身上，找了个借口逮捕了卫青，要杀死他。幸亏卫青的朋友公孙敖和一些壮士去抢了出来，这才捡了一条命。

皇上听说这件事，就召见卫青，任命他做建章监，加侍中官衔。连同他同母的兄弟们都得到了赏赐。他的朋友公孙敖因此也越发显贵，做了大中大夫。

元光五年，卫青任车骑将军，去攻打匈奴。他从上谷出塞；太仆公孙贺任轻车将军，从云中出塞；大中大夫公孙敖任骑将军，从代郡出塞；卫尉李广任骁骑将军，从雁门出塞：各支军队各有一万骑兵。卫青到达茏城，斩杀了几百名敌人；公孙贺没有功劳；骑将军公孙敖还损失了七千骑兵；卫尉李广被匈奴捉住，后来逃脱回来：他们两人都应当处以死刑，后来出钱赎罪，成为平民。

元朔元年春天，卫夫人生了个男孩，被立为皇后。那年秋天，卫青任车骑将军，从雁门出塞，带领三万骑兵攻打匈奴，杀死了几千名敌人。第二年，卫青从云中出塞，向西直到高阙，占领了河南一带，直打到陇西，捕获了几千敌人、几十万头牲畜，赶跑了白羊王、楼烦王。汉朝就将河南一带设为朔方郡。

天子下诏嘉奖卫青说："匈奴违背天理，悖乱人伦，摧残长辈，欺凌老人，依恃武力，多次侵犯边境，所以朝廷发动军队，来讨伐它的罪恶。车骑将军卫青渡过了黄河，直到高阙，往西平定了河南一带，他斩杀敌军几千人，缴获了许多战车、辎重和牲畜财产，还赶回一百多万只马、牛和羊，军队也没有太大损失，特加封他为平安侯，另加三千户。"

后来，卫青又多次带兵和匈奴交战。元朔五年春天，汉朝命令卫青率领三万骑兵，从高阙出塞，攻打匈奴。

匈奴右贤王带队抵御卫青等人的军队，他认为汉军到不了那么远的地方，便放松地饮酒，喝得大醉。他做梦也没有想到，汉军晚上就到达了，并包围了右贤王，右贤王十分惊慌，连夜逃跑，他带着几百名精壮骑兵，终于突破包围、向北离去。

汉朝轻骑追赶了几百里，没能赶上。这次，汉军捉到了男男女女一万五千多人、牲畜上千万头，收获颇丰，就率领军队回去了。到了关塞，天子已经派使者拿着大将军的官印守候卫青呢！

天子说："大将军卫青亲自率领战士作战，军队获得大胜，捉到匈奴小王十多人，加封卫青六千户。"又要封卫青的儿子为侯，卫青坚决辞谢说："我有幸在军队中供职，仰仗陛下的神灵，军队才取得大胜，这全是各位将军、校尉奋力作战的功劳。陛下已经加封了我。我的儿子们年纪还很小，还没有功劳，他们怎么敢接受封赏呢！"

天子说："我没有忘记各位校尉的功劳，本来就要封赏他们。"于是下诏令都做了赏赐。可匈奴还是不停侵扰边境，卫青又几次出塞，去和匈奴人作战。

一次，卫青带领全军又从定襄出塞攻打匈奴，斩杀了敌军一万多人。右将军苏建、前将军赵信率领的三千多骑兵，单独遇上了单于的军队，足足打了一天，战势十分酷烈，汉军快要死光了。前将军赵信以前是匈奴人，后来投降汉朝被封为翕侯，看到形势危急，匈奴又诱降他，就率领剩余的大约八百名骑兵，跑去投降了单于。

右将军苏建的军队全军覆没，他独自一人逃回，回到了大将军那里。大将军卫青向军正闳、长史安和议郎周霸等人征询："苏建的罪该怎么判决？"周霸说："自从大将军出征以来，还没杀过副将，如今苏建抛弃军队，可以杀他来显示将军的威严。"闳、安却不赞成，他们说："不对，兵法上说：'小部队再拼死力战，也会被大部队的一方所击败。'苏建拿几千人抵挡单于的几万人，奋力作战一天多，士兵都死光了，他却不敢有任何叛逃的想法，自己回来了。如果这样斩杀他，这会让浴血奋战的将士寒心，今后如果遭逢失败，他们就会不敢返回汉朝了，所以不应当处死他。"

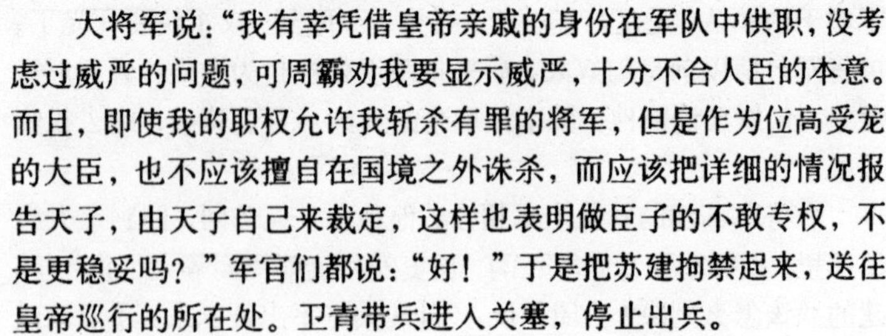

大将军说：“我有幸凭借皇帝亲戚的身份在军队中供职，没考虑过威严的问题，可周霸劝我要显示威严，十分不合人臣的本意。而且，即使我的职权允许我斩杀有罪的将军，但是作为位高受宠的大臣，也不应该擅自在国境之外诛杀，而应该把详细的情况报告天子，由天子自己来裁定，这样也表明做臣子的不敢专权，不是更稳妥吗？”军官们都说：“好！”于是把苏建拘禁起来，送往皇帝巡行的所在处。卫青带兵进入关塞，停止出兵。

匈奴未灭何以家为

这年，卫青的外甥霍去病，十八岁，当了皇帝的侍中。霍去病善于骑马、射箭，两次跟随卫青出征，卫青奉皇上的诏命，要挑选一些壮士。于是他就让霍去病当剽姚校尉。霍去病作战十分勇猛，立下不少军功。

于是天子说：“校尉霍去病斩杀敌人二千零二十八人，其中有相国、当户官员，活捉了单于叔父罗姑比，他的功劳两次在全军中获第一，封霍去病为冠军侯。”而卫青因为损失了两位将军，翕侯又逃跑了，所以军功不多而没有得到加封。右将军苏建回来后，天子没有诛杀他，赦免了他的罪，他交了赎金，成为平民。

卫青回来后，皇上赏赐他千金。当时王夫人正受到皇上的宠爱，宁乘就劝大将军说：“将军功劳还不很多，自己却已经有万户食邑，三个儿子都做到侯，这都是因为卫皇后的缘故。如今王夫人得到宠幸，而她的同族还没有得到富贵，希望将军拿皇上所赐的千金给王夫人的双亲祝寿。”卫青就拿了五百金去祝寿。天子听说了，很高兴。卫青如实说都是宁乘的主意，皇上就任命宁乘做了东海都尉。

张骞跟随大将军出征，因为他曾经出使大夏，被扣留在匈奴很长时间，熟悉有水草的地方，他给大军引路，军队不用受饥渴的困扰，加上他以前出使遥远国家的功劳，被封为博望侯。

元狩二年春天，皇上任命冠军侯霍去病为骠骑将军，率领一万骑兵从陇西山塞，他率领战士，转战了六天，和匈奴短兵相接，杀死了折兰王，砍死了卢胡王，活捉了浑邪王的儿子，斩杀敌人八千多人，还收缴了休屠王的祭天金人，因此霍去病又被加封了二千户食邑。”

那年夏天，骠骑将军霍去病和合骑侯公孙敖都从北地出塞，分路进发；博望侯张骞、郎中令李广都从右北平出塞，分路进发：一起去攻打匈奴。李广率领四千骑兵最先到达，张骞率领一万骑兵随后到达。匈奴左贤王率领几万骑兵包围了李广，李广和匈奴交战两天，损失了大半人马，等到博望侯赶到时，匈奴军队已撤去。张骞犯了行军滞留的罪，应被处死，他出钱赎罪，成为平民。

而骠骑将军霍去病从北地出塞，已经深入到匈奴中，他越过居延山到了祁连山，捕获了很多敌人。合骑侯公孙敖因犯有行军滞留、不和骠骑将军会合的罪，应当被处死，他出钱赎罪，成为平民。各位老将军所率领的士兵、马匹、武器都不如骠骑将军的，他所率领的士兵都是经过精心挑选的，敢于深入敌人境内，而且军队也有好运气，没有遇到过大危险。可是各位老将却经常因为行军留滞落后，遇不到好的战机。从此以后，骠骑将军日益受到皇上亲近，更加显贵，和大将军卫青相仿佛。

那年秋天，单于因为浑邪王居守在西方，多次被汉朝打败，损失了几万人，觉得十分气愤。单于发怒，想召浑邪王来将他杀掉。浑邪王和休屠王等人商量要投降汉朝，他们派人先到边境上等候，汉朝兵士见到浑邪王的使者，就马上命令驾乘专车去报告。

天子知道这件事，害怕他们用诈降的办法来袭击边境，就命令骠骑将军率领军队前去迎接。骠骑将军渡过黄河后，和浑邪王的部众相互远远观望。浑邪王的副将们看到汉军，多数不想投降，有很多人逃离了。骠骑将军于是奔入敌阵和浑邪王相见，斩杀了那些想要逃跑的八千人，然后派浑邪王一人乘着专车先到皇上巡行的地方，然后他带着全部投降的人渡过黄河，浑邪王投降的有几万人，号称十万。

回到长安后，天子又大加封赏。过了不久，朝廷就调迁投降的匈奴人到边境五郡，它们在原来的关塞以外，但都在河南地区，沿袭他们以前的风俗，作为汉朝的属国。

第二年，匈奴入侵右北平、定襄，杀死、掳走了汉朝一千多人。

天子和诸位将军商议说：“翕侯赵信替单于出谋画策，常常认为汉军不能越过沙漠轻易久留，如今大举发动士兵，势必会打他们个措手不及。”

元狩四年春天，皇上命令大将军卫青、骠骑将军霍去病分别率领五万骑兵，几十万步兵和转运物资的人跟随其后，而那些敢于奋力作战、深入敌阵的士兵都归属于骠骑将军。骠骑将军开始要从定襄出塞，迎击单于。俘虏的匈奴人说单于在东边，于是改令骠骑将军从代郡出塞，命令大将军从定襄出塞。郎中令李广任

前将军，太仆公孙贺任左将军，主爵赵食其任右将军，于阳侯曹襄任后将军，他们都隶属于大将军。军队就越过沙漠，连人带马共五万骑兵，和骠骑将军一起攻打匈奴单于。

赵信为单于出计说："汉军已经越过沙漠。人马都很疲惫，匈奴可以坐着收纳汉军俘虏了。"于是把辎重全部运到远远的北边，率领所有的精兵等候在沙漠的北边。适逢大将军的军队出塞一千多里，看到单于的军队列阵而等候，于是大将军命令让武刚车排成环形阵营，又命令五千骑兵纵马去抵挡匈奴。匈奴也有大约一万骑兵放马奔来。正赶上太阳将要落山，刮起大风，沙石打在人脸上，两军都相互看不见，汉军又派左右两翼急驰去包围单于。

单于看到汉军人多，而士兵、马匹很健壮，交战会使匈奴不利。在天快黑的时候，单于乘着车子，同几百名的精壮骑兵，径直冲开汉军的包围，向西北奔去。当时已经黄昏，汉朝军队和匈奴军队相互扭打，死伤人数大致相当。汉军左校尉捉到的俘虏说单于在天未黑时已离去，汉军于是派出轻骑兵连夜追赶，大将军的军队也跟随其后。那时，匈奴军队已经散开逃跑了。将近天亮的时候，汉军追了二百多里，没有捉到单于，却捕获、斩杀了敌兵一万多人，于是到了宾颜山赵信城，获得匈奴积存的粮食来供给军队。军队停了一天后回师，把剩余在赵信城的粮食全都烧光了。

大将军和单于会战的时候，前将军李广、右将军赵食其另外从东边的道路进军，因为迷了路，没有如期到来，攻打单于。卫青带兵回到大沙漠以南，才碰到李广、赵食其，大将军卫青要派使者回去禀报天子，命令长史按文书所列罪状审讯李广，李广自杀了。赵食其回到京城，他自己出钱赎罪，成为平民。卫青的军队进入边塞，这次总共斩获敌人一万九千多人。

骠骑将军也率领五万骑兵，所带辎重和大将军的军队相等，却没有副将。他就把李敢等人全部任命为大校，充当副将，从代郡、右北平出塞一千多里，遇上左贤王的军队，斩获敌军的数目已远远超过了大将军。

军队回来后，天子说："骠骑将军霍去病率领军队，又亲自率领所俘获的匈奴勇士，携带少量的物资，越过大沙漠，渡河捉到单于近臣章渠，诛杀匈奴小王比车耆，转而攻打匈奴左大将，斩杀敌人缴获他们的军旗和战鼓。翻过离侯山，渡过弓闾河，捉到屯头王、韩王等三人，以及将军、相国、当户、都尉八十三人，在狼居胥山祭天，在姑衍山祭地，登上高山，眺望翰海。共捕获俘虏和杀敌七万零四百四十三人，汉军大概损失了十分之三。他们从敌人那里取得粮食，能够远行到极远的地方而没有断绝军粮，拿五千八百户加封骠骑将军。”

当卫青和霍去病两支军队出塞时，所带的马匹共有十四万匹，可他们再入边塞时，所剩下的马匹不足三万匹。于是朝廷添设大司马官位，大将军、骠骑将军都当过大司马。天子定下法令，让骠骑将军的官阶和俸禄与大将军相等。从这以后，大将军卫青的权势日渐减退，而骠骑将军霍去病日益显贵。举凡大将军的老朋友、门客大多都离开他而去侍奉骠骑将军。

骠骑将军为人寡言少语，不露声色，但他敢于任事，很有气魄。有人曾经想教给他孙子和吴起的兵法。他回答说：“战争只看策略如何就行了，不必学古人的兵法。”天子为他修造府第，让他去看，他推辞说：“匈奴还没有消灭，不用考虑家的事情。”

因此，皇上更加重视、喜欢他。但是。霍去病从少年时起就任侍中，一直显贵，不会体恤士兵。他率军出征，天子派遣太官送给他几十辆车食物，可他回来时，辎重车上丢弃了许多剩余的米和肉，而士兵中还有挨饿的人。他在塞外打仗时，士兵缺少粮食，有的饿得无法站起来，而骠骑将军还在画地做球场来玩踢球游戏。他做的事多是这样。而卫青则为人仁慈善良，谦恭礼让，凭着宽和柔顺取悦于皇上，天下没人不称赞他。

不过霍去病在元狩六年就去世了。那时，他才二十四岁，天子对他的死很悲伤，调派了边境五郡的铁甲军，从长安到茂陵排成阵来为他守灵，为他修的坟墓像祁连山一样。

他的儿子霍嬗代袭侯爵。霍嬗年纪小，皇上很喜欢他，希望他长大以后像父亲一样当将军。可过了六年，霍嬗就去世了，被谥为哀侯。他没有儿子，断绝了后代，封国就被废除了。

霍去病死后，卫青的长子因犯法失去了侯爵。五年后，卫伉的两个弟弟，都因罪而失去了侯爵。他们失去侯爵两年后，冠军侯的封国被废除。又过了四年，大将军卫青去世，被封谥号为烈侯。他的儿子卫伉接替爵位做长平侯。

第八十一章

平津侯主父列传

中国历史名著文库

公孙弘相机自保

丞相公孙弘，字季，是齐地菑川国薛县人。他年轻时做过薛县的狱吏，后来因为犯了罪被罢免。他家里贫穷，只好到海边牧猪谋生。四十多岁时，才开始学习《春秋》和各家对《春秋》的解释。公孙弘为人端方有礼，奉养后母孝顺而恭谨。

建元元年，天子刚刚登位，招选贤良文学之士。当时公孙弘已经六十岁，以贤良的身份被征召当了博士。他出使匈奴，回来汇报，不太符合皇上的心意，皇上因此发怒，认为他无能，公孙弘就借病免官回家。

元光五年，皇帝下诏书征召文学之士，菑川国再次推荐了公孙弘。公孙弘向国人推让辞谢说："我曾经到西边京城去应皇上的任命，因为没有才能而被罢免回来，希望你们改荐别人。"国人坚持推荐公孙弘，公孙弘就到了太常那里。

太常让所征召的儒士分别对策，在一百多人中，公孙弘排在最后。对策文章送到皇上那里，武帝将公孙弘的对策提拔为第一名，并召他进宫来见面。武帝见他一表人才，相貌不凡，就任命他为博士。这时汉朝沟通了西南夷的道路，设置了郡，巴蜀民众当时非常困苦，皇上诏命公孙弘去视察。公孙弘回来向皇上汇报情况，极力诋毁西南夷没有什么用处，皇上没有听从他的意见。

公孙弘是才俊之士，见多识广，他常常说人主的毛病在于心胸不广大，人臣的毛病在于不节俭。他自己身居高位，生活却非常简朴：盖布被，吃饭时不吃两种以上的肉菜。后母去世时，公孙弘为她守了三年丧。每次在朝廷上与众人一起商议事情，他总是先开头陈述事端，让人主自己来抉择，从不当面反驳，当场争辩。天子经过观察，发现他品行忠厚，善于辩论，不但熟悉法律条文和官场上的事务，而且还能用儒学观点来加以文饰，所以十

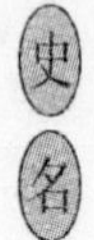

分欣赏他。在两年之内，他官至左内史。

公孙弘上奏事情，有时不被采纳，他也不在朝廷上争辩。他曾经和主爵都尉汲黯请求皇上在闲暇时间接见他们，汲黯先将事情提出，公孙弘随后加以阐述，天子常常很高兴，他所说的话都予采纳，因此公孙弘一天比一天受到亲近，地位越来越显贵。

有时，公孙弘和公卿大臣事前约定某项建议，到了皇上面前，他往往全部违背了约定，只顺从皇上的意旨。汲黯在朝廷上诘难公孙弘说："齐地人大多都奸诈虚伪，你开始和我们提出这项建议，如今却全盘违背了，不忠诚。"皇上问公孙弘，公孙弘谢罪说："了解我的人认为我是忠诚，不了解我的人认为我是不忠诚。"皇上对他的话深信不疑。皇上身边有些很受宠幸的大臣，常在背后诋毁公孙弘，可皇上越发优待公孙弘。

元朔三年，张欧被免官，公孙弘被任命为御史大夫。当时汉朝正开通西南夷。在东边设置沧海郡，在北方修筑朔方郡。公孙弘多次进谏，认为这样做是劳民伤财，经营了无用的地方，希望停止这些事情。于是天子就派朱买臣等人用设置朔方郡的好处来诘难公孙弘。提出了十个问题，公孙弘一个也回答不上。公孙弘于是谢罪说："我是山东鄙陋的人，不了解筑朔方郡有这般好处，希望停止开通西南夷、设置沧海郡的事，而专心经营朔方郡。"皇上这才答应了。

汲黯说："公孙弘位列三公，俸禄很多，可是却盖布被，这是欺诈。"皇上问公孙弘。公孙弘谢罪说；"确有其事。九卿中和我关系好的没有超过汲黯的了，可是他今天在朝廷诘难我，确实说中了我的毛病。以三公的身份而盖布被，确实是虚伪欺诈想要钓取美名。况且我听说管仲做齐国国相，有三处住宅，其奢侈可以和国君相比，虽然齐桓公依靠他而称霸，但他这样奢侈也是对国君的越礼行为。晏婴做齐景公的国相，吃饭不吃两种以上的肉菜，姬妾不穿丝织衣服，齐国也治理得很好，这是晏婴向下和百姓看齐。如今我的职位是御史大夫，而盖布被，这使得从九卿以下直到小官吏，没有贵贱的差别，像汲黯所说的那样，确实不合适。况且假如没有汲黯的忠诚，陛下怎么能听到这样的话呢！"

天子认为公孙弘谦恭礼让，越发看重他。终于让公孙弘做了丞相，封他为平津侯。

公孙弘为人猜疑妒忌，外表宽容而内心城府很深。那些曾经和公孙弘有仇怨的人，公孙弘虽然假装和他们相处得很好，暗地里却用灾祸来报复他们。杀害主父偃，把董仲舒调迁到胶西，都是公孙弘暗中使的力。

公孙宏的简朴是公认的，他每顿只吃一个肉菜和一碗脱壳的粗米饭。如果老朋友和他喜欢的门客需要衣食，公孙弘就毫不犹豫地把俸禄都拿出来供给他们，家里没有余财。士人也因此而认为他贤明。

淮南王、衡山王谋反，朝廷追究党羽紧急的时候，公孙弘正身染重病，他认为自己没有什么功劳而被封侯，官位升到丞相，应该辅助贤明的君主安抚国家、使人们都遵循作为臣子的道理。现

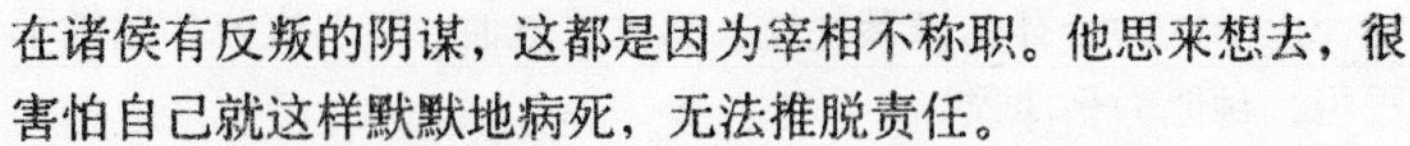

在诸侯有反叛的阴谋，这都是因为宰相不称职。他思来想去，很害怕自己就这样默默地病死，无法推脱责任。

于是他向皇上上书说：

“我听说天下的常道有五条,用来实行这五条常道的有三种美德。君臣、父子、兄弟、夫妇和长幼的次序，这五方面是天下的美道。智慧、仁爱和勇敢，这三方面是天下的美德，是用来实行常道的。所以孔子说‘努力实践接近于仁，喜欢询问接近于智，知道羞耻接近于勇’。懂得这三种情况，就知道怎样自我约束，知道怎样自我约束，然后知道怎样约束别人。天下还没有不能自我约束而能约束别人的，这是百代不变的道理。

“如今陛下亲自实行大孝，借鉴三王，建立周朝的治国原则，兼有文王和武王的才德，激励贤人而给予俸禄，根据才能来授予官职。如今我的才质低下，没有汗马功劳，陛下特意把我从军队中提升起来，封为列侯，放置到三公的位上。我的品行才能无法和官位相称，平时又有病，恐怕要先于狗马一类短命畜牲而死去，最终无法报答陛下的恩德，无从推脱责任。希望陛下允许我交回侯印，辞官回乡，以便给贤能的人让开路。”

天子答复他说：“古代奖赏有功的人，褒扬有德的人，保持前人的成业要崇尚文德，遭遇祸乱要重视武功，没有脱离这个道理的。我以前勉强地得以继承皇位，害怕不能安宁，只想和各位大臣共同治理，你应当知道这一点。君子都喜欢善良的人而憎恶丑恶的人。你如果谨慎行事，可以常在我身边做官。你不幸患了霜露风寒的病，何必担忧不痊愈，竟然上书交回侯印，请求辞官回乡，这是显扬我的无德呀。如今事情稍微少了些，你应该减少思虑，集中精神，再用医药辅助治疗。”

于是允许公孙弘继续休假，赐给他牛、酒和各种布帛。过了几个月，公孙弘病好了，就开始处理政事。元狩二年，公孙弘患病，终于以丞相的身份死去。他的儿子公孙度继承平津侯的爵位。公孙度任山阳太守十多年，因犯法而失去了侯爵。

主父偃上书

主父偃是齐地临菑人。他起初学习纵横家的学说，晚年才专心学习《周易》、《春秋》、诸子百家的学说。他游学于齐地的儒生中间，那些儒生都一起排斥他，没有一个人肯厚待他，逼得他无法留在齐地。又因为他家境贫穷，向人家借贷也没法借到，于是游学到北方的燕、赵、中山等地，各地都没有谁能赏识他，他的游学很艰难。

孝武帝元光元年间，他认为诸侯中没有值得去游学的，就向西进入函谷关，去拜见卫青将军。卫青将军多次向皇上推荐他，皇上不肯召见他。他的钱财很少，留在长安很长时间，许多达官贵人的宾客们都很讨厌他，于是他就向皇帝上书。主要言说自己对国事的意见。早晨递上奏书，傍晚时皇帝就召他进去相见。他在奏书中主要陈述了九件事，其中八件是法律条令方面的事，一件是劝谏皇上攻打匈奴的事。其原文说：

“我听说圣明的君主不厌恶深切的谏言，而是广泛地观察；忠诚的大臣不逃避重重的处罚而直言进谏，所以事情得以进行而功名流传万代。如今我不敢隐讳忠心、逃避死亡来献出我愚昧的想法，希望陛下赦免我的罪过，稍微考察一下我的建议。

《司马法》上说：“国家虽然大，如果喜欢战争就一定会灭亡；天下虽然太平，如果忘记战争就一定有危险。”天下已经平定，天子高奏《大凯》的乐章，春秋两季分别举行狩猎活动，诸侯在春天整顿军队，在秋天训练军队，是为了不忘记战争。况且发怒是悖逆的行为，兵器是不祥的东西，争斗是最末的节操。古代君主一发怒就一定尸首伏地、流血遍野，所以圣明的天子对发怒的事非常慎重。致力于穷兵黩武的事情的人，没有不招致后悔的。

从前秦始皇凭借胜利的兵威，蚕食天下，吞并了交战的国家，

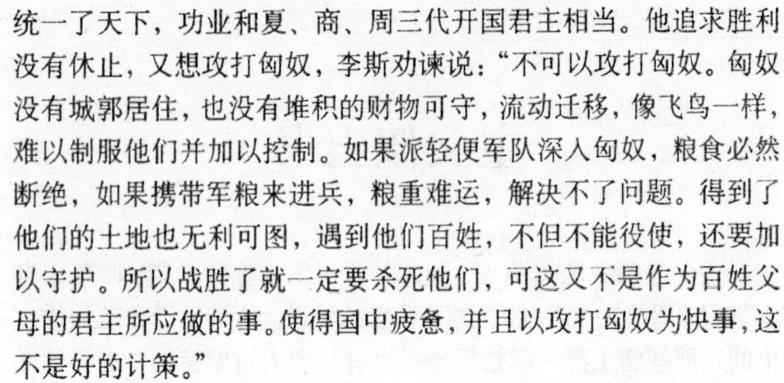

统一了天下，功业和夏、商、周三代开国君主相当。他追求胜利没有休止，又想攻打匈奴，李斯劝谏说："不可以攻打匈奴。匈奴没有城郭居住，也没有堆积的财物可守，流动迁移，像飞鸟一样，难以制服他们并加以控制。如果派轻便军队深入匈奴，粮食必然断绝，如果携带军粮来进兵，粮重难运，解决不了问题。得到了他们的土地也无利可图，遇到他们百姓，不但不能役使，还要加以守护。所以战胜了就一定要杀死他们，可这又不是作为百姓父母的君主所应做的事。使得国中疲惫，并且以攻打匈奴为快事，这不是好的计策。"

可秦始皇没有听从李斯的劝谏，他派蒙恬率领军队攻打匈奴，开辟土地千里，以黄河为国界。那里的土地本来就是盐碱地，不生长五谷。接着，秦始皇调发天下成年男人去守卫北河地区。军队在旷野驻守了十多年，死的人不计其数，始终没能渡过黄河向北进军。这难道是人马不足，装备不齐备吗？这是形势不允许呀。

秦始皇又让天下百姓急速转运粮草，从黄县、腄县和琅邪郡靠海的地方起，转运到北河，一般是发运了三十钟粮食，到达时才得到一石。男人努力耕田，满足不了粮食的需要，女人纺线织麻，满足不了军队帷幕的需要。百姓疲惫不堪，孤寡老弱的人得不到供养，路上死的人一个挨着一个，就是由于这个原因，天下才开始反叛秦朝。

等到高皇帝平定了天下，占领了边境的土地，听说匈奴聚集在代郡的山谷以外，就想攻打他们。御史成进谏说："不可以进攻匈奴。匈奴的习性，像野兽聚集和鸟儿飞散一样，追赶他们就如同捕风捉影一样。如今凭借陛下的盛德去攻打匈奴，我私下里认为是危险的。"

高帝没有听从，率兵向北到达了代郡的山谷，果然发生了平城被围的危险。高皇帝大概十分后悔，于是派刘敬去缔结和亲的盟约，这以后，天下的百姓忘记了战争之事。所以《孙子兵法》上说："发兵十万，每天耗费千金。"秦朝经常聚积民众、驻扎军队几十万人，虽然有歼灭敌军斩杀敌将、俘虏单于的功劳，但是也因为这样结下的深仇大恨，不足以抵偿天下耗费的财物。这样上使国库空虚，下使百姓疲惫，扬威于外国，并不是完美的事情。

匈奴难以得到和控制，这并非一代的事。他们偷盗、侵犯城池，以此作为职业，天性本来就是这样。上自虞舜、夏朝、商朝和周朝，本来就不向他们征课赋税，不对他们督察责罚，只把他们当作禽兽看待，而不视为人类。而皇上您上不借鉴虞、夏、商、周的经验，下却遵循近世的错误做法，这是我最大的担忧，也是让老百姓感到痛苦的事。况且战争时间长了，就会发生变乱；做事艰苦，思想就会起变化。这样会使得边境的百姓疲惫愁苦而产生离心，将军和官吏们互相猜疑而与外国勾结，所以尉佗和章邯才能成就他们的个人野心。

秦朝政令之所以不能推行的原因，就是因为国家大权被这两个人瓜分，这就是政治得失的证明。所以《周书》上说："天下安危在于天子出什么样的号令，国家存亡在于天子用什么样的人物。"希望陛下仔细考察这个问题，稍微加以注意，深思熟虑。"

这时，赵人徐乐、齐人严安都向皇帝上书谈论当代政务，每人讲了一件事。

徐乐上书说：

"我听说国家的忧患在于土崩，而不在于瓦解，古今都是一样的。什么叫土崩呢？秦朝末年就是。陈涉没有诸侯的尊贵，没有一尺的封地，自身也不是王公大人和名望贵族的后代，没有乡里的称誉，没有孔子、墨子、曾子的贤能，陶朱、猗顿的富有，可是他从贫穷的乡间起兵，举起戟矛，袒露一臂大喊，天下闻风响应，这是什么原因呢？这是因为人民贫困而君主不加以体恤，下面怨恨而上面的人却不知道，世俗已经败坏而政治不修明，这三项是陈涉用来作为凭借的客观条件。这就叫作土崩。所以说国家的忧患在于土崩。

什么叫瓦解呢？吴、楚、齐、赵的军事叛乱就是。吴、楚等七国阴谋叛乱，他们都自称万乘君王，有披甲的士兵几十万，威严足以整饬他们国家的境内，财力足以劝勉他们国家的百姓，可他们不能向西夺取尺寸的土地而自身却被朝廷擒获，这是什么原因呢？这不是因为他们的权势比匹夫小，不是他们的兵力比陈涉

弱，而是因为在那时候，先帝的恩德遗泽尚未衰减，安于乡土、喜欢时俗的百姓很多，所以诸侯没有封国境外的援助。这就叫作瓦解。

所以说国家的忧患不在于瓦解而在于土崩。从这一点看来，天下如果真有土崩的形势，即使是穿粗布衣服、住穷巷茅屋的人也会首先发难而使国家遭到危害，陈涉就是这样。何况还有三晋国君一类的人物可能存在呢！天下虽然还没有大治，如果真能没有土崩的形势，即使有强国劲兵起来造反，也会在转身之间遭到擒灭，吴、楚、齐、赵就是这样，何况群臣百姓没能够起来造反呢！这两个主要方面，是关系国家安危的根本所在，贤明的君主对此都要留心并深入考察。

近来关东地区五谷歉收，年景还未恢复，百姓大多穷困，再加上边境的战事，按照规律和常理来看，那么人民将会有不安心

本地的情况了。不安心就容易骚动。容易骚动，就是土崩的形势。所以，贤明的君主能够看到万物变化的各种原因，明白安危的关键，只在朝廷上治理政事，却能消除尚未形成的祸患，其中最关键的就是想办法使国家不出现土崩的形势而已。

所以，即使有强国强兵，陛下仍然可以追赶走兽，射击飞鸟，扩大游宴的场所，无节制地纵情观赏，极尽驱马打猎的欢乐，安然自若。各种乐器的演奏声不绝于耳，帷帐中与美女的情爱和俳优侏儒的笑声总在面前出现，然而天下没有积久的忧患。名声何必要像汤王、武王那样高，民俗何必要像成王、康王时那样好？

虽然这样，我私下里认为，陛下是天生的圣人，有宽厚仁爱的资质，果真以治理天下作为自己的根本职责，那么汤王、武王的名声就不难赶上，而成王、康王时的世俗也可重兴再现。这两种情况确立了，然后可以处于尊贵安逸的实际境地，在当代传扬美名，扩大名誉，亲近天下人而降服四方蛮夷，你的余恩遗德将盛传几代。面朝南方，背影屏风，卷起袖子，向王公大臣拱手行礼，这就是陛下所要做的事了。我听说想实行王道，即使不成功，最差也可以使国家安宁。天下安宁，陛下哪会需要什么而得不到，要干什么而不成功，征讨谁而不降服呢！”

严安上书说：

我听说周朝占据天下，统治了三百多年，成王、康王时代是它的鼎盛时期，刑罚搁置不用有四十多年了。待到周朝衰落，也经历了三百多年，所以春秋五霸相继兴起。五位霸主经常辅助天子兴利除害，诛伐暴虐，禁止奸邪。在海内匡扶正道，使天子得以尊贵。五霸都去世后，没有圣贤的人继起，天子孤立衰弱，号令不能颁行。诸侯恣意行事，强大的欺陵弱小的，人多的损害人少的，田常篡夺了齐国的政权，六卿瓜分了晋国的土地，共同形成了战国，这是人民受苦的开始。于是，强国致力于战争，弱国备战防守，出现了合纵、连横，车马驱弛，来往相撞，战士的盔甲生满了虮虱，百姓无处诉苦的局面。

待到秦王嬴政，蚕食天下，吞并列国，号称“皇帝”，掌管全国的政治，毁坏诸侯的都城，销毁他们的兵器，用来铸为钟鼎，表

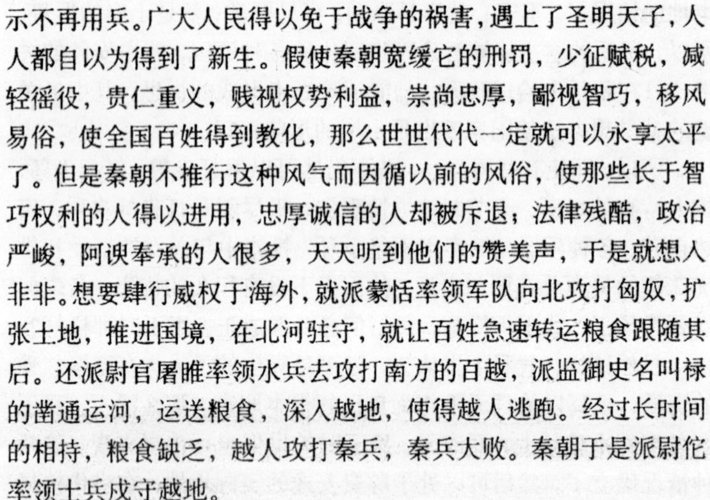

示不再用兵。广大人民得以免于战争的祸害，遇上了圣明天子，人人都自以为得到了新生。假使秦朝宽缓它的刑罚，少征赋税，减轻徭役，贵仁重义，贱视权势利益，崇尚忠厚，鄙视智巧，移风易俗，使全国百姓得到教化，那么世世代代一定就可以永享太平了。但是秦朝不推行这种风气而因循以前的风俗，使那些长于智巧权利的人得以进用，忠厚诚信的人却被斥退；法律残酷，政治严峻，阿谀奉承的人很多，天天听到他们的赞美声，于是就想入非非。想要肆行威权于海外，就派蒙恬率领军队向北攻打匈奴，扩张土地，推进国境，在北河驻守，就让百姓急速转运粮食跟随其后。还派尉官屠睢率领水兵去攻打南方的百越，派监御史名叫禄的凿通运河，运送粮食，深入越地，使得越人逃跑。经过长时间的相持，粮食缺乏，越人攻打秦兵，秦兵大败。秦朝于是派尉佗率领士兵戍守越地。

正在那时，秦朝在北方和匈奴结怨，在南方和越人结仇，在无用的地方驻扎军队，只能前进而不得退守。经过了十多年，成年男子都要披甲当兵，成年女子都要转运粮食，痛苦得无法活下去，上吊自杀在路旁的树上，死的人一个接一个。

等到秦始皇逝世，天下发生大叛乱。陈胜、吴广攻取陈县；武臣、张耳攻占赵地；项梁攻占吴县；田儋攻占齐地；景驹攻占郢、周。所以说国家的忧患不在于瓦解。从这一点看来，天下果真有土崩的形势，即使是穿粗布衣服、住穷巷茅屋的人也会首先发难而使国家遭到危害，陈涉就是这样。何况还有三晋国君一类的人物可能存在呢！天下虽然还没有大治，如果真能没有土崩的形势，即使有强国劲兵起来造反，也会在转身之间遭到擒灭，吴、楚、齐、赵就是这样，何况群臣百姓能够起来造反呢！这两个主要方面，是关系国家安危的明显的根本所在，贤明的君主对此都要留心而深入考察的。”

上书奏呈给天子之后，天子召见了三人，对他们说：“你们先前都在哪里呢？为什么我们相见这么晚啊！”于是皇上就任命主父偃、徐乐、严安为郎中。主父偃多次进见，上疏述说事情，皇帝下诏任命主父偃为谒者，后提升为中大夫。一年之间，四次提升主父偃。

主父偃向皇上劝谏道：

“古代诸侯的土地不超过一百里，强弱的形势容易控制。如今诸侯有的拥有相连的城市几十座，土地纵横千里，平常的时候，他们骄奢放纵，容易做出淫乱的事，危急的时候，他们就会倚恃自己的强大，联合起来反叛朝廷。现在用法令来分割削弱他们，那么他们反叛的行为就会产生，以前晁错就是这样。

“现在诸侯的子弟有的多达十几个，而只有嫡长子世代继袭，其余虽然也是诸侯的亲骨肉，却没有一点土地受封，那么仁爱孝道就不能显示出来。希望陛下命令诸侯可以推广恩德，把土地分给子弟，封他们为侯。那些子弟人人高兴地得到他们所希望的，皇上用这个办法施与恩德，实际上是分割了诸侯的封国，不用削减封地而诸侯就会逐渐衰弱了。”于是皇上听从了他的计策。主父偃又劝皇上说：“茂陵刚设置县，可以将天下豪强兼并之家和作乱的人，都迁到茂陵去，内则充实京城，外则消除奸猾的人，这就是不用诛杀而消除祸害。”

皇上又听从了他的主张。

在尊立卫子夫为皇后，以及揭发燕王刘定国的各种犯法阴事的过程中，主父偃都是有功的。大臣们都害怕主父偃那张嘴，贿赂、赠送给他的钱累计有千金。有人劝主父偃说：“你太横行了。”主父偃说：“我从束发游学以来四十多年了，自己不得志，父母不把我当作儿子，兄弟不收留我，宾客抛弃我，我困难的日子很长久了。况且大丈夫生不能列五鼎而食，死就受五鼎烹煮的刑罚好了。我到了日暮途远的时候，所以要倒行逆施，横暴从事。”

主父偃极力说朔方土地肥沃，外有黄河为凭借，蒙恬在那里筑城来驱逐匈奴，内省转运和戍守漕运的人力物力，这是扩大中国疆土，消灭匈奴的根本所在。皇上看了他的奏议，就交给公卿们议论，大家都说不利。公孙弘说：“秦朝时候曾征发三十万人在北河筑城，最终没有筑成，不久就放弃了。”主父偃极力讲述它的便利，皇上终于采纳了主父偃的主张，设立了朔方郡。

元朔二年，主父偃向皇上讲了齐王刘次景在王宫内淫乱、行

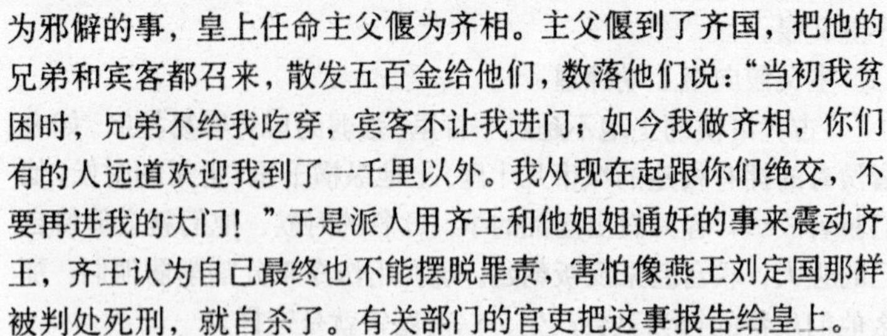

为邪僻的事，皇上任命主父偃为齐相。主父偃到了齐国，把他的兄弟和宾客都召来，散发五百金给他们，数落他们说："当初我贫困时，兄弟不给我吃穿，宾客不让我进门；如今我做齐相，你们有的人远道欢迎我到了一千里以外。我从现在起跟你们绝交，不要再进我的大门！"于是派人用齐王和他姐姐通奸的事来震动齐王，齐王认为自己最终也不能摆脱罪责，害怕像燕王刘定国那样被判处死刑，就自杀了。有关部门的官吏把这事报告给皇上。

主父偃当初为平民时，曾经游历燕、赵，待到他当了大官，就揭发燕王的阴私。赵王害怕他成为赵国的祸害，想要上书讲述他的隐私，因为他当时在朝中得势，不敢揭发他。等他当了齐相，走出函谷关，赵王就派人上书，告发主父偃接受诸侯的金钱，诸侯子弟中有很多因此得以封侯。

等到齐王自杀的事情传到皇上那里，皇上十分生气，他认为一定是主父偃威胁齐王使他自杀，于是把主父偃召回交给法官治罪。主父偃承认接受了诸侯的贿金，但他辩解说确实没有威胁齐王并迫使他自杀。皇上本来不想处死他，当时公孙弘任御史大夫，就对皇上说："齐王自杀，没有后代，齐国废除为郡，归入朝廷，主父偃本是这事的首恶，陛下不诛杀主父偃，无法向天下人交待。"于是皇上就将主父偃灭族了。

主父偃正尊贵受宠的时候，他的宾客数以千计，到他被灭族而死时，没有一个人为他收尸，只有汶县人孔车为他收尸并埋葬了他。天子后来听说了，认为孔车是个忠厚长者。

第八十二章

南越列传

中国历史名著文库

赵佗自立为王

南越王尉佗是真定人，姓赵。秦国吞并天下后，攻取并且平定了杨越，设置了桂林、南海、象郡，把被判过罪的百姓迁徙过来，和越人杂居。并任用赵佗做南郡龙川县令。

秦二世时，南海郡尉任嚣患病临死前，召来龙川令赵佗，告诉他说："听说陈胜等人叛乱，秦朝政治无道，天下人都不堪其苦，项羽、刘邦、陈胜、吴广等人都在州郡同时建立军队、聚集民众，像猛虎争夺食物一样争夺天下。中原动乱，不知道何时安宁，豪杰们背叛秦朝，互相对立。南海郡地处偏远，我恐怕强盗的军队侵夺土地到这里，所以想发动军队、切断秦朝通往南海的新修道路，自己做好防备，静待事态之变，不幸我病得很重，恐怕一时难以好转。番禺有背靠着险要山势的凭借，有南海作倚恃，东西几千里，有不少中原人辅助我们，这也能当一州之主，可以建立国家。郡中的长官没有一个人有资格跟我商谈大事，所以我召你来告诉你这些。"于是颁给赵佗有关文书，让他代行南海郡尉的职务。

任嚣死后，赵佗立即传递檄文布告到横浦、阳山、湟溪关等地说："强盗的军队将要来，火速断绝道路，聚集军队来守卫自己！"趁机逐渐诛杀了秦朝所设置的官吏，而用他的党羽为代理长官。到秦朝灭亡之后，赵佗就攻打吞并了桂林、象郡，立自己为南越武王。高皇帝平定天下后，因为考虑到中原百姓劳顿困苦，不堪战乱，所以就宽释了赵佗，没有再兴兵讨伐他。

汉高祖十一年，派陆贾因袭立赵佗为南越王，和他剖符定约，互相通使，协调安定百越。南越边界正好和长沙交接，高皇帝极尽安抚的策略，以防它成为汉朝南边的祸害。

高后时期，有关部门的官吏请求禁止南越在关市上购买铁器。

赵佗说："高帝立我做南越王，互通使者和货物，如今高后听信谗臣的意见，歧视蛮夷，断绝器具用物交易，这一定是长沙王的主张，他想倚仗中原，攻打消灭南越而后再一并统治它，为自己建立功业。"

于是赵佗就自封尊号为南越武帝，派兵攻打长沙国边境城邑，打败几个县后就离去了。高后派将军隆虑侯周灶前去攻打赵佗。适逢酷暑阴雨天气，很多士兵都得了重病，军队无法越过阳山岭。一年多后，高后逝世，汉军就撤兵了。赵佗因此凭借军队扬威于边境，他用财物贿赂闽越、西瓯、骆越，奴役并使它们归属南越，东西有一万多里。赵佗竟然乘坐黄盖左纛之车，自称皇帝，发号施令，和汉朝平起平坐。

待到孝文帝元年，文帝刚刚君临天下，派遣使者告诉诸侯和四方蛮夷的君长，自己从代国来京即位的意图，让他们明白皇帝

的盛美德性。于是为赵佗在真定的父母的坟墓，设置守墓的民居，逢年过节，随时祭祀。还召来他的堂兄弟，以尊贵的官职和丰厚的赏赐来表示对他们的宠爱。诏令丞相陈平等人推荐可以出使南越的人，陈平说陆贾在先帝时就熟悉出使南越的事。于是文帝召陆贾来，任命他为太中大夫，前去出使南越，趁机责备赵佗自立为皇帝，竟然连一个来报告的使者都没有。

陆贾到了南越，南越王赵佗十分害怕，写信谢罪，说："蛮夷大长老夫臣佗，由于以前高后隔绝并歧视南越，我私下里怀疑长沙王是位谗臣，又远远地听说高后全部诛杀了赵佗的宗族，挖掘烧毁了我祖先的坟墓，我因此自暴自弃，侵犯长沙国边境。况且南方低下潮湿，蛮夷当中，东边的闽越只有上千民众，却号称王；西边的西瓯和骆越这样的裸体之国，也称王。我妄自窃取帝王的尊号，聊以自我安慰，怎么敢把这事禀告天王呢！"于是磕头谢罪，表示愿意长久地做汉朝的藩属臣子，遵从进贡的职责。

于是赵佗就通令全国说："我听说两个英雄是不能一同存在的，两个贤人是不能生活在同一时代的。汉朝皇帝，是贤明的天子。从今以后，我去掉帝制，以及黄盖左纛的车子。"陆贾回来报告，孝文帝十分高兴。

到了孝景帝时期，赵佗向汉朝称臣，派人朝见天子。可是在南越国内，赵佗仍旧窃用帝号，只是他派使者朝见天子，才称王，接受天子的命令如同诸侯一样。到了建元四年，赵佗去世。

汉武帝平南越

赵佗死后，他的孙子赵胡继承王位，当了南越王。这时候，闽越王郢发动军队攻打南越边境的城镇，赵胡派人向汉朝天子上书说："南越和闽越都是汉朝的藩国，不该擅自发兵互相攻打。如今闽越发兵侵犯我，我不敢发兵迎击，希望天子下诏指示。"于是天

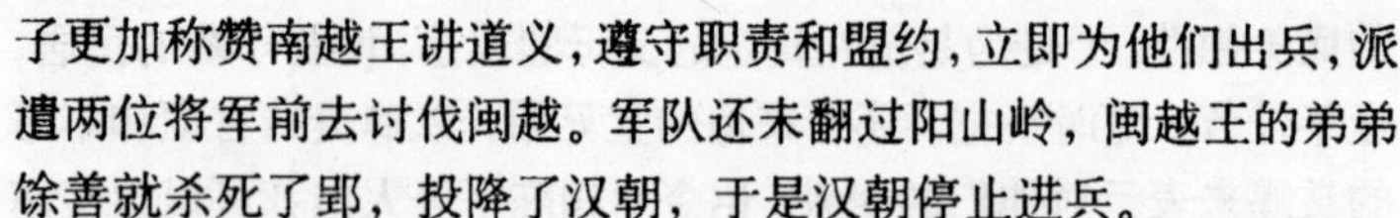

子更加称赞南越王讲道义，遵守职责和盟约，立即为他们出兵，派遣两位将军前去讨伐闽越。军队还未翻过阳山岭，闽越王的弟弟馀善就杀死了郢，投降了汉朝，于是汉朝停止进兵。

天子派庄助前往南越，向南越王解释朝廷的意图，赵胡叩头说："天子竟然为我派兵讨伐闽越，我到死也无法报答这个恩德！"赵胡就派太子到朝廷去任宿卫。赵胡对庄助说："国家刚刚遭受侵犯，请使者先走吧。我正在日夜整装准备入朝去拜见天子。"

庄助离去后，他的大臣向赵胡劝谏说："汉朝派兵诛杀郢，同时杀鸡儆猴，用这个行动来威吓了南越。况且先王过去说过，事奉天子只要求不要失礼，总之不可以因为喜欢好话而入朝拜见天子。去朝见后就不能再回来，这是亡国的势头啊。"于是赵胡假称有病，终于不再去朝见天子。十几年后，赵胡真的病得很严重，太子婴齐请求回国。赵胡死了，被封谥号为文王。

太子婴齐代立为南越王后，就把他祖先武帝的印玺藏起来。婴齐到长安在朝廷当宿卫的时候，娶了邯郸樛家的女儿做妻子，生了个儿子叫赵兴。到他继位时，他就向天子上书请求立樛家女子为王后，赵兴为太子。汉朝多次派使者委婉劝说婴齐去朝见天子，婴齐喜欢恣意杀人，害怕进京朝见天子，会被强迫使用汉朝的法度，像内地诸侯一样，就坚持推说有病，终于没有进京朝见。他派儿子次公到朝廷去任宿卫。他死后被封谥号为明王。

太子赵兴代立为南越王，他的母亲为太后。太后在还未做婴齐的妾时，曾经和霸陵人安国少季通奸。等到婴齐死后，元鼎四年，汉朝派安国少季前去规劝南越王、王太后进京朝见天子，和内地诸侯一样；命令辩士、谏大夫、终军等人宣达有关的言辞，勇士魏臣等人辅助不足的地方，卫尉路博德率领军队驻扎在桂阳，等候使者。

南越王年轻，太后是中原人，曾经和安国少季通奸，这次出使前来，又得以私通。南越国中很多人都知道这事，大多数人不依附太后。太后害怕发生动乱，也想倚靠汉朝的威势，就屡次劝说南越王和大臣们请求归属汉朝，通过使者向天子上书，请求比照内地诸侯，三年朝见天子一次，并撤除边境的关塞。

于是天子答应了他们的请求，把银印赐给南越丞相吕嘉，还赐给了内史、中尉、大傅等官印，其余的官职都可以由南越王自己设置。废除了他们以前的黥刑、劓刑，用汉朝法律，和内地诸侯一样。使者都留下来镇抚南越。南越王、王太后整治行装和贵重的礼物，为进京朝见天子做准备。

南越丞相吕嘉年纪很大了，做过三位国王的丞相，他的宗族中当官做长吏的有七十多人，男的都娶王女做妻子，女的都嫁给王子和其兄弟宗室的人，他同苍梧郡的秦王有婚姻关系。吕嘉在国内很有权威，南越人都很信任他，很多人都做了他的耳目，在得民心方面远远胜过南越王。

南越王上书给汉皇帝，多次受到吕嘉的劝阻，南越王都没有听从他。渐渐地，他产生了背叛的想法，多次推说有病，不肯会见汉朝的使者。使者都非常留意吕嘉，只是因为形势的关系，没能诛杀他。南越王、王太后也害怕吕嘉等人事先发难，就摆设酒宴，想借助汉朝使者的权势，图谋诛杀吕嘉等人。

酒宴开始了，使者都面朝东坐，太后面朝南坐，南越王面朝北坐，丞相吕嘉、大臣们都面朝西坐，陪坐饮酒。吕嘉的弟弟任将军，率领士兵守在宫外。正饮着酒，太后对吕嘉说："南越归属汉朝，这是国家的利益，而丞相您抱恨这不好，为什么呢？"用这话来激怒使者。使者犹豫不决，终于没敢动手杀吕嘉。吕嘉看到周围人不是自己的亲信，警觉起来，立刻起身出去。太后发怒，想用矛戟冲刺吕嘉，南越王阻止了太后。吕嘉终于顺利出去了。

吕嘉分取了他弟弟的一部分士兵来护卫自己回家，推说有病，不愿意再见南越王和使者。而且暗中和大臣准备发动叛乱。南越王向来没想到要诛杀吕嘉，吕嘉知道这一点，因此过了几个月都没有发动叛乱。

王太后有淫乱的行为，国中人不依附她，她想独自诛杀吕嘉等人，可是力量又不足。

天子听说吕嘉不听从南越王，南越王、王太后又势力孤弱，无法制服吕嘉，使者又怯懦不能决断。考虑到南越王、王太后已经

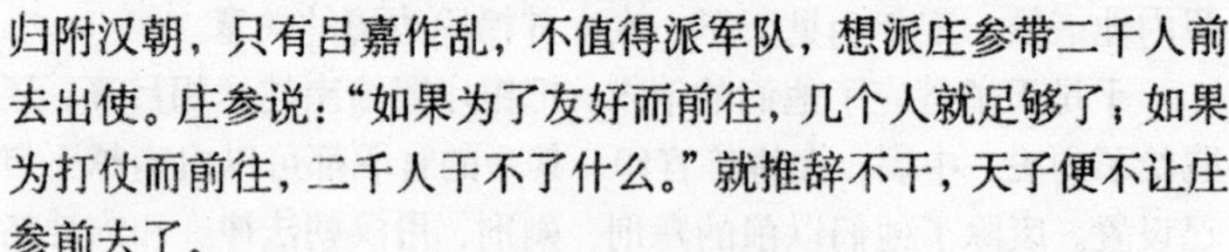

归附汉朝，只有吕嘉作乱，不值得派军队，想派庄参带二千人前去出使。庄参说："如果为了友好而前往，几个人就足够了；如果为打仗而前往，二千人干不了什么。"就推辞不干，天子便不让庄参前去了。

郏地壮士、原济北王的丞相韩千秋奋然说："凭这么一个小小的南越，又有南越王、太后做内应，独有一个吕嘉从中破坏，有什么好怕的呢？我愿意带领一二百人的勇士，斩杀吕嘉回来报告。"于是天子派韩千秋和王太后的弟弟樛乐率领二千人前往，进入南越境内。

吕嘉看到情势已经十分紧迫，如同箭在弦上、不得不发，终于决定造反了。他动员国内说："国王年轻，太后是中原人，又和使者淫乱，一心想归属汉朝，把先王的珍宝重器全都献给天子，来谄媚汉天子，带走了很多随从。到长安后，便把他们卖给汉人做僮仆。她只想为自已取得一时的好处，从不考虑赵氏的国家利益，没有为子孙万世着想的意图，实在是罪该万死！"

于是吕嘉和他的弟弟率领士兵攻打并杀死了南越王、太后和汉朝使者。吕嘉派人告知苍梧郡秦王和各郡县官员，立明王的长子与南越王的妻子生的儿子术阳侯赵建德为南越王。这时韩千秋的军队进入南越，攻下了几座小城镇。以后，南越径直让开道路，供给饮食，诱敌深入，待汉军走到离番禺四十里的地方，南越迅速派兵攻击韩千秋等人，把他们消灭了。

吕嘉派人用匣子封装使者的符节，放置在边塞之上，谦卑地讲了一通骗人的话，向汉朝谢罪，同时派兵把守着要害地方。于是天子说："韩千秋虽然没有成功，但也够得上作战先锋之冠了。"就封他的儿子韩延年为成安侯。樛乐，由于他的姐姐是王太后，是最先愿意归属汉朝的，天子便封樛乐之子樛广德为龙亢侯。

天子又颁下赦令说："天子力量衰弱，诸侯就大力互相攻打，人们就讥讽大臣不讨伐反叛之贼。如今吕嘉、赵建德等人造反，心安理得地自立为王，我谕令罪人与长江、淮河以南的水兵共十万前去讨伐他们。"

元鼎五年秋天，卫尉路博德任伏波将军，带兵经过桂阳，直下汇水；主爵都尉杨仆任楼船将军，带兵经过豫章，直下横浦；原来归降汉朝后受封为侯的两个南越人为戈船将军和下厉将军，带兵经过零陵，一部分直下离水，一部分直抵苍梧；派驰义侯依仗巴蜀的罪人，发动夜郎的军队，直下牂牂柯江。几支奇兵全都会师在番禺。

元鼎六年冬天，楼船将军率领精兵首先攻陷了寻陕，又攻下了石门，缴获南越的战船和粮食后又向前推进，挫败了南越的先头部队，率领几万人等候伏波将军。伏波将军率领被赦免的罪人，路途遥远，碰巧误了军期，和楼船将军相会合的才有一千多人，于是一同前进。楼船将军在前边，先到达了番禺。

赵建德、吕嘉都据城防守。楼船将军先选择了一个有利的地方，驻兵在番禺的东南方；伏波将军驻兵在西北方。

天黑时，楼船将军攻击并迅速打败了南越人，开始放火烧城。

南越人平时就听说过伏波将军的大名，现在天黑，不知道他有多少军队。伏波将军扎下营寨，派使者去招引来投降的人，赐给他们官印，又把他们放出，让他们去招降南越的将士。楼船将军奋力攻打、焚烧敌军，又驱赶敌军进入伏波将军营中来投降。

黎明时，番禺城中的敌军都投降了伏波将军。吕嘉、赵建德已经在夜里和他们的属下几百人逃跑到了海上，乘船西去。伏波将军趁机询问已投降的南越贵族，得知吕嘉逃跑的地方，便派人追赶。后来，原先为南越校尉而现为汉军司马的苏弘捉到了赵建德，被封为海常侯；南越的郎官都稽捉到了吕嘉，被封为临蔡侯。

苍梧王赵光，同南越王同姓，他听说汉军来到了，就和南越揭阳县县令赵定一起归属了汉朝；南越桂林郡监居翁，告知瓯骆归属汉朝：他们都被封为侯。戈船将军、下厉将军的军队，以及驰义侯所调发的夜郎军队还没来到，南越已经被平定了。于是汉朝在南越设置了九个郡。伏波将军受到加封。楼船将军的军队因为攻破了敌人的坚固防守，被封为将梁侯。

从尉佗开始称南越王以后，经过五代共九十三年，南越国至此灭亡。

第八十三章

司马相如列传

中国历史名著文库

琴挑卓文君

司马相如是蜀郡成都人，字长卿。少年时代，他喜欢读书，学习剑术，非常活跃，所以父母给他取名叫犬子。司马相如完成了学业后，仰慕蔺相如的为人，就改名叫相如。

司马相如早年比较有钱，凭借资财而出任郎官，侍奉孝景帝，担任武骑常侍。实际上，他并不喜欢这个官职。

有一次，梁孝王来京城朝见，跟随他同来的有几个能言善辩的读书人，比如齐郡人邹阳、淮阴人枚乘、吴县人庄忌先生等，司马相如一见到这些人就喜欢上了，马上就以有病为由而辞了官，跟着梁孝王到了梁国。梁孝王安排他和众位儒生们住在一起，于是司马相如得以和儒生、游士相处，一起生活了好几年，感触颇多，于是写了《子虚赋》。

梁孝王去世之后，司马相如没有了依靠，只好离开梁国回家。可是家境贫寒，他又没有什么专长来作为职业，无以为生，一筹莫展。他平时跟临邛县令王吉关系很好，王吉曾经跟他说："你长期在外，到处交游求官，要是有什么不顺心的，就来探望我。"司马相如现在落魄了，就去拜访王吉，住在城内。王吉非常恭敬，每天都去拜访司马相如。司马相如最初还以礼相见，后来觉得烦了，就声称有病，谢绝王吉的拜访，而王吉却更加谨慎恭敬。

临邛县中有很多富人，卓王孙家光是奴仆就有八百人，程郑家也有几百人，他们两人互相商量说："看来县令是来了贵客，我们应该准备几桌酒食，宴请他。"两人立刻准备酒食，然后去请县令赴宴。县令到来后，已经有上百位客人在等着了。到了中午，卓王孙派人去请司马相如，司马相如推称有病，不能前往。临邛县令王吉听说相如不来，不敢动筷，马上亲自前去迎请司马相如。司马相如不得已，只好勉强前往。

坐席上，所有人都很钦佩司马相如的风采。酒喝到尽兴的时候，临邛县令走到司马相如面前，送上琴说：“我听说长卿喜欢弹琴，希望今天能有机会听您演奏一曲，来助助兴！”司马相如推谢一番，然后便弹奏了一两曲。

卓王孙有位女儿，名叫文君，当时刚刚守寡，喜欢听音乐，司马相如知道了，就假装敬重县令，不停地演奏，用琴声来挑逗她。当时的司马相如刚到临邛，有车马跟随，仪表上雍容大方，气质相貌出众，在卓家饮酒的时候，又弹奏琴曲，动人心弦。卓文君偷偷从门缝中看他，产生了爱意，但又有些担心自己配不上他。

宴会结束后，司马相如叫人拿了很厚重的礼物，送给卓文君，向她表达自己的深情厚意。卓文君大喜，连夜逃出家门，私奔司马相如。

司马相如带着卓文君急忙赶回成都。到了他家里，卓文君才

知道司马相如很穷，穷得空无一物，屋子里除了四面墙壁，什么都没有。

卓王孙失去了女儿，非常生气，大怒说："唉！女儿太不成材，这么丢脸的事都做得出来！我恨不得杀了她，但实在是不忍心。以后我一个钱都不会给她！"有的人劝说卓王孙，卓王孙始终不肯听从。

卓文君在成都过了一段时间之后，感到没有想象中那么快乐，就抱怨司马相如说："你只要和我一起去临邛，向兄弟们借贷也足以维生，怎么也不至于穷到这个地步啊！"司马相如感到惭愧，无话可说，就跟她一起到了临邛，卖掉了他们的全部车马，买了一间酒店来卖酒。卓文君看管店铺，跟人买卖。司马相如自己身穿犊鼻裤，和雇工们一起工作，在路边洗涤酒器。

卓王孙听说女儿落魄到这种地步，感到耻辱，就闭门不出。兄弟们和临邛的长者都去劝卓王孙说："你有一个儿子、两个女儿，你缺少的不是钱财。如今卓文君已经成了司马相如的妻子，相如虽然贫穷，但他才华横溢，以后不可能总是无所作为。再说了，他又是县令的客人，你为什么偏偏这样看不起他呢！"

卓王孙不得已，只好送给卓文君家奴一百人，钱一百万，还有她原先出嫁时的衣服被褥和各种财物。卓文君和司马相如得到这些支持，就重新回到了成都，购买了田地房屋，成为了富人。

万世辞赋万世名

几年时间很快过去了。

皇宫里有个小官，名字叫做杨得意，是蜀郡人，专门为皇上养狗。有一天，皇上读到了司马相如的《子虚赋》，赞叹不已，很动情地说："唉！古人写的东西就是好啊！可我偏偏不能和这个人生在一个时代！"

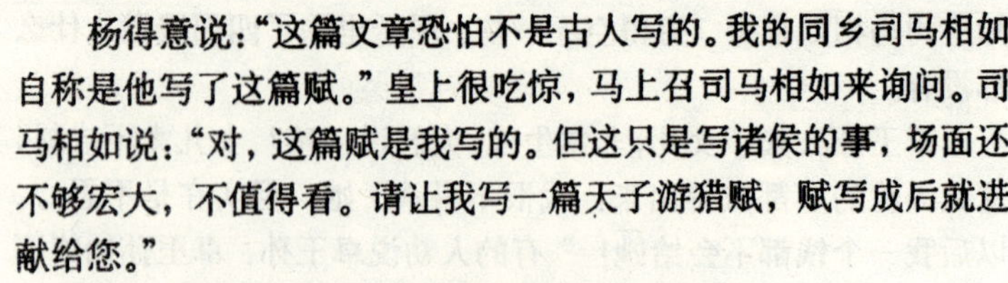

杨得意说："这篇文章恐怕不是古人写的。我的同乡司马相如自称是他写了这篇赋。"皇上很吃惊，马上召司马相如来询问。司马相如说："对，这篇赋是我写的。但这只是写诸侯的事，场面还不够宏大，不值得看。请让我写一篇天子游猎赋，赋写成后就进献给您。"

皇上大喜，命令尚书赐给他毛笔和木简。

于是司马相如就写了《上林赋》。全文有三个主人公，"子虚"是"虚构"的一个人，专门称赞楚国之美；"乌有"先生，就是"哪有"这个人，来替齐国诘难楚国；"无是公"，就是"没有这人"，来阐明做天子的道理。司马相如就是凭这三个虚构的人，写成了一篇长文，来推想天子和诸侯的苑囿，极尽铺张奢华之能事。赋的最后，却归结到了节俭上去，借以委婉地规劝皇上。《上林赋》写成之后，进献给天子，天子非常高兴，任命司马相如做郎官。

司马相如担任郎官的几年，恰好碰上唐蒙接受天子的命令，负责开发夜郎一带土地，征发巴郡、蜀郡官吏士卒上千人，还征调陆路及水路的运输人员一万多人。有的当地领袖不服，唐蒙就用战时法规杀死了他们，巴、蜀百姓听了，都十分惊恐，蓄谋造反。

皇上知道了这件事，担心弄得不可收拾，就派相如去责备唐蒙，同时张贴布告，告知巴、蜀百姓，唐蒙所做的并不是皇上的本意。这样，才平定了民心。

随后，司马相如返回京城报告。当时，唐蒙已经开通了通往夜郎的道路，紧接着就开始修筑通往西南夷的道路，征发巴、蜀、广汉等地的士兵，参加作工的有好几万人。路修了两年，没修成，可是士卒积劳成疾，死伤大半，耗费的钱财更是数以亿计。蜀地民众和汉朝当权者都觉得，这样下去，对汉朝一点好处都没有，但是因为已经花费了太大的民力与金钱，都感到有些骑虎难下。

这个时候，邛、榨等地的君长听说南夷和汉朝来往，得到了很多赏赐，大半都动了心，想做汉朝的臣仆，主动请求归附，愿意让汉朝在自己的土地上设置官吏，就像南夷一样。天子不知道是不是该接受，就询问司马相如，相如回答："这些小国都靠近蜀郡，与中原的交通也很方便。本来，在秦朝的时候，它们曾经与中原来往频繁，并设置了郡县，到了汉朝建立之后才废除。如今真要能重新开通，设置郡县，那可是有百利而无一害，价值要超过南夷。”

天子觉得司马相如说的有道理，就任命他为中郎将，让他持节出使上述小国，由副使王然于、壶充国、吕越人等人陪同，乘坐着四匹高头大马拉的专车，带着巴、蜀各地的官吏和财物，来笼络西夷。

到了蜀郡，蜀郡太守及其属下都到郊界上来迎接，县令亲自背着弓箭在前面引路，蜀人欣然围观，都觉得归附汉朝是无上的光荣。于是，卓王孙和临邛各位父老都凭着关系去拜见司马相如，恭恭敬敬地献上牛和酒，表示友好。而司马相如也彬彬有礼地表示感谢，显得大方而有气概。卓王孙见了，感慨万千，后悔没有

早一点把女儿嫁给司马相如，为了挽回过错，便分给他女儿很多财产，与分给儿子的相同。

就这样，司马相如平定了西夷，当地的君长都主动请求臣服汉朝。于是，原先边界上的关隘被拆除，各地互相沟通，友好往来，一片兴隆。相如回京城报告天子，天子十分高兴。

当初，司马相如刚刚出使蜀郡的时候，蜀郡长者大多都说开通西南夷没有用处，有很多朝廷大臣也这样认为。相如想要进谏驳斥他人，但又不好原样重复自己早先提出的建议，于是就写文章，假借蜀郡父老的语气来讲话，含蓄地坚持自己的见解，并且劝告天子。

但是这篇文章没有起到多大作用。不久以后，有人上书皇上，诬告相如，说他出使蜀郡的时候接受了贿赂。皇上有些相信，于是就免去了相如的官职。过了一年多，皇上又后悔了，于是又重新召回他，任命他为郎官。

司马相如天生口吃，但写起文章来倒是非常流利，文采飞扬。他和卓文君结婚以后，很有钱，还做了官，但是从来不肯和公卿大臣们一起讨论国家大事，总是假称有病，闲居在家里，不求加官进爵，只要能在家里读书作文，舒舒服服的就行。

有一次，司马相如跟随皇上到长杨宫去打猎，当时皇上正热衷于猎杀熊和猪，总是勇敢地亲自骑马追逐野兽。相如趁机上疏，劝谏天子道：

每个人都各有所长，比如，乌获这个人力量很大，庆忌轻捷善射，而孟贲和夏育勇猛超群。臣认为，人这样，兽也应该是这样，也是各有所长。如今陛下喜欢登上险峻的地方，射击力大无穷的猛兽，而对其他类型的野兽则毫无防备。这种情况下，如果突然遇上身手敏捷的野兽，在没有防备的情况下，它猛然袭击，向着您的车驾和随从冲来，那么您根本就来不及掉转车子，人也来不及施展自己的长处，纵然有乌获、逢蒙的武功，那也无从发挥。这种情况下，连小小的野兽都足以给您造成很大的伤害。

同理，如果弱小的胡人和越人突然出现在您的车驾面前，羌人和夷人在车后面围追堵截，那么您虽然力量强大，不也会陷入险境吗！

退一步说，您平常出行，往往要先清除道路，然后选择道路中央驾车奔驰，即使这样，还会出现马口中的衔铁断裂、车轴脱落等变故，何况是跋涉在荒郊野外，在深山老林里骑马奔跑呢？您只醉心于猎取野兽的快感，却没有应付变故的准备，这可是很危险的啊！您现在贵为天子，却总是出现在可能发生危险的地方，臣私下觉得陛下不应该这样做。

有远见的人，能预见将来；有智慧的人，能把祸害消灭于萌芽之中。很多祸患，都是在暗中发展起来的，然后在人们疏忽的时候突然爆发，所以谚语说：家中有千金，不坐屋檐下。这话说的虽然是小事，却可以用来说明大道理。希望陛下明察。

皇上认为相如说得不错，马上打道回府。路过宜春宫的时候，相如又向皇上献了一篇赋，来哀叹秦二世治国的过失。皇上有感于司马相如的忠心，任命他为孝文帝的陵园令。

天子一直很喜欢相如写的“子虚之事”，相如很得意，又看到皇上喜好仙道，于是就说：“上林的事还不算是最好的，还有更好的呢！臣曾经作过一篇《大人赋》，没有写完，请允许我写完后献给皇上。”

相如觉得，传说中的众位仙人都居住在山林沼泽之间，形体容貌特别清瘦而孤僻，这不是帝王心意中的仙人形象，于是就写成了《大人赋》，把仙人们都写成了帝王将相之类的形象，既超凡脱俗，又丰美华贵。

《大人赋》献上之后，天子十分高兴，飘飘然有腾云驾雾的感觉，就好像自己也成了赋里面的仙人，遨游在天地之间，洒脱无比。

相如因病免官以后，家住茂陵。过了一段时间，天子说：“司马相如病得很厉害，得马上派人去把他写的东西都取回来；如果不这样做，弄不好以后就找不到了。”于是就派大臣所忠前去。

所忠赶到茂陵的时候，司马相如已经死了。所忠翻遍了相如的家里，可是什么书都没找到。问相如的妻子，她回答说：“相如本来就没有什么书。他经常写书，一写完就被人拿去传阅，家里

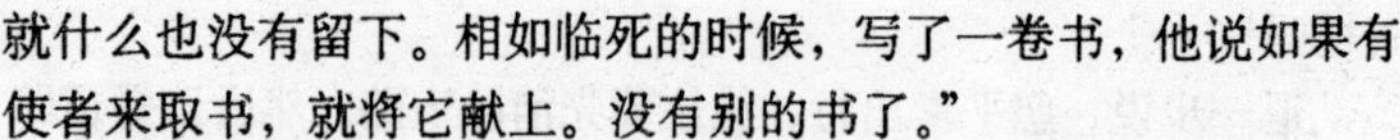

就什么也没有留下。相如临死的时候，写了一卷书，他说如果有使者来取书，就将它献上。没有别的书了。”

相如遗留下来的书跟以往的不同，谈的是有关封禅的事情。所忠把它进献给天子，天子认真读了，对这卷书很觉惊异。全书说的都是古代历史和有关制度，并通过古代历史来分析国家兴亡之道，全文充满真知灼见，对于国家大政的长治久安很有帮助。而司马相如以前的作品，主要是铺陈帝王将相的奢华生活，并且以歌功颂德为主。这一篇跟以往实在是大为不同。

这篇文章对天子触动很大。司马相如死后五年，天子才祭祀后土神。八年，先敬中岳之神，再到泰山行封礼，到梁父山下的肃然山行禅礼。这些做法，都是受到了司马相如的启示。

第八十四章

淮南衡山列传

中国历史名著文库

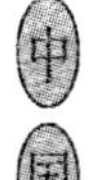
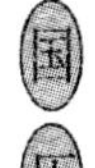

刘长叛乱

淮南厉王刘长，是高祖的小儿子。

他母亲本来是原赵王张敖的妃子。高祖八年，高皇帝出游经过赵国，赵王把自己的妃子献给高皇帝。厉王的母亲与高祖同房，有了身孕。之后，高祖离开，就把这件事抛到了脑后。赵王张敖不敢再接纳这名妃子入宫，就特意替她修建了一座宫室，给她居住。后来，贯高等人在柏人县准备谋杀高祖，事发被查，赵王也被连累逮捕，他的母亲、兄弟、嫔妃全都被抓了起来，囚禁在河内。厉王的母亲也被囚禁，她告诉狱官说："我受皇上宠幸，现在已有了身孕。"

狱官把这事告诉皇上，皇上当时正在为赵王的事生气，就没有理会厉王的母亲。厉王母亲的弟弟赵兼找到辟阳侯审食其，让他去求吕后帮忙，可是吕后醋意大发，不肯去说服皇上，辟阳侯觉得这件事不好办，也没有尽力争辩。

不久之后，厉王母亲生下了厉王，心中委屈怨恨，就自杀了。狱官抱着初生的厉王，送到皇上面前，皇上悔恨万分，命令吕后抚养他，并把厉王的母亲安葬在真定。真定是厉王母亲的家乡，她的祖祖辈辈都居住在那里。

高祖十一年七月，淮南王黥布造反，高祖马上立自己的儿子刘长为淮南王，掌管黥布原有的封地，一共有四个郡。皇上亲自率军消灭了黥布，厉王于是登了王位。

厉王从小就失去了母亲，一直依靠吕后，跟吕后关系不错，孝惠帝和吕后时期，因为这样的原因，所以才没有遭到什么祸害。但他内心里一直怨恨辟阳侯，只是不敢发作而已。后来，孝文帝登位，淮南王自认为和皇上最亲，所以变得很骄横，屡次犯法，胡作非为。皇上念他是至亲，常常宽容他，赦免他的过错。文帝三

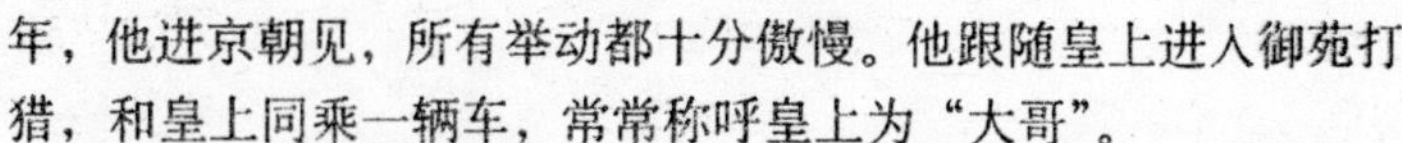

年，他进京朝见，所有举动都十分傲慢。他跟随皇上进入御苑打猎，和皇上同乘一辆车，常常称呼皇上为“大哥”。

厉王有才能，很勇敢，而且身体好，力能扛鼎。他觉得报复辟阳侯的时机已经成熟了，于是就去拜见他。辟阳侯出来接见，他就从袖中抽出铁椎，一椎就打死了辟阳侯，再让随从魏敬割下辟阳侯的头。

随后，厉王骑着马跑到宫门前，裸露上身，向皇帝请罪说：“贯高谋反的时候，我母亲一点罪责都没有，不应当受牵连。这一点，辟阳侯清清楚楚，只要他多求求吕后，我母亲就不至于冤死；可是他没有帮忙，这是一项罪过。赵王如意母子没有罪，吕后杀了他们，辟阳侯没有争劝，这是第二项罪过。吕后封吕氏家族人为王，想抢夺刘家天下，辟阳侯袖手旁观，这是第三项罪。我现在已经替天下人诛杀了奸贼辟阳侯，也为母亲报了仇，特来宫门前请求治罪。”

孝文帝可怜他的出身，还考虑到他是至亲，就没有判罪，赦免了他。这件事之后，薄太后和太子，还有众位大臣，都很害怕厉王。厉王回到封国后，越发骄横放纵，不尊重汉朝法令，出入都要戒严，发布的命令称为“制”，自己还制定了法令，处处模拟天子。

文帝六年，淮南王派了大夫但等七十人出去，联合棘蒲侯柴武的太子柴奇，一起商议反叛事宜，然后，让他们在谷口县造反。同时，还派人出使闽越、匈奴，开展外交事务。阴谋被查清之后，朝廷立刻派使者召见淮南王，淮南王被带到了长安。

丞相张仓、典客冯敬等很多汉朝大臣上奏皇上，列出了淮南王的很多罪状，请求杀掉淮南王：

淮南王刘长抛弃了先帝的法令，不听从天子诏令，平日生活起居没有法度，处处模仿天子，还任命他的郎中春做丞相。同时，他收容了诸侯各国的人才以及罪犯，偷偷安置他们，甚至为他们安顿家室，赐给他们金钱财物，还有爵位和田宅，封爵有的达到关内侯，享受二千石的俸禄，淮南王想借这些人的力量，危害汉室。大夫但、有罪失官的开章等七十人和棘蒲侯的太子柴奇阴谋造反，想要危害汉朝。开章给刘长出主意，让他派人出使闽越和匈奴，让他们发兵响应。开章到淮南拜见刘长，刘长多次和他坐在一起谈话、饮食，还为他娶妻成家。开章派人告诉但，说已经和淮南王商量过。春也派使者报告但等人，彼此呼应。不久，阴谋败露，长安县县尉奇等人前往逮捕开章。

刘长把开章藏了起来，拒不交人。又怕藏不住，就杀了开章来灭口，把他埋在肥陵邑，欺骗官吏说："开章去哪了，我怎么知道？"为了混淆耳目，又伪造坟堆，在上面树立标记说："开章的尸体，就埋在这下面。"

刘长这几年，犯了不少罪。亲自杀过无罪者一人，命令官吏杀死无罪者六人；为了藏匿犯死罪逃亡的人，只好拿无辜的人来顶罪；擅自给人判罪，罪人没有地方上诉；还随便赦免罪犯，其中犯死罪的有十八人；赐人爵位，关内侯以下的有九十四人。前

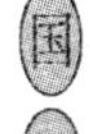

些日子，刘长患重病，陛下很为他担忧，派使者送去书信、枣干。刘长并不感激，连使者都不愿意见。另外，住在庐江郡内的南海民造反，淮南郡的官兵奉旨征讨，陛下体恤淮南人民的疾苦，派使臣赐赠刘长布帛五千匹，让他转发给出征的官兵。可是刘长不想接受，谎称："我们的军队没吃什么苦，用不着赐赠。"南海人王织给皇帝写信，还向皇帝敬献玉璧，刘长的大臣烧了信，不予上奏，玉璧也留下不报。朝中官员请求惩治这名大臣，刘长拒不下令，谎称那个大臣有病。国相春曾经想来朝见皇上，请求刘长的允许，刘长大怒说："你他妈的是不是想背叛我，要去投靠汉廷？"刘长这么嚣张，应当判处死刑，告戒天下。

皇上见了奏章，没有马上定夺，而是说："淮南王毕竟是我的亲人，我不忍心动用法律，你们再商议一下吧！"

不久，大臣们把商议的结果呈奏给皇上：

我们和列侯、还有夏侯婴等四十三人商议过了，大家一致认为：'刘长不遵守法度，不服从天子诏令，竟然暗中聚集同党，豢养亡命之徒，想要反叛朝廷，该杀！'我们讨论的结果，是认为应该依照法律定罪。"

皇上说："我还是不忍心用法律对付淮南王，就赦免刘长的死罪，废掉他的王位吧！你们看这样行不行？"

大臣们进言：

"刘长谋反，罪大恶极，本应杀掉，以告天下。但既然陛下不忍心，那就免他一死，废掉王位。我们请求，把他迁到蜀郡邛崃山邮舍居住，允许他的姬妾中有孩子的随同前往，县里为他们供给粮食、柴、菜、盐等等，还有竹席、草垫子等生活必需品。我们还请求皇上，希望能把这事布告天下，警告臣民。"

皇上于是命令手下说："还可以供给刘长每天肉五斤、酒二斗，让原来受过他宠幸的妃嫔十人随同他居住。其他就按你们说的办。"

所有参与谋反的人都被杀掉之后，皇上就派人遣送淮南王，用盖着黑布的槛车来载运，命令沿途各县依次接送。这时袁盎劝谏皇上说："皇上平时放纵淮南王，让他为所欲为，因此才弄到这个地步。淮南王为人刚烈，现在他突然从天上掉到地下，我担心他一时适应不过来，恐怕在路上遇到风寒之类，那他很快就会病死。如果真是这样，那么陛下就难逃杀弟的罪名，您觉得怎么办好？”

皇上心里也有些担心，就说：“我只是让他受点苦罢了，并不想整死他。现在就让他回来。”

皇上的命令还没有传到，沿途各县仍旧在传送淮南王，谁都不敢打开槛车的封门。淮南王整天不见天日，就委屈地对侍候他的人说：“谁说你老子我勇敢？我哪里还谈得上勇敢！我一向骄纵霸道，从不承认自己有过失，最后犯了大罪，弄到了这个地步。人生一世，怎么能像这样郁闷呢！”于是不再吃饭，绝食而死。到了雍县，雍县县令打开封门，发现淮南王已经僵硬了，马上把死讯告诉皇上。

皇上哭得很悲伤，抽抽搭搭地对袁盎说：“我没听您的话，淮南王真的死了。”袁盎安慰他说：“这事谁都没有料到，谁都无可奈何，希望陛下自己想开一点。”

皇上问：“这事怎么处理才好呢？”

袁盎考虑了一下说：“事已至此，只好斩杀丞相和御史大夫，来向天下人谢罪。也可以转移民众对您的埋怨。”皇上于是下令，让丞相和御史大大逮捕沿途各县没有打开封门的官僚，一律处死示众。随后，皇上又杀掉了丞相和御史大夫。这些事情处理完毕，就用埋葬列侯的礼仪，把淮南王葬在了雍县，安排三十户人家守墓祭祀。

孝文帝八年，皇上还是惦记着淮南王。淮南王有四个儿子，都七八岁，于是封他儿子刘安为阜陵侯，儿子刘勃为安阳侯，儿子刘赐为阳周侯，儿子刘良为东成侯。

孝文帝十二年，民间有人传唱歌谣，暗示淮南王和皇帝的故事：“一尺麻布，可以缝衣；一斗谷子，可以舂米。兄弟两人，不能相容。”皇上听说了，大发感慨：“尧、舜放逐自己的家人，周公杀死管叔、蔡叔，都是伤害自己的亲人，可是天下人都称赞他们圣明。为什么呢？因为他们不因私情而损害公义。天下人难道

认为我是贪图淮南王的封地吗？”于是调城阳王掌管淮南王原来的封地，并且追加尊贵的谥号给淮南王，称他为厉王，像对待诸侯一样为他设置陵园。

孝文帝十六年，免去了淮南王刘喜，仍然让他做原来的城阳王。皇上封立了淮南厉王的三个儿子：阜陵侯刘安为淮南王，安阳侯刘勃为衡山王，阳周侯刘赐为庐江王，原厉王的封地由三家分享。厉王的另外一个儿子是东城侯刘良，在这以前就去世了，没有后代。

刘安谋反

孝景帝三年，吴、楚等七国叛乱，吴王派使者到淮南，淮南王刘安想派兵响应。刘安的国相说：“大王如果一定要派兵响应吴王，那我愿意担任将领。”

淮南王于是把军队委托给了国相。国相取得军权之后，便守卫着淮南国，不听从淮南王而为汉朝朝廷效劳。朝廷觉得淮南国忠于朝廷，马上派曲城侯率军来救助淮南，最后，淮南国没有参与反叛，也没有被七国所侵害，得以保全。

吴王又派使者去劝说庐江王，庐江王不答应，却派人与越国联系。吴王还派使者到了衡山，衡山王坚守城池，毫无二心。孝景四年，吴、楚叛军被平定，衡山王入京朝见，皇上认为他坚贞诚实，就调任他为济北王，作为奖赏。他去世的时候，皇上赐他谥号为贞王。庐江王被调任为衡山王，掌管江北。淮南王没有被调任，还是在淮南。

淮南王刘安为人高雅，喜欢读书弹琴，不爱好射猎、走狗、跑马，想暗中广施恩惠，来抚慰百姓，在全天下传播自己的美名。他对父亲厉王的死耿耿于怀，常常想背叛朝廷，只是还没有找到机会。

汉武帝建元二年，淮南王入京朝见。武安侯是淮南王的好朋友，当时担任太尉，亲自跑到霸上去迎接淮南王，还偷偷对淮南王说："当今皇上没有太子，这是个机会。大王是高皇帝的嫡孙，施行仁义，天下人谁不知道？皇上一旦逝世，如果大王不继位，那谁还有资格！"淮南王听了，十分高兴，送了武安侯很多金钱和物品。

回到封地之后，淮南王开始暗中结交各路人才，抚慰百姓，具体谋划反叛的事。建元六年，有彗星出现，淮南王内心感到奇怪，不知道这意味着什么。

有人对淮南王解释说："以前，吴王军队起兵的时候，彗星也出现过，长达几尺，不久之后，上千里的土地上大兴干戈、死伤无数。如今彗星又出现了，而且比当初那次还长，差不多长达满天，这说明就要天下大乱了，肯定有新的力量要兴起。"

淮南王心想，皇上没有太子，天下如果大乱，那么诸侯王肯定要互相争斗，于是就更加紧全力整修军械，积蓄金钱收买郡守、游士和奇才。那些能言善辩的游士，蜂拥群集，根本不顾及汉朝江山和淮南王的安危，只要自己得利就行，于是专门阿谀奉承淮南王。淮南王被哄得很高兴，赐给他们很多金钱，谋反之心更加强烈。

淮南王有个女儿，名叫刘陵，非常聪明，口才出众。淮南王喜爱刘陵，给了她不少金银珠宝，让她在长安刺探内情，结交皇上身边的人。元朔三年，皇上赐给淮南王几案、手杖，并且允许他不用入京朝见。

淮南王的王后叫荼，很受淮南王宠爱。王后生太子刘迁，刘迁娶了修成君的女儿为妃子。淮南王策划谋反，制造反叛所需的刀剑等器具，害怕太子妃知道而向朝中泄露，于是和太子商议，让太子假装不喜欢她，整整三个月时间不和妃子同床。

随后，淮南王假装对太子生气，把太子关了起来，让他和妃子在一间房里住了三个月，可是太子始终不亲近妃子。妃子无奈，请求离去，淮南王于是马上派人送她回去。她离开之后，淮南国没有了外人，王后荼、太子刘迁和女儿刘陵都得到淮南王的宠爱，

肆无忌惮，为所欲为，到处侵夺百姓田地住宅，胡乱加罪拘捕别人。

元朔五年，淮南太子学习剑术，学了一段时间，就自以为学成了，认为没有人能比得上自己。后来，他听说郎中雷被剑艺高超，于是就召他来比试。雷被一再退让，太子得寸进尺，雷被无奈，只好还击，误伤了太子。太子受伤，大怒。

雷被非常害怕，不知道如何是好。当时，汉朝在全国范围内征兵，只要想参军的，就马上送往京城集训，雷被觉得自己在淮南国混不下去了，还不如去当兵打仗，就自愿参军，准备去攻打匈奴。这时候，太子刘迁不停地在淮南王面前诋毁雷被，淮南王于是就派人去抓他。雷被仓惶出逃，到了长安，向皇上上书来表白自己。

皇上下诏，让廷尉和河南郡处理这件事。河南郡查清了事情的大概，准备逮捕淮南太子，打招呼让淮南王交出太子。淮南王和王后听说了，舍不得遣送太子，想干脆兴兵造反，可是又下不定决心，过了十多天还没定下来。不久，皇上又下了一封诏书，允许就地审讯太子，淮南王和王后这才松了一口气。

可是，在这个时候，淮南国的国相横生枝节，他恼怒寿春县县丞留住太子而不加逮捕遣送，对汉朝不敬，于是就把他告到了汉朝朝廷。淮南王请求国相，争取大事化小、小事化了，可是国相不肯听从。淮南王没有办法，就派人上书朝廷，控告国相谋反。朝廷派廷尉调查国相，调查来调查去，发现案中有很多线索牵连到淮南王，发现不像是国相谋反，而是淮南王有问题。

淮南王心里不安，派人暗中打探朝中公卿大臣的意见，得知公卿大臣们都主张逮捕淮南王治罪。淮南王慌了，不知道如何是好，太子刘迁献计说："如果朝廷使臣来逮捕父王，父王可以叫贴心人穿上卫士的衣裳，持戟站在庭院之中，父王身边一旦有不测，就刺杀使臣。同时，我可以派人刺杀淮南国中尉，就此举兵起事，还不算迟。"

公卿大臣都主张逮捕淮南王，但皇上没有同意，而是改派朝中中尉殷宏去向淮南王查证。淮南王听说朝中使臣前来，以为大事不好，就按太子的计划作了准备。朝廷中尉到达后，淮南王看他态度温和，只询问自己罢免雷被的因由，觉得自己没有什么危险，就没有发作，也没有动用武力。

中尉回朝，把查询的结果上奏给皇上。公卿大臣中负责办案的人说："淮南王刘安阻挠雷被参军抗击匈奴，还拒不执行天子下达的诏令，应该处死示众。"皇上听了，马上下诏，绝对不许。公卿大臣觉得淮南王实在是个威胁，就请求废掉他的王位，皇上还是不同意。公卿大臣再退一步，请求皇上削夺他五县封地，皇上考虑再三，诏令削夺二县。

决定之后，皇上派中尉殷宏去淮南，宣布赦免淮南王的罪过，用削地来示惩罚。淮南王早就听说，朝中公卿大臣都请求皇上杀死自己，并不知道最后获得了宽赦，只是削地；现在看到朝廷使臣又来了，害怕被捕，就和太子按先前的计划准备杀死他。中尉来到后，立即祝贺淮南王获赦，淮南王很意外，长出了一口气。

使者走后，淮南王感到不平，哀叹说："我施行仁义，功德无量，现在却被削地，这可是奇耻大辱！"于是，他开始更加集中精力，全心全意地策划反叛。那些从长安来的使者，有些人知道淮南王心怀不轨，就投其所好，声称皇上无儿，汉家天下不会太平，淮南王每次听到这样的话，都高兴万分；如果谁说汉朝朝廷太平，皇上有儿，淮南王就生气，认为是胡说八道。

淮南王日日夜夜与伍被和左吴等人查看地图，部署军队进攻的方向。淮南王说："皇上没有太子，他一旦驾崩，大臣们一定会征召胶东王或者常山王，诸侯意见不一致，肯定会打起来，我能不准备吗？再说，我是高祖的孙子，而且施行仁义，深得民心。现在陛下对我很优厚，我愿意服从他的统治；可是陛下去世之后，我难道能侍奉那些根本就不值得尊重的小儿？"

有一次，淮南王坐在东宫，召来伍被，大声说："将军上殿！"伍被不高兴地说："皇上宽赦大王，大王怎么能说这亡国的话呢？当初，伍子胥劝谏吴王，吴王不听，伍子胥就说：'唉，我现在就能预见到亡国之后，仿佛可以看到麋鹿野兽游荡在姑苏台上。'现在呢，您说这样的话，我也能看到宫殿中长满荆棘，露水沾湿衣

服。”淮南王大怒，拘捕了伍被的父母，囚禁了三个月，然后又召见伍被问：“将军现在怎么看？愿意帮我成事吗？”

伍被说：

不，我只是想帮大王出出主意，希望大王不要像吴王那样不听规劝。

秦朝灭亡很多年了，它为什么灭亡呢？是因为它弃绝了圣人之道，杀害儒生方士，焚烧《诗》、《书》，废弃礼义，崇尚欺诈和武力，提倡严刑峻法。当时，男人奋力耕作，却连糟糠都吃不饱，女人整天织布，却衣不蔽体。

秦始皇派蒙恬修筑长城，东西长达几千里，军人和劳工不知道死了多少，百姓精疲力尽，想造反的十家有五家。又派徐福到海中寻找神仙和奇异的东西，送去童男童女三千人，带着五谷的种子和各种王匠。徐福找到了肥沃的原野和辽阔的湖泽，就留在那里称王，不再返回秦朝。百姓痛失亲人，想造反的十家有六家。还派尉陀翻过五岭去攻打百越，尉陀知道中原已经没有什么希望，不打算再回秦朝，就上书皇上，要求朝廷给他三万还没有出嫁的妇女，来给士兵缝补衣裳。秦始皇不知道是计，就给了他一万五千人。这些人一到，尉陀马上就在百越地区称王。于是百姓人心离散，想造反的十家有七家，秦朝马上就要土崩瓦解。

这个时候，有人对高皇帝说：“时机到了。该起兵了。”高皇帝说：“再等等，应该有人先起兵才对。”果然，不到一年，陈胜吴广就起事了。高皇帝于是在丰沛起事，天下不约而同来响应的人不计其数。这是借助秦朝的破落而行动，符合民心，所以他能一发而不可收，很快就取得了天下，出身低微却被拥立为天子，功业高过了三王。

如今天下大势与那个时候大为不同。大王只看到高皇帝轻易地得到了天下，可是为什么偏偏看不到近代的吴国和楚国呢？想当初，吴王没有反叛的时候，得到皇帝的恩宠，掌管四个郡的人民，土地有几千里，物产丰富，既能销熔铜矿来铸钱，又能蒸煮海水作盐，还可以砍伐江陵的木材建造大船，一只船的载重量相当于中原的几十辆车。可是他反叛之后怎么样呢？没坚持多久，就被汉朝平定，自己身死不说，还断了后代，被天下人讥笑。

吴、楚那么富足，那么多军队，却没能成功，为什么呢？因为违背天道，因为不懂得时运啊！

当今您的实力，跟吴、楚相比，差的太远了。希望大王能听从我的意见。当初，纣王不采纳比干的劝谏，所以死得很惨，希望您能避免这种结局。《孟子》说："纣王作为天子是够尊贵的，然而死时竟不如一个普通百姓。"您可要注意啊！伍被说完，泪流满面，然后起身离去。

淮南王有个庶出的儿子叫刘不害，年纪最大，淮南王、王后和太子都不喜欢他，不把他当作儿子或兄长。刘不害有个儿子叫刘建，才能出众，怨恨淮南王待人不公。当时的诸侯王都可以分封子弟为列侯，淮南王只有两个儿子，一个当了太子，另外一个就是刘建的父亲，不但不能当上太子，连封侯都没有机会。刘建心里憋着一股劲，暗中结交能人，想击败太子，让自己父亲取代太子。太子知道后，多次拘捕并拷打刘建，但刘建就是不服。

刘建知道太子曾经企图杀害汉朝的中尉，就派他的好朋友庄芷向天子上书说："良药苦口利于病，忠言逆耳利于行。淮南王的孙子刘建，才能出众，淮南王王后荼和太子刘迁嫉妒他，总是陷害刘建。刘建的父亲刘不害从来没有什么罪过，他们也想抓他就抓他，还想杀死他。如果陛下不信，可以招刘建来询问，他知道淮南王的全部隐秘。"

奏书呈上后，皇上把这事交给廷尉处理，廷尉又交给河南郡处理。原辟阳侯的孙子审卿跟丞相公孙弘很好，他怨恨当初淮南厉王杀死了自己的祖父，于是趁机极力向公孙弘强调淮南王的罪状，公孙弘于是怀疑淮南王有谋反的可能，就深入调查这个案件。河南郡审问刘建，刘建就供出了淮南太子及其同党。

淮南王很担忧，想发动反叛，问伍被说："依你看，现在汉朝太平不太平？"

伍被回答："天下太平。"

淮南王心里不高兴："何出此言呢？"

伍被回答说："我观察过朝廷的政治，发现，君臣间的礼义，

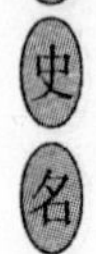

父子间的亲情，夫妻间的区别，长幼间的秩序，都很合理。皇上施政，能遵循古代的治国之道，毫无过失。再看国内，富商遍布天下，道路四通八达，贸易盛行，人民富足。四周的蛮邦归顺汉朝，匈奴最难对付，但是他们现在翅断翼伤，无法振作。这样的朝廷，虽然比不上古代的太平盛世，但还算是太平的。”

淮南王听了，大怒，伍被只好不停地谢罪。

淮南王又问伍被：“我们如果起兵，朝廷一定会派大将军卫青来交战，您认为大将军是怎样一个人呢？”

伍被回答说：“我有个好朋友叫做黄义，曾跟随大将军攻打匈奴，回来后告诉我说：‘大将军对待同僚很有礼貌，对手下兵将很关爱，大家都乐意为他效劳。大将军自己呢，英勇善战，骑马上下山冈疾驰如飞，才能过人。’我觉得他的确有这样的才干，熟习军事，不容易抵挡。另外，谒者曹梁出使长安回来，说大将军号

令严明，作战勇敢，常常身先士卒。安营扎寨休息，井还没凿通时，他总是等士兵都喝上水，他才敢喝。军队出征归来的时候，他总是等到士兵都已过河之后，他才过河。皇太后赏给他的钱财丝帛，他都转赐手下的军官。总的看来，即使古代名将，也比不过他。”

淮南王沉默不语。

淮南王看到刘建已经被召去审讯，害怕自己的秘密保不住，想要起事，但伍被又认为不容易获胜，于是就又问伍被：“您认为吴王发兵叛乱是对还是不对？”

伍被回答：“我认为不对。吴王富贵到了头，偏偏还要反叛，自己被砍了头，连一个子孙都没留下来。吴王死前，十分后悔。希望大王不要轻举妄动，不要像他那样追悔莫及。”

淮南王说：“如果我提前命令楼缓扼住成皋关口，再让周被攻下颍川，陈定率领南阳军队把守武关，那么整个河南就只剩下洛阳罢了，还有什么值得担忧的呢？人们说：‘占领成皋关口，就能遏制天下’，如果我们能占据成皋、三川，然后招集山东的军队，这样起事，您认为怎么样？”

伍被回答：“我只能看到灾祸，看不到福运。”

淮南王说：“左吴、赵贤、朱骄如都认为十拿九稳，就您偏偏认为没有把握，为什么呢？”

伍被回答说：“大王的群臣中，值得信任的、平时能号令众人的，都在以前的案子里被捕了，其余人没有谁值得您重用，别听他们胡说。”

淮南王说：“当初的陈胜、吴广没有立锥之地，聚集了一千多乌合之众，在大泽乡起事，最后却聚集了一百多万军队，灭亡了秦朝。如今我的王国虽然小，然而可以作战的壮士有十多万，并且不是被迫戍边的乌合之众，武器也不只是木弩和戟柄，您凭什么说我没有把握？”

伍被回答：“从前秦朝暴虐无道，残害天下。天下人处于水深火热之中，对秦朝恨之入骨，所以陈胜一起事，天下人就积极响应。可是现在跟秦朝大不一样了。如今陛下当政，爱护百姓，广施恩德，臣民都主动响应皇上，可谓一呼百应。而且，汉朝多大将，其才能也不次于秦朝大将章邯等人。大王要是以陈胜、吴广来自喻，可就大错特错啦！"

淮南王还是不死心："难道我一点侥幸成功的机会都没有吗？"

伍被说："我倒是有个愚蠢的计策。"

淮南王忙问："怎么样？说来听听。"

伍被说："如今各位诸侯没有二心，百姓没有怨气，这种情况下，我们根本没有机会。要想起事，必须把全国弄乱。现在汉朝的朔方郡土地广阔，但百姓不足。我的愚蠢计划是，伪造丞相和御史写给皇上的奏章，请求迁徙全国各地的豪强、游侠以及犯人，赦免他们的罪，派他们去充边；同时，把他们的家属迁徙到朔方郡，并且调派士兵催促他们如期到达。然后，再伪造皇上亲发的办案文书，去逮捕诸侯王、太子和近臣。这样一来，百姓怨恨，诸侯害怕，全国就乱了，我们也就可以趁乱起事，说不定还能侥幸有一点取胜的希望！"

淮南王说："这个主意还可以。不过，好像不至于像您说的那么复杂。"

淮南王于是就命令官奴进入宫里，伪造皇帝印玺、丞相、御史、大将军、军吏、京师各官府令、丞的官印，以及邻近郡国的太守、都尉的官印，还有朝廷使者和法官所戴的官帽，打算按照伍被的计策行事。同时，派人假装犯罪后逃向京师，去侍奉大将军和丞相，准备在起事之后，派他们刺杀大将军卫青，并劝说丞相参与反叛，否则就杀了他。

这些事办好之后，淮南王想要发动王国中的军队，但又担心国相和其他一些大官不服从，就和伍被商议，想要预先杀掉这些人，最后达成的计策是：假装宫内失火，国相等人来救火，人一到就杀死他们。这个计策的细节还没确定，他们又想出了另外一个计策：派人身穿士兵服装，手拿紧急文书，从南方奔来，大喊："南越兵入界了"，然后就借此发兵。

两个计策都计划得差不多了，淮南王又感到心里没有谱，问伍被说："我率兵进攻汉朝，必须得有诸侯王响应，否则不可能成功；如果没有响应，那怎么办？"

伍被提出了一些建议，淮南王稍微放宽了心。

这个时候，廷尉已经审讯完了淮南王的孙子刘建，发现淮南王太子刘迁的确问题很大，就马上把这件事报告了皇上。皇上很重视，密令廷尉趁着前去拜见淮南国中尉的机会，逮捕太子。廷尉立刻出发，到了淮南国，急召中尉面谈。

淮南王听说朝廷来人了，很惊慌，找到太子，商议召见国相等高官，想尽快杀掉他们，好发兵起事。国相应召到来；可是内史正好外出，来不了；而中尉正在会见朝廷来的廷尉，也不能来。淮南王考虑再三，觉得只杀掉国相，而内史和中尉能够活命，对自己一点好处都没有，就只好放弃了原先的计划，让国相回去。

事情办到这个地步，淮南王浑身都是冷汗。太子也觉得大势不好，考虑到参与这次密谋的人都已经死了，只剩下了自己，干脆自己顶罪受死算了，那么这件事就没了活口，淮南王和整个家族就可以保住。于是太子对淮南王说："值得我们重用的大臣都完蛋了，抓的抓，死的死，现在我们连一个可以依靠的人都没有。这种时候发兵，肯定不会成功。这样吧，让我去认罪，那么这件事就算了了。"淮南王也早就想罢休，就答应了太子。太子于是就刎颈自杀，但没有死成，躺到了病床上。

就在这个时候，伍被跑到汉朝法官那里自首，坦白了淮南王谋反的详情。

法吏马上逮捕了淮南太子、王后，包围了王宫，搜捕所有参与谋反的人，找到了谋反的各种器具，然后报告给皇上。皇上大惊，责令公卿大臣详细审理。

案件牵连到很多人，列侯、高官、豪强加在一起，一共有好几千人，大部分都被处以死刑。衡山王刘赐，是淮南王的弟弟，也受到了牵连，负责办案的官员请求逮捕衡山王。天子说："诸侯王各有各的王国，不应当彼此牵连。你们再商量商量吧。"众位官员知道天子不忍，再考虑到衡山王的确没多大罪责，就把衡山王的过失压下了。

赵王彭祖、列侯曹襄等四十三人商议怎么处理淮南王，大家都一致认为，淮南王刘安谋反的罪状清清楚楚，应当处死。胶西王刘端建议说："淮南王刘安的罪行很清楚，比叛乱还严重，理当受到法律制裁。还有淮南国中的其他官员，他们不能尽职，不能阻止淮南王谋反，也应当全部免官，贬为士兵，再也不能做官。那些没有官职的犯人，可以用二斤八两黄金抵偿死罪。另外，朝廷应该公开刘安的罪状，让天下人都明白应该怎样做臣子，让他们不敢再有背叛的胆量。"

丞相公孙弘、廷尉张汤等人把建议报告给皇上，皇上批准了这些意见，然后派人去审理淮南王。使者还没到，淮南王刘安已经畏罪自杀。王后荼、太子刘迁和那些参与谋反的人没来得及逃跑，都被灭门九族。伍被曾经劝阻过淮南王，还说了朝廷的很多好话，天子想留他不杀。廷尉张汤不同意："淮南王谋反，最后是用的伍被的主意，他的罪不能免。"于是就诛杀了伍被。

从此，淮南国被废为九江郡，淮南王刘安的家族消失了。

刘赐祸起萧墙

衡山王刘赐儿女众多。王后乘舒生了三个孩子，长子刘爽是太子，次子叫刘孝，第三个是女儿，叫刘无采。另外，姬妾徐来生了儿女四人，厥姬生了两个孩子。

衡山王和淮南王虽然是兄弟，但关系疏远，不和睦。淮南王制造各种器具、准备反叛的时候，衡山王也网罗天下能人，准备对付淮南王，害怕被他吞并。

元光六年，衡山王入京朝见。他的手下人卫庆懂得方术，想要上书请求侍奉天子，衡山王知道了，大发雷霆，就造谣说卫庆犯有死罪，然后用严刑拷打逼他承认。衡山国内史觉得这样做太不公道，拒绝接受这件案子。衡山王更是生气，就向皇上诬陷内吏，内史无奈，只好按照衡山王的意思处理案子，但直言衡山王不合理。衡山王霸道惯了，还屡次侵占别人的土地，毁坏人家的坟墓来作田地。

有关官员实在无法忍受，就上书天子，请求惩治衡山王。但天子不答应，只是加强了对衡山国的监督。衡山王因此非常愤恨，与奚慈、张广昌等大臣密谋造反，到处寻找谙熟兵法和懂得星象和占卜的人，准备一旦时机成熟就发兵反对汉朝。

王后乘舒死后，徐来被立为王后，同时，厥姬也得到了宠幸。两人争宠，互相嫉妒，厥姬找到太子，诬陷王后徐来说："你知道你母亲是怎么死的吗？是徐来偷偷运用巫术，诅咒你母亲，否则她不会这么年轻就死！"太子信以为真，从此对徐来恨之入骨。有一次，徐来的哥哥来到衡山，太子与他饮酒，席间发生冲突，太子拔刀刺伤了王后的哥哥。王后对此怀恨在心，屡次向衡山王诋毁太子。两人之间的仇恨越来越深。

太子的妹妹刘无采，出嫁后不守妇道，被休回娘家。回家之后还不甘寂寞，与奴仆通奸，还勾搭外面来的宾客。太子多次责备刘无采，刘无采听得不耐烦，就拒绝再与太子交往。王后听说了这件事，就拉拢刘无采，对她照顾得无微不至。刘无采和二哥刘孝年少就失去母亲，依靠王后，王后就别有用心地关怀他们，引导他们一起攻击太子，衡山王因此多次拷打太子。

元朔四年，王后的继母遭人行刺，衡山王怀疑是太子派人干的，就用竹板拷打太子，但太子拒不承认。后来，衡山王重病，太子总是自称有病，不愿前去侍候。刘孝、王后、刘无采趁机跑到病重的皇上那里，大说特说太子的坏话："太子身体好着呢！根本没有病！他一边说自己有病，一边面带喜色，差一点笑出来呢！"衡山王听了，肺都气炸了，想立刻废掉太子，立他弟弟刘孝为太子。

王后得知衡山王决意废掉太子，心里高兴极了，又想连刘孝一起废掉。王后有一个女仆，能歌善舞，很受衡山王的宠爱，王后想让这个女仆勾搭刘孝，与他私通，这样就可以让衡山王讨厌他。如果成功，那么太子和刘孝就可以一并废掉，就可能立自己

的儿子刘广代为太子。

太子刘爽猜透了王后的意思，考虑到王后屡次诽谤自己，看起来无休无止，就想与她淫乱，借此来堵住她的嘴。

有一次，王后饮酒作乐，太子上前给她祝寿，趁机靠着王后的大腿，低声挑逗王后，要求跟她同宿。王后发怒，把这事告诉了衡山王。衡山王就召来太子，想把他捆绑起来拷打。太子知道衡山王总是想废掉自己而立刘孝，就大声对衡山王说："刘孝和您最宠幸的女仆通奸，刘无采和奴仆通奸。您努力加餐吧！我马上去上书皇上。"说完，快速逃出了王宫。

衡山王马上派人阻拦，没能拦住，就亲自驾车追捕太子。太子抓到了，衡山王怕他乱说坏话，就用镣铐把他囚禁在宫中一个很秘密的地方。

太子被囚禁之后，刘孝越来越受到宠爱。衡山王发现刘孝挺有才能，就给他佩上王印，封他为将军，让他住在宫廷附近，还给他很多金钱，用来招纳贤人宾客。来投靠的宾客很多，大部分都知道淮南王和衡山王准备谋反，就积极鼓动衡山王，帮他出主意。衡山王觉得有了依靠，就派刘孝的宾客救赫、陈喜等人制造战车和箭支，偷刻天子印玺，还有将相军吏的官印。衡山王日夜谋划，多次参考吴楚反叛时的策略，来完善自己的谋反计划。

衡山王跟淮南王不同，他不像淮南王那样渴望成为天子，而只是担心淮南王起事后吞并了自己的王国。所以，衡山王的策略是，等淮南王西进攻打汉朝之后，自己就发兵平定长江、淮河之间的地方，然后据守。

元朔五年秋天，衡山王准备入京朝见，路过淮南国。当时，淮南王正准备造反，想拉拢衡山王，就对他说了些"兄弟间要互相亲爱"之类的话。衡山王感动，于是两人就消除了以前的嫌隙，相约共同制作反叛的器具。衡山王很高兴，就不准备去京城朝见天子了，于是上书推托有病，皇上马上回信，允许他可以不人京朝见。

元朔六年，衡山王派人上书皇上，请求废掉太子刘爽，立刘孝为太子。刘爽听到后，就派他的好友白嬴去长安上书，说刘孝制造战车和箭支，准备谋反，而且与衡山王的女仆通奸，乱了人伦。白嬴与淮南王谋反的事有牵连，所以一到长安，还没来得及上书，就被抓了起来。

衡山王听说刘爽派白嬴上书，害怕自己的秘密被皇上知道，就上书控告太子刘爽干了大逆不道的事，应该被判处死刑。皇上拿到奏章，把这件事交给沛郡处理。元狩元年冬天，负责办案的公卿大臣下到沛郡，到处搜捕跟从淮南王谋反的人，一个都没有抓到，却在衡山王儿子刘孝的家里抓到了陈喜。

陈喜平时多次与衡山王策划造反，刘孝害怕他会把这件事泄露出去，心里非常害怕。不但如此，他还很担心白嬴，不知道他是不是已经向皇帝透露了衡山王谋反的事。想了很久，刘孝觉得没有什么出路，就主动去自首，揭发参与谋反的有救赫、陈喜等人。廷尉审讯验证后，公卿大臣们请求天子，主张立刻逮捕衡山

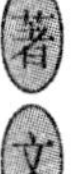

王。

天子说："用不着逮捕！"随即派中尉司马安、大行令李息赶到衡山国，就在那里审讯衡山王，衡山王知道大势已去，就据实回答，毫无隐瞒。中尉和大行令回到朝廷，报告皇上，公卿大臣请求派宗正、大行令和沛郡联合审理衡山王。衡山王听说了，知道一点希望都没有了，于是就刎颈自杀。

其他几个反叛的人，结局各不相同。刘孝因为主动自首，被免罪；但又因为犯有与衡山王女侍通奸之罪，最后还是被处死示众。王后徐来犯有用巫术杀害前王后乘舒的罪行，太子刘爽犯了不孝的罪行，都被处死，以告天下。其他那些参与谋反的人，基本上也都被灭族。从此以后，衡山国被废除，成了衡山郡。

第八十五章

汲郑列传

中国历史名著文库

躺着治国的汲黯

汲黯字长孺，本来是淮阳县人。他的先辈曾受到卫国国君的宠爱，整整七代都出任卿大夫的职务。汲黯继承父亲的职务，在孝景帝时期担任太子洗马，为人严肃认真，大家都很敬畏他。孝景帝去世之后，太子登位，汲黯担任谒者。

有一次，东越人内乱，互相攻打，皇上派汲黯去视察。汲黯出发，但是没有到达东越，而是到了吴县就返回来，报告说："东越人互相攻打，其实是他们的习俗，不值得烦劳天子，不用管。"

还有一次，河内郡发生火灾，大火蔓延，烧了一千多户人家，皇上派汲黯前去视察。他回来报告说："普通人家失火，由于房屋相连，以致大火蔓延，不值得忧虑。值得忧虑的事情倒是有。臣经过河南郡的时候，发现河南郡的百姓饱受水旱灾害之苦，有一万多家无以为生，有的甚至父子相食。臣考虑再三，就拿着您给我的符节，命令河南郡的官吏开仓放粮，来赈济贫苦灾民。臣请求缴回符节，愿意接受假传圣旨的罪行。"

皇上听了，并不生气，反而认为他贤良，提升他出任荥阳县县令。汲黯认为当县令是一种耻辱，就托病回到乡下。皇上听说，就改任他为中大夫。汲黯梗直，屡次向皇上直言进谏，无法久留朝廷，就提升他任东海郡太守。

汲黯精通黄帝和老子的思想，喜欢用清静无为的方法来治理官民，他自己不怎么处理具体政事，而是选择合适的郡丞等官员，把事情委托他们来办。他处理政事，只求大处恰当无误，不苛求小节。另外，汲黯体弱多病，经常躺在卧室内不出来，处理的政事就更少。不过，就这样过了一年多，东海郡却变得十分太平。大家都很佩服汲黯，交口称赞。皇上听说了，召他来出任主爵都尉，位列于九卿之中。

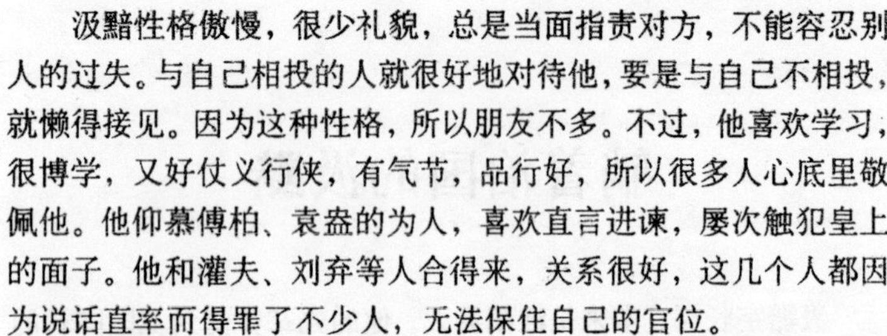

汲黯性格傲慢，很少礼貌，总是当面指责对方，不能容忍别人的过失。与自己相投的人就很好地对待他，要是与自己不相投，就懒得接见。因为这种性格，所以朋友不多。不过，他喜欢学习，很博学，又好仗义行侠，有气节，品行好，所以很多人心底里敬佩他。他仰慕傅柏、袁盎的为人，喜欢直言进谏，屡次触犯皇上的面子。他和灌夫、刘弃等人合得来，关系很好，这几个人都因为说话直率而得罪了不少人，无法保住自己的官位。

汲黯做京官的时候，窦太后的弟弟武安侯田蚡做丞相。田蚡傲慢，很多高官来谒见田蚡的时候，都行跪拜礼，田蚡却不答礼。可是汲黯会见田蚡的时候，根本就没行过跪拜礼，只是拱手作揖就可以了。田蚡多少有些不快，但是也没有办法。

天子招选文学之士和儒生的时候，总是反复地说“我想要如何如何”，汲黯在旁边听了，就上前说：“陛下内心有太多的欲望，只是在表面上施行仁义，这样下去，怎么能仿效唐尧、虞舜的治绩呢！”皇上沉默不语，但心里很生气，脸色都变了，拂袖而去，这次朝会只好不欢而散。公卿大臣都替汲黯捏了一把冷汗。皇上退朝后，对身边的人说：“他也太大胆了！像汲黯这样愚直的人还真是太少见！”

群臣中有人责备汲黯，觉得他过了头，汲黯坚持说：“天子设置公卿大臣来辅佐自己，难道是让他们阿谀奉承，让君主拐入斜路吗？我既然占着这个职位，就不能只顾自己，那会损害朝廷的！”

汲黯身体多病，每次生病都要持续三个月以上，皇上只好常常让他休假，但是他的身体还是越来越坏，最终也没能痊愈。最后一次生病，庄助替他请假。皇上问：“你觉得，汲黯是什么样的人呢？”庄助回答：“汲黯当官，要论才能，实在没有什么地方能超过别人。但是他能辅助年少的君主，能坚守自己的事业，有操守，光明正大，不为利诱，这一点最为难得。”皇上感叹：“对啊！古代有安邦定国的臣子，汲黯就是他们那种人。”

皇上打内心里敬畏汲黯，在所有大臣里面，对他最为礼貌。大将军卫青入宫拜见，皇上曾经蹲在厕所里接见他，丞相公孙弘平日觐见，皇上有时连帽子也不戴。但是如果汲黯来觐见，皇上不戴帽子就不敢接见。有一次，皇上坐在帐子旁边，恰好汲黯前来禀奏政事，皇上当时没戴帽子，见汲黯来了，就躲进帐内，派人批准了他的奏议。皇上对他的尊敬和礼遇可见一斑。

张汤因为改定刑法条令有功，被任命为廷尉。汲黯不喜欢他，屡次在皇上面前指责张汤："你身为正卿，对上不能褒扬先帝的功业，对下不能抑制天下人的邪念，无法使国家安定、人民富足，无法使监狱空无犯人，这些方面你连一样都没做到。相反，你偏偏要制订严刑峻法，让人动不动就犯罪，通过别人的苦来成就自己的事业。你凭什么把高祖皇帝定下的规章制度乱改一气呢？就凭这一点，你就肯定得断子绝孙！"

张汤不服，经常和汲黯辩论。张汤辩论的时候，喜欢深究条文，苛求小节，而汲黯则出言刚直严肃，志气高昂，不肯屈服，还发怒大骂张汤说："天下人说，不应该让刀笔吏做公卿，果真是这样！如果大家都必须得按照张汤的法令行事，那么天下人就不得不整天提心吊胆！"

当时，汉朝正征讨匈奴，招抚四方少数民族。汲黯不喜欢武力，就劝皇上与匈奴和亲，不要派兵打仗。皇上正倾心于儒学，尊重公孙弘等人的建议，对汲黯的建议不予理睬。后来，国内事情越来越繁多复杂，官吏和百姓犯的错也越来越多，皇上于是就开始重视各种法律条文，张汤等人因此得到了宠幸。

汲黯对儒学和细碎的法令都很反感，就当面指责公孙弘等人，说他们心里奸诈而装作厚道，阿谀奉承皇上来博取欢心；而刀笔吏则专门把法律条文弄的无比复杂，致力于编制罪名陷害别人，不重视真相，只重视自己的判断，为了立功而无所不为。皇上觉得汲黯的说法夸大其辞，就置之不理，反而越发信任公孙弘和张汤。公孙弘和张汤心里面憎恨汲黯，再加上天子也不喜欢他，就想借故杀死他。公孙弘是丞相，于是向皇上进言说："右内史管辖的地方有很多大官和皇族，难于管理，没有声威的大臣根本就管不了，请您调汲黯任右内史。"汲黯于是被调任右内史。

当时，大将军卫青越来越尊贵，姐姐还做了皇后，卫家更是威势无比。可是汲黯就像不知道这些一样，见到卫青还是跟他行平等的礼节。有人劝汲黯说："天子最重视大将军，大将军现在已经不是一般人啦，你不能不行跪拜礼！"汲黯回答："他卫青身为大将军，如果还有拱手行礼的客人，岂不是更显得平易近人，岂不是更受人敬重？"

大将军卫青听说了，觉得汲黯的确贤良，多次跑来向他请教问题，对待汲黯恭敬有加，超过他结交的所有其他人。

淮南王刘安阴谋造反，害怕汲黯，说："他这个人，喜欢直言进谏，坚守节操，能为正义而死，很难用利益来诱惑他。至于劝说丞相公孙弘，那很简单，可以说是易如反掌。"

汲黯当官比较早，他位列九卿的时候，公孙弘、张汤还只是下层的小官。后来，公孙弘、张汤逐渐显贵，很快就与汲黯同级。不久之后，公孙弘担任了丞相，被封为侯；张汤也官至御史大夫；甚至汲黯原来的手下也与汲黯同级，有的比他还受重用。

汲黯心胸狭窄，不可能没有一点怨气，于是直接去拜见皇上，上前直言道："陛下任用群臣，就像堆积柴垛一样，后来的在上面。"皇上听了，默不作声。过了一会儿，汲黯没有得到答案，只好退出去。皇上这才感慨地说："唉！一个人确实不可以没有学识。汲黯性格梗直，但是学识实在是差了些，听他这番话，可以看出来，他的愚直是在一天天地加深啊！"

过了一段时间，匈奴浑邪王带领部众来投降，汉朝很兴奋，就派了二万辆大车去迎接。官府没有钱，只好向百姓借马。百姓忙于农事，不愿借，有的人就把马藏起来。马数总也凑不够，皇上很生气，想要斩杀长安县县令。

汲黯说："长安县令没有罪，要杀就杀我吧！说不定杀了我，百姓就愿意拿出马匹啦！臣就是弄不明白，匈奴人背叛他们的单于来投降汉朝，汉朝出动那么多人财物力，命令沿途各县好好款待他们，弄的全天下都鸡犬不宁！为什么要累死自己国内的民众，来侍奉外来的匈奴人呢？"皇上默不作声。

浑邪王到了之后，汉朝隆重地接待，并且优厚地款待他们。同时，皇上命人查处那些与匈奴人做买卖的商人，杀了五百多人。

汲黯对此很不满，请求接见，在高门殿见到皇上，很气愤地说：

“匈奴攻打我们，已经很多年了。我们要和亲，他们不干，和亲之后又多次翻脸。我们没有办法，只好发动军队征讨他们，战死和受伤的人不计其数，而且耗费了几百亿的钱财。现在他们来投降了，我认为陛下不应该厚待他们，而应该把他们作为奴婢，赏赐给战死军人的家属；匈奴人的财物，应该分给国人，来答谢天下人的辛苦，满足百姓的心愿。

“可是陛下偏偏相反，浑邪王率领几万人来投降，汉朝却亏空府库来赏赐他们，强迫善良的百姓来服侍他们，就像奉养宠儿一般。退一步说，陛下即使不能缴获匈奴的资财来酬谢天下，也不应该杀害我们那五百多个商人哪！您的所作所为，正是人们所说的‘保护树叶而损伤树枝’的事，陛下这样做太不应该啦！”

皇上沉默不语，不表态，实际上不以为然。等汲黯走了，皇上才说："我很长时间没听到汲黯的话，现在他又开始胡说八道了。"几个月后，汲黯犯了点小罪，被免官回乡，隐居在淮阳自家的田园中。

过了几年，汉朝改铸五铢钱，百姓中很多人私下铸钱，楚地尤其严重。淮阳在楚地的范围之内，于是皇上召见汲黯，任命他为淮阳太守，治理楚地。汲黯拜谢，不接受官印，皇上多次强迫，他才接受了诏令。汲黯对皇上哭述说："我还自己以为会老死在山沟里，再也见不到陛下了，没想到陛下又重新录用我。我经常犯有一些小病，精力不足，无法胜任一郡的工作。我愿意担任中郎，出入宫中，为您纠正过失，这才是我的愿望。"

皇上说："你看不上淮阳吗？其实淮阳是个很重要的地方。考虑到淮阳地方官吏与百姓关系紧张，我只好借助你的威望，你身体不好，可以躺着来治理。"汲黯没办法，只好接受了。

告别了皇上后，汲黯去探望大行令李息，说："我被抛弃到外郡，不能参与朝廷政事了。您要特别注意御史大夫张汤，他心地邪恶，但是又非常聪明，不愿为天下人说话，专门迎合主上的心意。又喜欢无事生非，舞弄法律条文，召纳了一些为害社会的官吏来帮自己做恶。您位列九卿，应该趁早向皇上进言，否则，无论是您还是他张汤，都难逃一死。"李息听了，觉得有理，但是他害怕张汤，始终不敢进言。

汲黯回到淮阳，像以前为官时那样治理郡政，把淮阳郡治理得井井有条。后来，张汤果然乱政被杀，皇上得知了汲黯对李息说的话，就判处李息有罪。然后，诏令汲黯享受与诸侯相等的俸禄。七年后，汲黯死在了任上。

汲黯死后，皇上因为汲黯的缘故，让他弟弟汲仁做官到九卿，他的儿子汲偃做官到诸侯国相。汲黯的姑母有个儿子，叫做司马安，年轻时也和汲黯同任太子洗马，他擅长法律，喜欢做官，官位四次就升到了九卿，后来在河南太守任上去世。总之，由于汲黯的缘故，他的兄弟们做了大官的达到了十个人。另外，他的老乡段宏也两次升官做到九卿。

人走茶凉的郑庄

郑庄，陈县人。先辈郑君，曾经当过项羽的将领，项羽死后，郑君归属了汉朝。高祖下令，所有那些原项羽的部下，都必须直呼项羽的名字，不许使用尊称。大家慑于高祖的威严，考虑到自己的利益，所以全部听从命令，只有郑君拒不接受。高祖于是下令，把直呼项羽名字的人全部任命为大夫，而赶走了郑君。郑君不得意，在孝文帝时期寂寞地死去。

郑庄是个仗义行侠的人，曾经解救过张羽的危难，在梁、楚一带名声很大。孝景帝的时候，他担任太子舍人。每逢五天一次的休假日，他都要到长安各郊区去备置马匹，问候那些老朋友，邀请拜谢宾朋，夜以继日，还常常担心有所疏漏。

郑庄喜欢黄帝和老子的思想，仰慕德高望重的人，到处学习。他年轻，官位卑微，但是他交游的知心好友都是祖父一辈的人，全是天下有名的人士。武帝登位之后，郑庄逐渐升任鲁国的中尉、济南太守、江都国相，直到九卿中的右内史。在担任右内史的时候，因为评议武安侯田蚡和魏其侯窦婴的纷争，得罪了人，被贬官，后来又升为大农令。

郑庄任太史时，告诫下属说："如果有客人来，无论贵贱，都不要让人家在门口苦等。"每次来人，他都能尽到主人的礼节，不依仗自己的尊贵，从来都是谦恭待人。郑庄廉洁，又不置办自己的财产，俸禄和皇上的赏赐，也都送给了那些年长的友人。可是他送别人的礼物，不过是用竹器盛着的食物，并不让人觉得太贵重或难以接受。

每次上朝，遇有向皇上进言的机会，郑庄必定要向皇上推荐天下德高望重的人。他推荐士人和自己的手下，从来都说他们比自己贤能。为了表示尊重，他从来不直呼这些人的名字，总是很

恭敬的样子。因为他的慧眼和谦恭的性格，大家都众口一词地称赞郑庄，郑庄的名气也越来越大，来投奔他的人越来越多，车水马龙，可与当初的门客三千的孟尝君相比。因为朋友众多，所以去哪里都像回家一样方便，民间都这样说："郑庄出行，一千里也不带粮"。

然而郑庄也有缺点，就是经常逢迎皇上的意旨，对很多事都不敢表态。

郑庄晚年，汉朝征讨匈奴，招抚四方外族，花费了很多钱财，财力物力越来越贫乏。郑庄保举了几个人，替大农令承办运输业务，亏欠款项很多。司马安担任淮阳太守，揭发这几个人贪污受贿，郑庄也被牵连进去，落下了罪责，出钱赎罪后被降为平民。过了不久，在丞相府暂时担任长史。皇上嫌他年老，又把他降为汝南太守。几年后，郑庄死在了任上。

郑庄当初位列九卿，为人廉洁，品行好，吸引了不少人，士人争相归附。后来被罢官，家里贫穷起来，门下宾客越来越少。到了最后，家里差不多已经是家徒四壁，而且谁也不来关照他。

翟公曾经写过一幅大字，述说自己的体会："一个死了一个活着，才知道交情的深浅；一个贫穷一个富裕，才知道感情的真假；一个尊贵一个卑贱，才知道有没有交情。"郑庄也是这样，可悲啊！

第八十六章

儒林列传

中国历史名著文库

儒生源流

周朝王室衰微的时候，孔子编定了《诗》、《书》，提倡礼乐，用来建立王道。但是当时的世道混乱污浊，没有人愿意起用他，所以孔子走了七十多个国家，连一官半职都没得到。孔子很委屈，也很失望，感叹说："唉，如果有任用我的，一年就足以让他成就大业。可惜啊……" 孔子知道自己的主张无法实现，只好沉心于学问，借助鲁国的历史撰写了《春秋》，文辞精深而意义博大，后代学者一直学习不止。

孔子去世后，他的七十多名弟子游走诸侯各国，成就大的当了国君的老师，成了卿相，成就小的交结士大夫，有的则隐居起来，不知所终。其中比较著名的，子路在卫国，子张在陈国，澹台子羽在楚国，子夏在西河，子贡在齐国。像田子方、段干木、吴起，都曾受教于子夏等人，成了诸侯国君的老师。但是这个时候，儒学已经衰落，只有魏文侯还爱好儒学，其他君主对儒学不屑一顾。

儒学渐渐衰落，到了秦始皇时代，更是走到了谷底。到了秦朝末年，焚毁《诗》、《书》，坑杀儒生，儒家典籍开始残缺不全。陈涉自立为王之后，鲁地的儒生马上带着孔子家传的礼器去归附陈王，其中的孔甲当了陈涉的博士。陈涉本来是一介平民，驱使一群乌合之众，一个月内就在楚地称了王，不到半年又被灭亡，他的事业可以说是十分渺小，可是士大夫却背着孔子的礼器去委身投靠，为什么呢？因为秦朝焚毁了他们的书籍，他们心怀怨恨，所以借助陈王来发泄愤懑。

高祖皇帝建立汉朝之后，儒生们重新得到了重视，开始研究他们的经术，讲授演习各种礼仪。叔孙通制定了汉廷的礼仪规则，做了太常官，那些和他一起制定礼仪的儒生弟子们，也都成了朝廷首先录用的对象，儒学可以说是重新兴起了。但这个时候国内还有战争，没有时间兴办学校，所以儒学的传播还有限。孝惠帝、吕后当政时，公卿大臣都是靠武力起家的功臣，所以儒生地位并没有真正提起来。孝文帝时，征用了一些儒生，但是孝文帝最喜欢的是刑名学说。到了孝景帝时，不任用儒生，而且窦太后又喜欢道家思想，因此，那些博士空有官位以备顾问，却没有晋升的。

到了武帝时期，皇上倾向儒学，于是儒生真正受到了重用。各地人才四起，讲《诗》的有鲁国的申培公，齐国的辕固生，燕国的韩太傅。济南人伏生精通《尚书》，鲁地的高堂生精通《礼》，等等。窦太后逝世之后，武安侯田蚡担任丞相，罢黜百家学说，延请儒生几百人为官，而公孙弘由于精通《春秋》而从平民升为皇帝身边的三公，封为平津侯。

于是，天下学者像风吹一边倒一样倾向儒学。

精通《诗经》的申培公

申培公是鲁国人。

高祖经过鲁国的时候，申培公跟随他的老师去拜见高祖。吕太后时期，申培公到长安交游求学，与刘郢拜在同一个老师门下。不久，刘郢被立为楚王，让申培公做他太子刘戊的老师。刘戊不好好学习，申培公总是斥责他，因此刘戊对申培公怀恨在心。楚王刘郢死后，刘戊继位为楚王，就把申培公囚禁起来，侮辱他。

申培公忍受不了这种羞耻，回到鲁地，在家里教书为生，终身不出家门，又谢绝宾客交往，只有鲁王传令召见才去。各地民众都知道申培公有才学，都赶来学习，光是从远方来的就有一百多人。申培公精通《诗经》，只用这本书作教材，从中阐发微言大义，如果哪个地方有疑义，就留下来不讲，让大家思考。

兰陵人王臧向申培公学习《诗经》后，去侍奉孝景帝，担任太子少傅，后来免职离去。汉武帝即位之后，王臧上书请求皇上，表示愿意充当宫禁中值班警卫，武帝同意，于是王臧回到了宫里，升迁很快，一年里就当了郎中令。

代国的赵绾也曾向申培公学习《诗经》，后来当了御史大夫。赵绾、王臧得官之后，一起请求天子，建议他修建明堂召集诸侯来朝会，但是没能办成这件事，就推荐老师申培公。天子派使者带着束帛和玉璧，驾着四匹马拉的大车，去迎接申培公，学生二人乘着轻便的小车跟随。

到了京师，几个人一起拜见天子。天子向申培公咨询有关国家的大事，申培公当时已经八十多岁，年纪太大，不爱说话，只是回答说："当政的人，用不着多说话，多说也没什么用，只要尽力实干就行了。"当时的天子喜欢的是能言善辩的人，见申培公这样回答，就沉默不语，心里暗自后悔。但既然已经把他召来，不

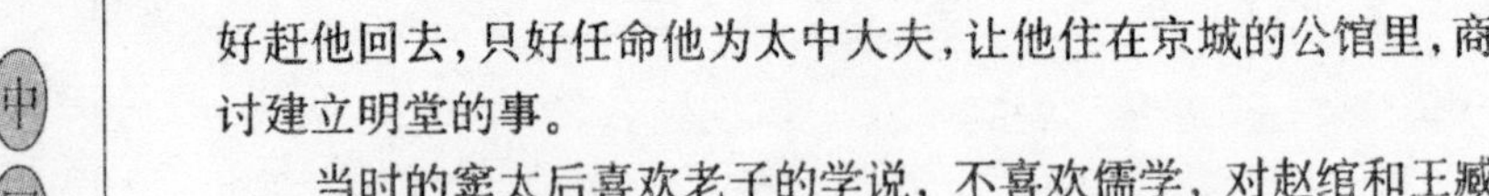

好赶他回去，只好任命他为太中大夫，让他住在京城的公馆里，商讨建立明堂的事。

当时的窦太后喜欢老子的学说，不喜欢儒学，对赵绾和王臧建立明堂的建议很反感，就调查两人，寻找他们的过失，然后报告给皇上。皇上于是停止了修建明堂的事，把赵绾、王臧交给司法官处置，两人无从辩驳，都自杀身亡。两人死后，申培公很灰心，也借口生病辞官回家，几年后死在了家里。

申培公的学生很多，当博士的有十多人，也有好几个做到高官，孔安国官至临淮太守，周霸官至胶西内史，夏宽官至城阳内史，鲁赐官至东海太守，缪生官至长沙内史，徐偃任胶西中尉，阙门庆忌任胶东内史。这些人治理官民，都能廉洁奉公，口碑甚好，深得民心。其余的弟子们，虽然比以上几位差一些，但做官做到大夫、郎中等职务的数以百计。

杀猪博士辕固生

清河王的太傅辕固生，是齐国人。他因为研究《诗经》而出名，在孝景帝时担任博士。

有一次，他和黄生在景帝面前争论。黄生说："商汤、周武王不是秉承天命做天子，而是弑君篡位。"

辕固生说："不对！夏桀、商纣残暴而淫乱，天下人心都归向于商汤和周武王，商汤和周武王顺应天下人心，只好诛杀夏桀、商纣，他们是不得不做天子，这不是秉承天命是什么呢？"

黄生说："帽子再破旧，也一定要戴在头上；鞋子再新，也不得不穿在脚上。为什么呢？因为上下有别，各有各的名分。夏桀、商纣虽然无道，但他们是君主；商汤、周武王虽然圣明，但他们只是臣下。君主有错误，臣下不能够匡正他的过失，却趁其过失而诛杀他们，自己取而代之，这不是弑君是什么呢？"

辕固生问：“要是真像你所说，那么高祖代替秦朝，登上了天子的位置，难道也有过错？”

景帝在旁边听到这里，觉得问题越来越尖锐了，就插嘴制止了争论。此后，学者没人再敢谈论商汤和周武王是受命还是弑君这个问题。

窦太后喜欢《老子》，就召来辕固生，向他询问有关《老子》一书的问题。辕固生轻描淡写地说：“这只是普通人的言论罢了，不值得深究。”

太后闻言大怒：“胡说！这样的书怎么能更一般人的书相提并论？”接着咒骂了他一通，觉得还不够解恨，就命令辕固生到猪圈里去杀猪，要是抓不到、杀不死，就要接着惩罚他。景帝听说了，知道是太后任性发怒，辕固生是直言无罪，于是就给了辕固生一把非常锋利的兵器。辕固生跳进猪圈，看准一只猪，一下就

刺中了它的心脏，猪应声倒地。太后看了，默不作声，无法再加罪于他，只好作罢。

过了不久，景帝考虑到辕固生廉洁正直，就任命他为清河王的太傅。辕固生在这个任上干了很长时间，后来因为生病而免官。

武帝登位之后，在全国范围内征召贤良人士，于是辕固生应召上京。那些善于阿谀奉承的儒生们嫉妒辕固生的才华，都攻击他说："辕固生老了，没用了，现在只是徒有虚名啦！"皇上听了，觉得有理，于是辕固生被罢官回家。当时，辕固生的确已经年老，九十多岁了。

辕固生被征召时，恰好公孙弘也被征召，他斜着眼来瞟辕固生。辕固生并不生气，而是对他说："公孙先生，我老了，就靠您这样的年轻才俊了。请务必正直待人，不要用异端邪说来迎合时世！"公孙弘听了，倍感惭愧。从这以后，齐地人谈论《诗经》，从来都是依循辕固生的见解，那些因研究《诗经》而显贵的齐人，都是辕固生的学生。

春秋大义董仲舒

董仲舒是广川人，因为研究《春秋》出名，在孝景帝时期担任博士。

董仲舒有很多学生，在讲课的时候，他总是放下帷幕，坐在后面讲授《春秋》，资格最老的弟子们在帐外听讲。其他的学生不可能有这种亲聆教诲的机会，则根据入学时间的长短，分为几个等级，从高往低，依次传授。所以，董仲舒的学生虽多，但是有很多学生连他的面都没见过。

董仲舒学习很用功，曾经三年不到后园游玩。他出入于任何地方都时刻注意自己的仪容举止，不合礼仪的就绝对不做，学者们都很佩服，争着向他学习。

武帝的时候，董仲舒担任江都国相。他依据《春秋》所记载的自然灾害和特异现象，来推求阴阳交替运行的规律，于是在求雨的时候就关闭各种阳气，放出各种阴气，消雨时的方法则与此相反。他的方法在江都推行之后，效果显著，大家都非常佩服。虽然如此，他还是得罪了人，被贬为中大夫。

董仲舒被贬，回到家里，撰写了一本书，叫做《灾异之记》。主父偃嫉妒他，就偷了这本书，上奏给天子。天子召集众位儒生，把书拿给他们看，书里面有很多指责讥讽当代事务的内容。董仲舒的弟子吕步舒不知道这是他老师写的，当堂大声批判这本书，认为实在是愚蠢透顶，作者应该抓起来杀掉。于是董仲舒被抓了起来，判处死刑。好在皇上开恩，赦免了他。董仲舒死里逃生，终身不敢再谈论灾异，更不敢批评时政。

公孙弘研究《春秋》比不上董仲舒，但善于迎合世俗，处世

圆滑，官至公卿。董仲舒为人廉洁正直，看不起公孙弘的阿谀逢迎，就到处抨击他。公孙弘很憎恨他，就对皇上说："董仲舒贤能，只有他能做胶西王的国相。"皇上于是就派他出京，去侍奉胶西王。胶西王早就听说董仲舒有德行，对他很好。但是董仲舒在官场上被吓怕了，害怕在胶西王这里也会得罪人，很快就辞职回家，一直到去世为止，再也没有做官。

在去世之前的那段日子里，董仲舒全心专研学问，也收了几个弟子。他的一生，弟子很多，成就突出的有：褚大，殷忠，吕步舒。褚大官至梁王国相。吕步舒官至长史，淮南王反叛的案子就是他负责调查的，他的权力很大，对诸侯王也可以自行裁决，不用请示皇上；他断案，凭据就是《春秋》的义理，每次都能得到天子的认可。除了这三个弟子外，官运通达的，做到了皇帝任命的大夫；而担任郎官、谒者等职的，数以百计。另外，董仲舒的儿子和孙子也都因为精通儒学而做到了高官。

第八十七章

酷吏列传

中国历史名著文库

“苍鹰”郅都

郅都是杨县人，起初以郎官的身份侍奉孝文帝。孝景帝的时候，郅都升任中郎将，敢于当面进谏，而且言之成理，很让大臣们折服。

有一次，他跟随皇上到上林苑去打猎，贾姬去厕所方便，突然有一只野猪跑入厕所。皇上用眼神示意郅都，郅都却不肯行动；皇上没办法，就想自己拿兵器去救贾姬，郅都阻拦，跪在皇上面前说：“失掉一个姬子，还会有另外的姬子进宫，天下缺少的难道是贾姬这样的人吗？陛下即使看轻自己，也应该为朝廷和太后考虑啊！”皇上回转身来，野猪也跑掉了。太后听说这事，赏赐给郅都一百斤黄金，从此开始重视郅都。

济南有个大户，族人有三百多家，奸猾而且霸道，危害一方，连济南太守也没法管制他们。景帝听说了，就任命郅都为济南太守。郅都一到任，就把家族中作恶的上百人全部杀死，其余的人都吓得人腿打颤，从此不敢为非作歹。过了一年多，济南郡完全恢复了平静，夜不闭户，路不拾遗。附近十多个郡的太守听说了，都像害怕中央高官一样害怕郅都。

郅都为人勇敢，身材高大强壮，做事公正廉洁，因私事而来的信件不拆开看，一点儿也不接受别人的礼品，不接受私人的托付。他常常对自己说：“既然远离了父母来当官，就应该在自己的职位上奉公尽职，为公事操劳，不能太多地挂念妻子儿女，不应该谋求私利。”

郅都后来升任中尉，很多官员都怕他。丞相条侯最尊贵，待人最傲慢，而郅都见到他，只要作作揖就可以了。当时，全国民风朴实，害怕犯罪受罚，基本上都守法自重，可郅都却坚持要施行严酷的刑法，而且执法时不避讳帝王的内外亲戚，列侯和皇族

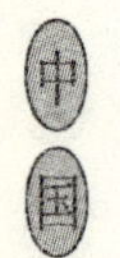
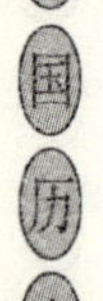

看到郅都，都要侧目而视，称他为“苍鹰”。

临江王有罪，被抓到中尉府来审问。他想要书写工具写信向皇上谢罪，可郅都告诉官吏不要给他。魏其侯知道了，就偷偷派人把书写工具给了临江王。临江王写信向皇上谢罪后，就自杀了。窦太后听说这件事，很生气，就全力弹劾郅都，以莫须有的罪名罢了郅都的官，让他回家呆着。

孝景帝相信郅都的清白，就派使者去任命郅都为雁门太守，让他从家里直接取道赴任，有权自己处理政务，不必事事奏请皇上。匈奴人平时都听说过郅都的做派，现在郅都来守卫边境，匈奴人就带军离去，一直到郅都去世，从来没有逼近过雁门关。在匈奴人眼里，郅都简直成了个可怕的怪物，他们竟然做了一个像郅都的木偶人，让骑兵们奔跑射击，没有一个人能射中，害怕郅都到了这种地步。

匈奴很害怕郅都，而窦太后却用汉朝法律中伤郅都，给他罗织罪名。景帝说："郅都是忠臣。不可能有罪。"想释放他。窦太后问："临江王难道不是忠臣吗？他不也犯罪了吗？"景帝想想有理，于是就处死了郅都。

天生狱吏张汤

张汤是杜县人。他的父亲曾经担任长安县丞，有一次，父亲出门办事，张汤还是小孩，就留在家里看家。父亲回来后，看到老鼠偷了肉，很生气，就鞭打张汤，责备他连家都看不住。张汤委屈，就挖洞捉到了老鼠，拣回了剩下的肉。这还不算完，张汤还把老鼠绑在桌子腿上，装模做样地向它一一列举罪状，拷打审问，记录供词，反复审问，量刑定罪，把判决书报告给上级，并且把老鼠和剩肉拿来，最后定案，把老鼠当堂分尸处死。

他父亲起初觉得好玩，但看到他那判决文书写得像老练的法官一样，十分吃惊。此后，张汤的父亲就让他学习刑狱文书。他父亲死后，张汤在长安担任一个小官，做了很长时间。

周阳侯田胜做卿官的时候，曾经因罪被囚禁于长安监狱，张汤跟他关系不错，就竭尽全力加以解救。田胜出狱后，被封为侯爵，为了报答张汤，就把当朝权贵全都引见给张汤认识。不久，张汤调任到内史任职，因为才能出众，不久被调任茂陵尉，负责管理土建工程。

武安侯田蚡担任丞相，征召张汤做内史，并且时常向天子推荐他。张汤于是又升官，补任御史，负责查办狱事。在主持处理陈皇后巫蛊案时，张汤深入追查同党，做得很彻底，皇上认为他能干，就慢慢提升他到太中大夫。

张汤和赵禹一同制定各种法令，都倾向于用尽可能严格的法律条文来管制各级官员。不久，赵禹升任中尉，又改任少府，而

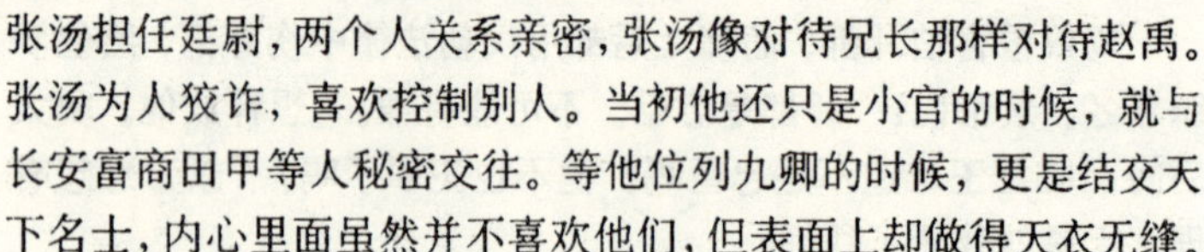

张汤担任廷尉，两个人关系亲密，张汤像对待兄长那样对待赵禹。张汤为人狡诈，喜欢控制别人。当初他还只是小官的时候，就与长安富商田甲等人秘密交往。等他位列九卿的时候，更是结交天下名士，内心里面虽然并不喜欢他们，但表面上却做得天衣无缝。

当时的皇上喜欢儒家学说，所以，张汤处理大案的时候，总想称引儒家经书上的说法。于是，张汤请了几个读书人，专门研究《尚书》、《春秋》等儒家经典，还给他们一官半职，自己办案的时候，如果遇到容易出问题的法律条文，就让读书人用《尚书》、《春秋》的义理来理顺它。

张汤善于借助别人的力量。每次遇到难办的事，请皇上评判，张汤一定预先给皇上分析好事情的原委，皇上发表了意见之后，张汤就详细地记录下来，作为判案的法规，然后以自己的名义公布，既能给自己增加功绩，又能颂扬皇上的圣明。如果上报的时候受到了皇上的谴责，张汤就随机应变，认错谢罪，顺着皇上的心意，一定会列举出贤能的属官，假装说：“他们本来向我建议过，就像皇上谴责我的一样，而我没有采纳，真是愚蠢啊！”这种情况下，皇上往往会感到很舒畅。

张汤从来都是顺从皇上的旨意。他所审理的案子，如果皇上想严办，他就让执法严酷的手下处理；如果皇上想释放，他就交给执法轻而平和的手下。

就这样，张汤当上了大官，很受皇帝重视。张汤的自身修养很好，喜欢与宾客来往，同他们饮酒吃饭，亲密无间。对于老朋友的子弟，无论是当官的还是做平民的，都照顾得无微不至。他经常去拜访三公，不避寒暑，让人觉得他很值得信赖。所以，张汤虽然执法严酷，心胸并不开阔，办事也不完全公平，但还是得到了好名声。

丞相公孙弘很欣赏张汤，多次向皇上称赞他。后来，淮南、衡山、江都王谋反，所有的案件都由张汤负责，都能穷追到底。严助和伍被罪行不是很容易断定，皇上想要释放他们，张汤争辩说：“伍被策划谋反，理当诛灭。严助是皇上的宠臣，负责宫廷的护卫工作，可是他竟然暗中勾结诸侯，张狂到谋反的地步。这两个人如果不杀，那么以后就不好管理了。”皇上于是同意了张汤的判决。

张汤就这样处理案件，打击大臣，并且尽可能把功劳揽到自己头上。于是，张汤越来越受到尊崇和信任，升任为御史大夫。

有好几年，匈奴经常侵犯汉朝边境，汉朝发动大军攻打匈奴，国力消耗很大。同时，山东发生水旱灾害，百姓流离失所，政府不得不开仓放粮，弄得国库空虚。张汤顺从皇上的旨意，请求铸造银钱和五铢钱，垄断天下的盐铁经营权，打击全国富商。每次上朝奏事，张汤都跟天子讨论国家的财用，从早上一直谈到傍晚，连天子也忘了吃饭。

丞相徒有虚名，天下大事都由张汤决定。张汤于是立下严刑峻法，着意诬陷别人，有谁稍微表示不满，就以法律的名义处治他。当时，全国混乱，百姓无法安心，骚动不安，而贪官污吏趁机大发国难财，于是张汤就更是有了用武之地，大肆屠杀和惩罚臣民。从公卿以下，一直到平民，都指责张汤过于严苛。但是皇上欣赏张汤，张汤生病，天子还亲自去看望。

汉朝攻打了匈奴几次，匈奴受到了重创，就来请求和亲。皇上让大臣们讨论，博士狄山说：“和亲对我们汉朝有利，不要放过这个机会。”

皇上问他理由，狄山回答：“兵器都是凶器，不要轻易动用。当初，高帝攻打匈奴，被围困在平城，最后采用了和亲的方式来解决。此后，整个孝惠帝和高后时期，天下都安定平和。到了孝文帝的时候，又想对付匈奴，结果北方边境大乱，人民困苦不堪。孝景帝的时候，七国反叛，景帝有好几个月睡不着觉。七国平定之后，景帝到死都不再谈论战争，结果天下富裕，人民安定。如今呢，自从陛下派兵攻打匈奴以来，国内空虚，百姓困苦。这种情况下，还是和亲好。”

皇上信任张汤，就征求张汤的意见，张汤说：“这个愚蠢的儒生，太无知，纯粹是胡说八道！不要信他的！”

狄山不服：“我确实是愚忠，但御史大夫张汤却是伪忠。张汤处理淮南王、江都王的案件，肆无忌惮地运用严酷的法律来折

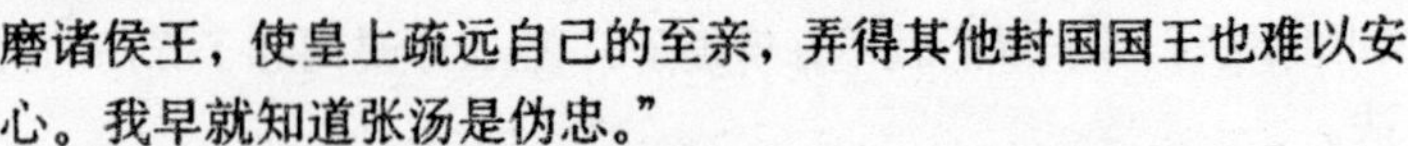

磨诸侯王，使皇上疏远自己的至亲，弄得其他封国国王也难以安心。我早就知道张汤是伪忠。”

皇上变了脸色说：“我派你驻守一个郡，你能不让胡虏进来掠夺吗？”

狄山说：“我是读书人，没这个能耐。”

皇上再问：“驻守一个县呢？”

回答说：“不能。”

皇上又文：“驻守一个要塞城堡总可以吧？”

狄山已经没了退路，害怕再不答应会被治罪，就勉强回答说：“这个没问题。”于是皇上派狄山去守边塞上的一个城堡。一个多月后，匈奴人来进攻，砍下狄山的头，然后凯旋而归。从这以后，大臣们都胆战心惊，不敢跟张汤作对。

御史中丞李文跟张汤有仇，张汤所做的所有文书，他都仔细检查，只要发现一丁点问题，就小题大做，拿来不留余地的攻击张汤。张汤有个手下叫做鲁谒居，知道张汤对此愤愤不平，就偷偷指使一个人呈上紧急奏章，揭发李文的坏事。皇上看了奏章，把这事下放给张汤处理，张汤于是就顺理成章地杀掉了李文。

张汤知道揭发李文的人是鲁谒居，对他心存感激。皇上问张汤：“上书告发李文的人是谁？”张汤假装迷惑地说：“大概是李文的熟人怨恨他吧！”后来，鲁谒居患病躺在乡下家里，张汤亲自前往探病，还替他按摩腿脚。

赵国人一向以冶炼铸造为业，赵王为了保护赵国人的生计，就反对朝廷在赵国设置铁官，打了不少官司，而张汤代表朝廷，多次打击赵王，弄得赵王一点办法都没有。赵王心里怨恨，就到处刺探张汤的私事，想从中找到把柄。鲁谒居曾经检举过赵王，赵王对他也怨恨在心，于是上书皇上，告发这两个人说：“张汤是朝廷大臣，属下鲁谒居有病，张汤却给他按摩腿脚，他们肯定一起干了什么大坏事。请皇上明查。”

皇上把这事下交给廷尉处理。廷尉去审问鲁谒居，可是正好他病死了，于是就抓了他弟弟，押到了官府。张汤到官府处理别的囚犯，看见了鲁谒居的弟弟，想着暗地里帮他的忙，为了不引

人注意，就假装不理睬他。鲁谒居的弟弟不知道张汤的良苦用心，以为张汤不够意思，就派人呈上报告，告发张汤和鲁谒居，说他们诬陷并且杀掉了无辜的李文。

这件事下交给减宣处理。减宣与张汤有过节，接到这件事以后，准备彻底深入地追查，然后把张汤置于死地，所以就没有声张。

这个时候，汉文帝的陵墓出了事，有人挖坟偷走了里面埋的殉葬钱。丞相庄青翟自知失职，如临大敌，就跟张汤约定一起去谢罪。到了皇上面前，张汤却临阵脱逃，没有谢罪，因为他觉得，巡视陵园是丞相的责任，与我张汤没有关系，我凭什么谢罪？

丞相谢罪后，皇上派张汤去查办这件事。张汤准备按照知情故纵的条文处置丞相，丞相非常恐慌，就与手下的三个长史商量对策，最后四个人决定先下手为强，想要陷害张汤。

三个长史，一个叫做朱买臣，因为精通《楚辞》，所以同另外一位长史庄助一起，都受到皇上的宠幸，从侍中升为太中大夫。那个时候，张汤还只是一名小官，时常要在朱买臣面前下跪，听候差遣。后来，张汤当了廷尉，排挤庄助；再后来，张汤当了御史大夫，朱买臣也升任为主爵都尉，位列九卿之中。几年后，朱买臣犯法罢官，去拜见张汤，张汤坐在日常所坐的椅子上接见朱买臣，连他的属官也不把朱买臣放在眼里。朱买臣怀恨在心，总是想着有朝一日把他整死。另外一个长史叫做王朝，性格刚强暴烈，为人强悍，曾经两次做济南王的丞相。

这三个长史，从前都比张汤的官大，后来丢了官，必须对张汤行跪拜礼。张汤这个时候已经非常得宠，有权有势，还多次兼任丞相的职务，他知道这三个长史原来地位很高，就常常借故压制他们。因此，三位长史都想惩罚张汤，就跟庄青翟在一起合谋，算计张汤。

四个人商量好了以后，就上书皇上，说张汤作为朝廷重臣，不能保守国家机密，总是把国家大计偷偷透露给大商人田信，然后田信就囤积各种重要物资，发财致富，再偷偷同张汤分赃，另外，还有其他坏事。

皇上听到了，就对张汤旁敲侧击说："我要做的事，商人总是能预先知道，然后趁机囤积居奇，就好像有人把我的想法告诉了他们一样。这是怎么回事呢？"

张汤觉得皇上话中有话，但又不好谢罪，就假装惊讶地说："哎呀，那肯定是有人泄露了消息。"皇上本来以为张汤会主动坦白，所以听了这话，心里不快。

不久，减宣上书，报告张汤和鲁谒居的违法的事。天子更加生气，确信张汤心怀奸诈，当面欺骗君王，于是就派人审问张汤。张汤坚持说自己没有犯罪，不服。皇上派了一个以严酷出名的官吏赵禹来审问张汤。赵禹来了以后，开导张汤说："你办理案件时，被灭门九族的人有多少，你知道吗？如今人家告你，所有罪状都有证据，天子不好处理你的案子，实际上是想让你自己自杀，你又何必争辩呢？"

张汤知道大势已去，就写信给皇上，谢罪说："张汤没有什么功劳，出身也低微，幸好得到了陛下的宠幸，才得以位列三公。我杀了不少人，不想推卸罪责。然而，我的确忠于皇上，没有犯罪，设谋陷害我张汤的是三位长史。"写完，张汤就自杀了。

张汤死后，皇上派人去抄家，发现他家里的财产最多只有五百金，而且都是从朝廷得来的俸禄，以及皇上赏赐的财物，没有别的东西。张汤的兄弟和孩子想厚葬他，他母亲不同意："张汤作为天子的大臣，被诬陷而死，死得冤枉，怎么能厚葬呢！"于是就用牛车拉着棺材去下葬，连外棺都没有。

天子听说了这事，说："要是没有这样的母亲，不可能生出这样的儿子。都是忠烈之人啊！"于是穷究此案，把三个长史都杀了，丞相庄青翟也畏罪自杀。

严酷凶悍的义纵

义纵是河东人，从小就凶悍霸道，跟张次公等人一起抢劫，结伙做强盗。

义纵有个姐姐，医术高超，得到了王太后的宠幸。王太后问她："你有当官的兄弟吗？"他姐姐说："有个弟弟，但品行不好，不适合当官。"王太后不信，还是告诉了皇上，皇上任命义纵当中郎，后来出任上党郡某县的县令。

义纵处理政事相当严酷，很少宽容，县里人都怕他，连逃亡都不敢，所有人都遵纪守法。不久，义纵升任长陵和长安县令，还是依法办理政事，不回避权贵和皇亲。太后的重孙犯了罪，他也严惩不怠，皇上认为他做得好，提升他当河内都尉。他一到那里，就把那里的豪强铲除得一干二净，河内郡做到了路不拾遗。这时候，义纵的老朋友张次公也当了郎官，勇猛善战，立了功，被封为岸头侯。

宁成是当时最著名的一个豪强，赋闲在家。皇上想让他当郡守，御史大夫公孙弘不同意："我在山东当小官时，宁成任济南都尉，所以我了解他的为人。他处理政事，非常凶狠毒辣，他可不能治理人民。"皇上于是就任命宁成为武关都尉。过了一年多，关东各郡国的官吏，只要是往来经过武关的，都尝到了宁成的苦头，都说："宁可碰上哺乳期间的母老虎，也别碰上宁成发怒。"

可是义纵到了武关，宁成一点脾气都不敢有，侧着身子随行，恭恭敬敬地迎送他。可是义纵盛气凌人，不以礼相待。到了郡里，义纵开始追查宁家的罪行，完全粉碎了宁家的势力。宁成被判有罪，抓了起来，至于郡里其他的豪门，干脆就弃家逃走。从此大家更为惧怕义纵，谁也不敢轻举妄动。

当时，朝廷军队屡次从定襄出发去攻打匈奴，定襄官员和百姓人心涣散，于是调派义纵任定襄太守。义纵到任后的第一天，把

定襄狱中的二百多犯人提出来，还抓了私自入狱来探视他们的二百多人，一同治罪，定罪名叫做“为死罪解脱”。当天，义纵就杀掉了这四百多人。从那以后，郡中人一提到义纵，都不寒而栗。

这时候，张汤等酷吏已经位列九卿了，政策开始放宽，至少还依法律来处治人。而义纵不然，他处理政事更为严酷凶悍，连道理都不讲。后来，汉朝起用五铢钱和白金，奸民开始偷偷私自铸钱，京城中尤其严重，于是天子任命义纵为右内史，王温舒为中尉，一起压制奸民。王温舒治理政事比义纵还厉害，动不动就杀人，而且为人不正。义纵廉洁，处理政事学习郅都，所以跟王温舒并不和睦。

有一次，皇上巡行鼎湖，在那里生了病，住了很长时间，病好后马上就想回甘泉宫，但是沿途道路正在整修，大部分还没有修整好，很难走。皇上发怒说：“义纵这个混蛋！他是不是以为不会再走这条路了？”从此抱恨义纵。

到了冬天，皇上找了个机会，说义纵废弃了敬君的礼仪，破坏了天子要办的大事，将义纵处死示众。

盗墓出身的王温舒

王温舒年轻的时候，不务正业，做过盗墓等坏事。后来，他找了个机会，做了县里的亭长，但因为恶习难改，屡次遭到罢免。后来，他找了其他机会当官，因为处理案件有功而升到廷吏。张汤看中他，于是他升为御史。他到处抓捕盗贼，杀了不少人，逐渐升到了广平都尉。

到了广平之后，他从郡中的暴徒里面选了十多个人，作为自己的助手。王温舒查清了他们每个人的重大罪行，作为把柄来控制他们，放手让他们去抓捕盗贼。如果谁捕到了王温舒想抓的盗贼，那么这个人即使十恶不赦也不加惩治；否则，就根据他过去

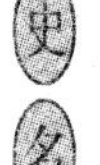

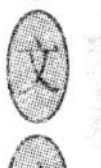

的罪行杀死他，并且灭掉他的家族。因为这个原因，齐地和赵地的盗贼都不敢走近广平，广平有了路不拾遗的好名声。皇上听说了，提升王温舒任河内太守。

王温舒在广平的时候，就已经完全了解河内的豪强，上任之后，他马上部署手下官吏，还是使用在广平时的办法，捕捉郡中豪强，连坐犯罪的有一千多家，罪大的灭族，罪小的处死，家里财产全部没收。处决犯人，血竟然流了十多里。到了十二月底，该杀的杀尽了，不该杀的也杀了，郡中没有人再敢说话，没人敢在夜里走路，连野外的狗都不敢乱叫。

有少数罪犯逃到了附近的郡国，王温舒派人去抓，抓来之后正好是春天。汉朝的惯例是在冬天杀人，所以王温舒跺脚叹惜道："他妈的，冬天要是再延长一个月，我就能办完事了！"

皇上听说王温舒的作为，认为他能干，提升他任中尉。他治理政事，还是在河内时的那套做法，调来那些有名的祸害和他共事，到处抓人。当时义纵担任内吏，王温舒还有所顾忌，还不敢任意行事。义纵死后，王温舒调任廷尉，开始肆无忌惮地抓人杀人。

王温舒当中尉的时候，并不觉得舒畅。当上了廷尉，他才觉得心情开朗，想大干一番。他熟悉关中的习俗，了解当地豪强和凶恶的官吏，并且任用他们，为他出谋划策。还设置检举箱，到处收罗情报。

王温舒为人不好，善于巴结有权势的人，如果没有权势，就把人家看作奴仆一样。有权势的人家，虽然罪恶堆积如山，他也不去查；没有权势的人，即使是皇亲国戚，也一定要欺凌一番。他心地冷酷，很多人烂死在狱中，只要是判决有罪，一个也别想出去。他的属下官吏也像他一样，简直就是戴着帽子的老虎。于是，在他的辖区内，不大不小的恶人都藏了起来，什么恶事都不敢做，政治上显得很清明。有权势的人跟他互相勾结，替他宣扬名声，称赞他的治绩。几年之后，他的朋友都变得有权而富有。

有一次，王温舒犯了小错，被判罪免官。当时天子正想建造通天台，没有找到合适的人主持这事，王温舒于是请求皇上，搜

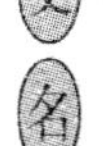
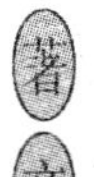

捕逃避兵役的士兵，找到了几万人，让他们去劳动。皇上高兴，任命他为少府，调任右内史。不久，王温舒又犯法丢官。后来又任右辅，代理中尉的职务，还像以前那样处理政事。

一年多以后，汉朝讨伐大宛，皇上下诏征召豪强官吏协助出兵，王温舒把他的属下华成隐藏起来，逃避兵役。后来，有人告发王温舒，说他接受贿赂，还有很多其他的坏事。王温舒自知罪行严重，应当灭族，就自杀了。他的两个弟弟，还有两个姻亲，也受到牵连而被灭族。

王温舒死时，家产累计有一千金。

自从王温舒等人用凶恶的手段处理政事之后，郡守、都尉、诸侯等人大都仿效王温舒，而全国官吏和百姓却有更多人犯法，盗贼到处都是。大的团伙达到几千人，还自立名号，攻打城镇，简直就像起义军一样；小的团伙有几百人，每天都抢劫杀人，抓也

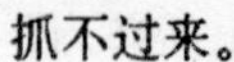

抓不过来。

天子派军队去攻打他们，有些大的团伙被打败，杀了一万多人，并且诛连几个郡，又杀了几千人。但是，几个大首领逃跑了，怎么也抓不到。不久，那些散落在各地的团伙成员又重新聚集，跟汉朝官兵作对，打游击。

朝廷没有了办法，就颁布了“沈命法”，规定说，如果群盗产生而官吏没发现，或者发现而没有捉到，那么相关官吏就要被处死。从那以后，官员害怕被杀，虽然有盗贼也不敢上报，害怕捉不到；小官如果犯法，上级官府怕受连累，也不上报。于是，盗贼越来越多，官场也越来越混乱，上下互相包庇，一起逃避法律的制裁。

第八十八章

大宛列传

中国历史名著文库

张骞通西域

大宛，是张骞发现的。张骞，汉中人，汉武帝建元年间担任郎官。

那时候，有匈奴人来投降汉朝，告诉汉武帝说，匈奴曾经击败月氏，拿月氏王的头颅当酒杯，月氏民众逃亡到了很远的地方，恨死了匈奴，但自己力量不足，也没有人愿意和他们一道攻打匈奴，所以只好在远方游荡。汉朝正打算灭掉匈奴，听到了这话，就想派使者与月氏取得联系。但是，要去联系月氏，就必须要经过匈奴境内，这是非常危险的任务，朝廷就到处招募愿意充当使者的人。张骞以郎官的身份前去应招，于是被派去出使月氏，同一个叫做甘父的匈奴人一起从陇西出发。

在经过匈奴境内的时候，他们被匈奴人抓住了，送到了单于那里。单于扣留了他们，还故意气他们说："月氏在我的北面，要去见他们，应该从我的地面上飞过去，不能踩我的土地。如果我想派人出使越地，汉朝能听任我去踩它的地面吗？"张骞被扣留了十多年，在那里娶了妻，生了子，但张骞没有忘记自己的使命，仍然手持汉朝的使节，没有抛失过。

在匈奴呆久了，匈奴对他的戒备越来越放松，于是张骞趁机逃跑，带着随从去寻找月氏。他们向西走了几十天，来到了大宛。大宛王早就听说汉朝物产丰富，很想交往，但一直都没有找到机会，见了张骞，心里欢喜，问道："你要到哪里去？"张骞回答说："我为汉朝出使月氏，却被匈奴人截留。现在总算逃了出来，希望大王能派人送我去月氏。我如果能到那里，并且返回汉朝，那么汉朝一定会拿相当多的礼物送给您。"大宛王认为条件不错，就派人一路送他，送到了康居。康居又送他到了月氏。

当时，月氏王已经死了很多年，太子被立为王。他们征服了

大夏，占据了他们的全部土地，土地肥沃，物产丰富，所以月氏王耽于安乐，不想打仗；又觉得汉朝太远，联合起来费劲，就更是懒得去报复匈奴。张骞在月氏呆了很久，还是得不到同月氏王结盟的允诺。

张骞在月氏、大夏呆了一年多，然后回国。他沿着昆仑山、阿尔金山的北麓东行，想路经羌人地区而回长安，又被匈奴人抓住。被扣留一年多之后，单于去世，匈奴内乱，张骞和他的匈奴妻子、甘父趁机逃回了汉朝。汉朝任命张骞为太中大夫，甘父为奉使君。

张骞为人坚强刚毅，待人宽厚，讲究诚信，外族人都喜欢他。甘父本是匈奴人，擅长射箭，两人在出使月氏的时候经常朝不保夕，甘父就射猎禽兽来作为食物。起初，张骞出发的时候带了一百多人，在外十三年，只有他和甘父两人得以回归。

这十三年，张骞到了很多地方，比如大宛、月氏、大夏、康居等地，并且还打听到了它们附近的五、六个大国的情况，他都把这些汇报给天子："大宛和大夏、安息等国都是大国，有很多奇珍异宝，人民定居，与汉朝人的生活方式相仿，而且兵力薄弱，看重汉朝的财物，汉朝可以此来使它们前来朝拜。况且，如果汉朝真能用道义来使它们归附，那么就能够扩大土地，招来不同风俗的人们，汉朝天子的声威和恩德就会遍及四海。"

天子听了，心中高兴万分，深深认同张骞，于是命令张骞带领使者，分四路同时出发。结果，北方那一路被少数民族阻拦，南方那一路被昆明人隔绝。昆明之类的国家没有君长，善于抢劫，常常杀害、掠夺汉朝的使者，所以汉朝使者没能通过。但是，他们听说昆明西边有个人们都骑着大象的国家，名叫滇越，蜀地的商人有的到过那里。于是，汉朝开始和滇国往来。以前，汉朝想与西南夷沟通，但因花费太多，道路不畅，所以作罢了。现在张赛带人出使大夏，汉朝就又重新开始了沟通西南夷的事务。

张骞跟随大将军卫青攻打匈奴，他了解匈奴的地理，知道哪里有水草，因而汉朝军队才得以保暖无忧。于是，张骞被封为博望侯。第二年，张骞与李广将军一同去攻打匈奴。匈奴军队包围了李广，李广的军队损失惨重；而张骞的军队耽误了时间，他被判为斩刑，后来花钱赎罪，贬为平民。同年，汉朝派骠骑将军霍去病打败了匈奴军队好几万人。过了一年，浑邪王率领属下百姓向汉朝投降，从此，北方边境，再也没有匈奴人来入侵了。在以后的两年里，汉朝军队再接再厉，把匈奴单于赶到了大沙漠以北。

张骞虽然已经失去了官爵，但天子还是经常把他叫来，向他询问大夏等国的事。张骞于是说：

臣居留在匈奴时，听说了乌孙王昆莫的故事。昆莫的父亲，是匈奴西边一个小国的国王。匈奴人前来攻打，杀了他的父亲。当时，昆莫刚好出生，被匈奴扔到了野地上。有鸟叼着肉在他上面飞来飞去，还有狼跑去哺乳他。匈奴单于觉得奇怪，认为他是神，就收养了他。他成年后，单于让他带兵打仗，战功赫赫，所以单于就把他父亲原来的百姓交付给昆莫，让他驻守在西边。昆莫安抚自己的百姓，教他们习武，光是能拉弓射箭的士兵就有好几万

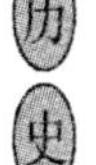

人，然后，他率领他们攻打附近的小城镇，战无不胜。匈奴单于死后，昆莫带领他的人民迁移到了很远的地方，不愿再归属于匈奴，建立了乌孙国。匈奴派军去打，无法获胜，只好作罢，但是一直威胁着乌孙国。陛下应该抓住这个时机，用丰厚的礼物来打动乌孙王昆莫，引他东来，劝说他居住在原浑邪王的土地上，和汉朝结为兄弟。如果能成功，那就相当于把匈奴右边的一只臂膀折断了。联合了乌孙以后，那么它西边的大夏等国就好办了。

天子觉得有理，就任命张骞为中郎将，率领三百人，每人两匹马，牛羊几万只，还有钱财布帛，价值好几千万，派他们出使。

张骞到了乌孙之后，乌孙王昆莫用拜见匈奴单于的礼节来接待他，张骞不高兴地说："天子赠送礼物，大王要是不拜谢，就把礼物退回来。"昆莫于是起身拜谢赏赐，而其他礼节照旧。张骞把汉朝的意图告诉昆莫说："乌孙国如果愿意东迁，住到浑邪王的土地上，那么汉朝就送一位诸侯的女儿给您做夫人。另外，其他很多财宝您也可以得到。"

当时的乌孙国已经分裂，国王年纪大了，有些力不从心；又觉得汉朝太远，不知道它的大小，拿不准能得到多少好处；另外，臣服于匈奴的时间已经很长了，况且又接近匈奴，害怕匈奴，不想迁走。因为这些原因，昆莫不敢对张骞允诺什么。

张骞得不到确定的回答，于是就先派人出使大宛、康居、月氏、大夏、安息、身毒等国。乌孙国派出向导和翻译护送张骞回国，顺便让他们探视汉朝，看看它有多大。

张骞回到朝廷，被任命为大行，官位列在九卿之中。一年多以后，张骞去世。

乌孙的使者看到汉朝地大物博，人口众多，财物丰足，就回去向他们的国家报告。那些国家于是开始重视汉朝。这样，西北各国和汉朝就有了密切的交往。这种交往是张骞开创的，从张骞以后，汉朝出使西域的人都号称为博望侯，以此来取信于外国。

互通有无

在与西域各国取得联系之前，汉朝的天子曾经占卜，卜辞说：“神马当从西北来。”后来，汉朝得到了乌孙的好马，就称它为“天马”。再后来，又到得了大宛的汗血马，比乌孙国的马更健壮，于是就把乌孙马改名为“西极”，把大宛马命名为“天马”。

这时候，汉朝开始修筑西北部的长城，设置酒泉郡来和西北各国交往，并加派使者到西北各国。天子喜欢大宛马，所以出使大宛的使者更是络绎不绝。使者一批一批地赶往那里，有的一批有几百人，小的也有一百多人，来回携带的东西与博望侯时大致相同。后来，大家见怪不怪了，出使的人数才逐渐减少。通常，汉朝一年中要派出十多批使者，少的也有五六次。远的地方，使者要八九年才能回来，近的地方三两年就回来了。

自从张骞因为出使西域而获得尊贵以来，很多官吏和士兵都争着上书，请求当使者。天子认为外国路途遥远，不是谁都乐于前往，就往往接受他们的要求，颁给他们使节，为他们配备好随行人员，送他们出发，借此来加强与外国的交往。那些出使的人，很多都是在贫穷之中长大的，所以就经常把汉朝的赠礼据为己有，在国外低价收购货物，以此谋取私利。同时，他们欺负外国人不了解汉朝，就信口开河，胡吹汉朝的物产和风俗等等，有时候一点边际都没有。

西域各国越来越讨厌汉朝使者，考虑到汉朝军队离得远，来不了，就不给汉朝使者供应饭食，饿他们。汉朝使者没了吃的，生活困乏，对西域各国也产生了怨恨，经常发生相互斗殴的事。

楼兰、姑师是小国，处于东西之间的交通要道上，经常攻击和围困汉朝使者。另外，匈奴的骑兵也经常拦击出使西域的汉人。使者吃了不少苦，于是讲究争着说外国的坏话，而且跟皇帝说，西

域各国兵力薄弱，容易攻打。于是，天子派赵破奴率兵几万人，去攻打匈奴，匈奴军队见状逃跑。

第二年，攻打姑师，赵破奴和轻骑兵七百多人先到，俘虏了楼兰王，攻陷了姑师。随后，汉军乘胜围困了乌孙、大宛等国。汉朝大臣王恢屡次出使西域，被楼兰搞得很苦，多次跟天子说起，天子于是就让王恢辅佐赵破奴，再次打败了楼兰。

这个时候，天子经常到海边地带视察，每次都带着外国客人。一到了人多的大城市，天子就命令手下在街上散发财物布帛，赏赐百姓，并用丰厚的酒肴款待外国人，以此展示汉朝的富有。还大规模地搞角抵戏，做一些奇怪的表演，同时，天子到处行赏，聚酒成池，挂肉成林，让外国客人观看，表现汉朝的富足，使他们吃惊。

大宛附近的国家都用葡萄造酒，富人家里储藏的酒可以多达

一万多石，有些酒几十年都不坏。那里的民俗喜欢饮酒，马喜欢吃苜蓿。汉朝使者把它们的种子拿回来，于是，汉朝的离宫别苑旁边都种上了葡萄和苜蓿，一望无尽。

从大宛以西到安息，各国虽然语言不同，但是风俗相似。那里人都深眼窝，多胡须，善于做买卖，连一分一钱都要争执。当地风俗尊重女子，女子说的话，丈夫绝对要听从。那里没有丝和漆，不懂得铸钱和器皿。后来，汉朝有些人投降了他们，教他们制作兵器和器皿。他们得到了汉朝的黄金、白银之后，往往都用来作器皿，不用来作钱币。

二师将军李广利

汉朝出使西域的人越来越多，那些从小就随从大人出使国外的，往往都向天子汇报他们所熟悉的情况，他们经常说："大宛最好的马在二师城，他们藏着不肯献给汉朝使者。"

天子喜欢大宛马，就派壮士带着千金和金马，去向大宛王换取二师城的好马。当时，大宛国已经有了很多汉朝的东西，对新的礼物不像原先那么重视了。

大宛王召集大臣商议说："汉朝离我们很远，汉朝使者每年来好几批，每批几百人，常常因为缺乏食物而死亡，死掉的要超过半数。这样看来，他们不可能派大军前来！他们对我们无可奈何，我们不应该怕他们。二师城的马，是大宛的宝马，不能给他！"

大宛王不肯把宝马给汉朝使者。使者生气，当面指责大宛王，用椎击打带来的金马，然后愤然离去。大宛的贵族和官员发怒说："汉朝也太轻视我们了！"于是命令大宛东边的郁成国拦击并杀死了汉朝的使者，并夺取了他的财物。

汉朝天子十分愤怒。几位曾经出使过大宛的人，比如姚定汉等，都说大宛兵力薄弱，如果动用汉朝军队，不用超过三千人，就能俘获大宛的军队。天子认为姚定汉等人的话不错，就任命李广利为二师将军，调发属国的六千名骑兵，还有各郡国品行恶劣的青年几万人，前往攻打大宛。由于是想到二师城去获取好马，所以称李广利为“二师将军”。

二师将军李广利率军渡过了盐水，沿途小国都很惶恐，各个坚守城池，不肯供给食物。汉军攻打它们，但非常艰难。攻下城来就能得到食物，攻不下的，过几天就离去。到了郁成之后，汉军只剩下了几千人，而且都饥饿而疲惫，根本就没有战斗力。汉军攻打郁成，大败，死伤惨重。李广利和手下李哆、赵始成等人商议：“我们现在连郁成都不能攻下，何况到他们的国都呢？”于是就带军队返回。

这一去一回，花了两年时间。他们到了敦煌的时候，士兵已经只剩下了十分之一。李广利派使者提前感到国都，向天子报告说：“此去路途遥远，又缺少食物，所以没有攻取大宛。希望能暂且退兵，增派军队以后再去。”天子听后，非常失望，特别生气，就派使者到玉门关阻拦，说有谁敢进入玉门关，杀无赦！二师将军李广利害怕，就只好驻扎在敦煌。

那年夏天，汉朝在匈奴损失了两万多士兵。公卿大臣觉得应该停止攻打大宛，集中力量攻打匈奴。天子不这样认为，他觉得如果大宛这样的小国都攻不下，那么大夏等国就会轻视汉朝，而大宛的良马也绝不会弄来，外国人也会耻笑。

于是，天子增调品行恶劣的青年以及边地骑兵，一年之内送到敦煌六万人，还不包括自带衣食随军的人。这些士兵携带有牛十万头，马三万多匹，驴、骡、骆驼数以万计。考虑到大宛城中没有水井，要汲取城外的流水，于是汉军就改变了一条通往大宛的水道，使大宛无水可用。不仅如此，汉朝还调发大量民力，给二师将军运送粮食物资，人山人海，络绎不绝。还任命两位熟习马匹的人随军，准备攻下大宛后挑选他们的良马。

准备妥当之后，二师将军李广利再次出征。这次由于军队庞大，所到的小国没有谁敢不迎接，都乖乖地拿出了食物。汉军到了仑头，仑头国不肯投降，于是汉军血洗仑头。此后，汉军再也没有受到阻拦，平安地到达了大宛的都城。大宛军队迎击汉军，汉军乱箭齐发，大宛军队只好退入城里坚守。汉军断绝了它的水源，然后包围了大宛城，攻打了四十多天，然后俘虏了大宛勇将煎靡。

大宛人十分害怕，大宛的高级官员商量对策说："汉朝攻打大宛，是因为大宛王毋寡藏匿良马并且杀死汉朝使者。如过我们杀了毋寡，并且献出良马，那么汉军应该会放过我们；如果他们还是围攻，我们再战斗也不迟。"

于是，他们杀死了国王毋寡，拿着他的头，派人找到二师将军，与他相约说："你们不要再打了。我们把良马全都献出，你们随便挑，并且给你们提供食物。要是你们不答应，我们就把良马全部杀掉。康居的救兵快要到了，如果他们来了，那么我们在里面，康居军队在外面，汉军不见得有什么优势。希望你们好好考虑一下。"

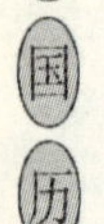

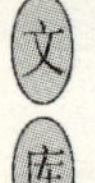

二师将军和手下商量说:“听说大宛城内刚找到了汉人,懂得挖井,而且,他们城内的粮食还很多。我们之所以来到这里,是想诛杀罪大恶极的毋寡。毋寡的头已送来了,我们的目的已经达到了,应该解围了。再说,康居的军队快到了,他们里应外合,而汉军疲乏,弄不好就会失败。”大家想了想,就答应了大宛的要求。

大宛于是献出良马,让汉人自己来挑选,并且拿出很多食物来供给汉军。汉军取走了几十匹良马,还有其他稍差的马匹三千多;又立了大宛贵人中对汉朝友好的人,名叫昧蔡,作为大宛王,与他订立盟约而撤兵。

二师将军从敦煌出发的时候,觉得人员太多,沿途的国家难以供给足够的食物,就把军队分成了几支,从南、北两路前进。王申生等率领一千多人,从另一条路到了郁成。郁成人坚守城池,不肯向汉军屈服,并且在一天早晨用三千人攻打汉军,杀死了王申生等人。汉军被打败,几个人逃脱,跑到二师将军那里。二师将军命令上官桀前去,打败了郁成人。

郁成王逃亡到康居,上官桀就追到了康居。康居听说汉军已经攻下了大宛,就把郁成王献给汉军,上官桀命令四名骑兵把郁成王捆好,押解到二师将军那里。四名骑兵上路了,但是很担心有什么意外,就互相商议说:“郁成王是汉朝最痛恨的人,如果突然发生意外,那可就耽误大事了。把他杀了还好带些。”于是就想要杀了他,但没人敢先动手。

其中年纪最小的一个叫做赵弟,胆子大些,拔出剑来砍去,杀了郁成王,然后带上人头上路,最后把它交给了二师将军。

二师将军这次出兵,基本上大获全胜。那些沿途的小国听说大宛被攻破,都派他们的子弟跟随汉军到汉朝进贡,拜见天子,顺便留在汉朝作人质。这次出兵,军队并不缺乏粮食,战死的人也不多,但是官吏贪婪,不爱惜士兵,侵吞军饷,因此饿死的人很多。天子考虑到他们是万里远征,所以没有计较他们的过失,封李广利为海西侯。又封亲自斩杀郁成王的骑士赵弟为侯,任命上官桀为少府,等等,军官中位列九卿的有三人,任诸侯相、郡守等高官的有一百多人,小官一千多人。自愿参军的人,所封的官位都超过了他们自己的愿望。不但如此，还赏赐士卒，花了四万金。

汉军讨伐大宛后，立昧蔡为大宛王，然后离去。过了一年多，大宛高级官员认为昧蔡只会奉承汉朝，而置自己的同族于不顾，就杀了昧蔡，立毋寡的兄弟为大宛王，然后派他的儿子到汉朝作人质。汉朝派使者送去礼物，来安抚他们。

第八十九章

游侠列传

中国历史名著文库

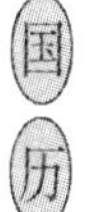

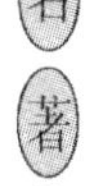

古往今来的侠客

侠客是个独特的群体，他们在行为上虽然不遵守法律，但他们一言既出、驷马难追，做事坚决，答应别人的事一定去做，甚至不惜生命，去救人于水火之中。而且，即使在出生入死之后，也不夸耀自己如何如何，并且羞于表功。

俗话说："什么叫仁义？能给人利益就是仁义！"所以，伯夷叔齐不食周粟，饿死在首阳山，可是并没有人骂文王、武王不仁义；盗跖凶残暴躁，可是却有很多人不断地称赞他们的仁义。由此可见，侠客在一些方面是有积极作用的。

古代的侠客很少，没有几个人流传下来。虽然侠客的修养、行为、名声往往很好，大家都称赞他们的贤能，可是儒家、墨家都对他们嗤之以鼻，不加记载。所以，秦代以前的侠客都被埋没了。到了汉朝，比较大的侠客有朱家、田仲、王公、剧孟、郭解等人，虽然时常触犯当朝的法律，但他们的行为符合道义，值得称颂。他们的名声不是随便得来的，民众也不会轻易地称颂某个人。有脑筋死板的人把朱家、郭解等人与强盗视为同类，这实在是混淆了黑白。那些结成帮派的豪强与侠客完全不同，他们凭借暴力欺凌弱小，搜刮民财，而这些正是侠客最为鄙弃的。

鲁国的朱家，与高祖是同时代的人。鲁国人一般都信守儒家思想，可朱家却以侠义而闻名。他所收留和救活的知名人士数以百计，普通人更是不计其数。但他始终不夸耀自己的本事，不因为救人危难而沾沾自喜。他救济那些贫贱无依的人，弄得自己家里一点余钱都没有，衣服也破旧得掉了颜色，吃饭从来没有两样以上的荤菜，乘坐的不过是用小牛拉的车子。他曾经暗中帮助季布将军，使他摆脱了困境，后来季布显贵了，他却终身不见季布。这样的名声越传越远，函谷关以东的广大地区，所有人都伸长脖子渴望结交他。

在楚国，有个田仲，也因为侠义而闻名，他喜欢剑术，像对待父辈一样服侍朱家，自己承认自己比不上朱家。田仲死后，洛阳出了个剧孟。洛阳人以善于做买卖而闻名，而剧孟凭借侠义闻名于诸侯。

吴、楚七国反叛时，条侯担任太尉，乘坐着驿站的快车赶到河南，找到了剧孟，然后高兴地说："吴、楚七国发动叛乱，却不求助于剧孟，看来，他们不可能有什么作为！"欣喜之情溢于言表，得到剧孟就像是得到一个国家一样。剧孟在行为上很像朱家，但喜欢玩六博，像少年人一样爱玩儿。剧孟的母亲去世时，从远方来送丧的，有上千辆车子。剧孟去世时，家里连十金剩钱都没有，让所有人都非常感动。

其他侠客还有一些，比如陈地的周庸等等，可是景帝杀掉了

这些人。不久以后，又出现了很多侠客，比如代郡姓白的、梁地的韩无辟、阳翟的薛兄、陕地的韩孺，等等。

声闻千里的郭解

郭解是轵县人，是著名相士许负的外孙。郭解的父亲是个侠客，在孝文帝时被杀死。

郭解人不高，但很精悍，从不饮酒。他小的时候，性格阴险狠毒，经常对人恨之入骨，亲手杀死过很多人。但他又很看重朋友，经常不惜自身性命来帮朋友报仇，还藏匿亡命之徒，平时没事的时候就躲在家里，偷偷铸钱，或者昼伏夜出、挖坟盗墓，做了不少恶事，不可胜数。但也奇怪，他总是能得到上天的保佑，再危险的困境他都能摆脱出来。

后来，郭解年纪大了，反省自己，就改变操行，检点自己，广施恩德报答别人，很少再怨恨别人。但他越来越喜欢行侠仗义。他经常在关键时刻去挽救别人的性命，却从不夸耀自己的功劳。不过，在他的内心深处，还是像小时候一样阴险狠毒，有时候会因为小的怨恨而行凶杀人。当时的少年们很仰慕郭解，常常为他报仇，不让他知道。

有一次，郭解姐姐的儿子与别人饮酒，让人家干杯。人家不胜酒量，坚决不喝，他就依仗郭解的威势，强灌人家。有个旁观者打抱不平，就拔出刀来杀了他，然后逃跑了。郭解姐姐很伤心，也很气愤，说："我弟弟那么大名气，可是人家杀了我的儿子，他却捉不到凶手。这算什么弟弟！"于是就把尸体扔在街上，不加埋葬，想借此来羞辱郭解。

郭解派人调查凶手的去处，凶手知道跑不掉，就自己回来，把详情全部告诉郭解。郭解说："哦，是这样！你杀他没什么错，是他没有道理。"于是就放走了凶手，把罪责归于他姐姐的儿子，收

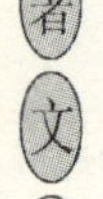

尸埋葬了他。人们听说了这事，都称赞郭解的道义，更加愿意依附于他。

郭解特别威严，每次外出或归来，人们都躲开他。有一次，有个人不躲，反而岔开双腿傲慢地坐着，盯着郭解看。郭解的门客想杀了那人，郭解不同意："我在自己的家乡，竟然得不到所有人的尊敬，这说明我自己的品德还不够好，怎么能抱怨他呢！"不仅如此，郭解还暗中嘱咐尉史说："这个人，是我最关心的，轮到他服役时，请您免除他。"后来服役的时候，多次轮到这个人，县吏都没有要求他去。这人觉得奇怪，就去问为什么，人家说是郭解帮他说过情。这个傲慢的人心里不安，就袒衣露体去向郭解谢罪。少年们听到这事，越发仰慕郭解了。

洛阳有两个家族，相互结仇好几十年，城中的好几十个贤人豪杰从中调解，他们始终不听。他们的门客没办法，就出了洛阳来拜见郭解，说明情况，请他帮忙。郭解连夜出发，去会见这两个家族，他们听从了郭解的劝告。郭解临走前，对他们说："我听说，洛阳很多长者在这里做过调解，你们都不肯听从。现在你们听从了我，我心里有些不安。我从别的县跑来这里，算是越界。所以，你们暂时不要和好，等我离去以后，让洛阳的长者再来调解，你们就听他们的。"随后，郭解连夜回到了自己的家，没有让任何人知道。

后来，中央要迁徙各郡国的富人到茂陵居住，郭解家里穷，不够迁徙的标准，但大家敬佩郭解，就把他写在了迁徙的名单中，官吏怕他，不敢不让他迁徙。卫青将军对皇上说："郭解家里穷，不够迁徙标准。"皇上说："平民关心郭解，能让将军对此发表意见，这说明他家不穷。"于是，郭解家就迁徙到了茂陵。人们主动出资一千多万为郭解送行。

郭解迁进关中以后，关中豪杰都争着和郭解结好。不久之后，郭解与杨季主冲突，杀了他。杨季主的家人上书告状，有人又把他杀死在宫门下。皇上听说后，就下令捉拿郭解。郭解逃走，把母亲安置在夏阳，自己来到临晋。临晋人籍少公与郭解素不相识，郭解就假冒别人的姓名，要求他帮助自己出关。籍少公把郭解送出关后，郭解辗转到了太原，所到之处，总是把自己的实情告诉留他住宿的人家，人家愿意收留，他就留下，否则就离开。汉朝官吏有迹可寻，追到了籍少公家里，籍少公自杀。接着追踪，很久以后才抓到郭解。

官府追查郭解的罪行，发现被郭解所杀的人，往往都不是什么好东西，于是很多人打心眼里佩服，不愿意杀他。轵县有位儒生陪同官吏来查办郭解，听到大家称赞郭解，就愤然说："郭解触犯国法，有什么值得称道的！"

郭解的崇拜者听到了，就偷偷杀了这个儒生，还割了他的舌头。官吏责问郭解，郭解真的不知道杀人的是谁。最后，这个行凶的人始终没查出来。官吏向皇帝上书，说郭解没有罪。御史大夫公孙弘说："郭解以平民身份行侠仗义，不把法律放在眼里，常常因为小的怨恨而杀人。他造成了非常恶劣的影响，这罪过比他

自己杀人还严重。该判大逆无道罪！”皇上同意，于是就诛杀了郭解的整个家族。

郭解死后，行侠的人特别多，但没有谁像郭解这样值得称道。

第九十章

佞幸列传

中国历史名著文库

吸吮脓水的邓通

俗话说："努力耕作，不如碰上好年景；善于做官，不如抓住好机遇。"这不是空话。女人可以靠姿色得宠，士人宦官也可以靠谄媚得势。

孝文帝的时候，宫中的宠臣是邓通。邓通没有什么技艺才能，早年由于善于划船当上了黄头郎。有一天，孝文帝做梦想要上天，上不去，有一个黄头郎从身后推着他上了天，孝文帝回头一看，见那个人衣服的腰带向后打结，特征明显，就记住了。梦醒以后，孝文帝就到处观察，按照梦中的情景，寻找推他上天的黄头郎。随即看见了邓通，他的衣带是向后打结的，正像梦中见到的样子。孝文帝于是就召见邓通，越来越喜欢他，邓通也越来越尊贵。

邓通为人老实谨慎，不爱交往，即使皇上赐他休假，他也不愿外出。文帝多次赏赐邓通，邓通有了上亿的家财，官职也升到了上大夫。文帝宠爱他，经常到他家游玩。邓通没有别的才能，不能对国家有什么贡献，他自己很清楚这一点，就只能小心翼翼地谄媚皇上，逗皇上开心。

皇上派了一个善于相面的人给邓通看相，那人说："邓通以后会因为贫穷饥饿而死。"文帝大笑："邓通有寡人靠着，怎么可能贫穷而死呢？"当天就把蜀郡的铜山赐给了邓通，准许他自行铸钱，不久之后，"邓通钱"遍布天下，邓通更是尊贵无比。

文帝曾经患有痈疽，常常发炎，邓通于是就常常为他吸吮脓水。文帝问邓通："天下谁是最爱我的人呢？"邓通回答："应该没有谁比得上太子。"

第二天，太子进宫探问病情，文帝叫他吸吮痈疽，太子俯身吸吮脓水，但面有难色。过后，太子听说邓通经常为文帝吸吮痈疽，心中惭愧，很怨恨邓通。等到文帝逝世之后，太子即位，成

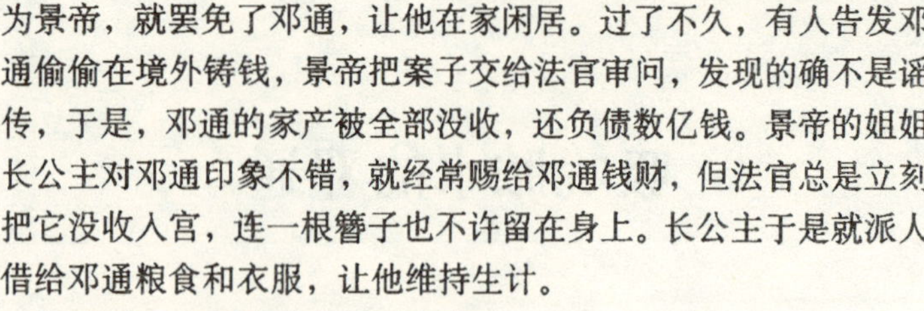

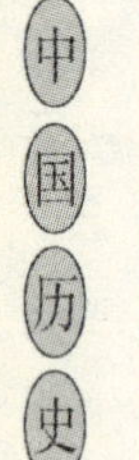

为景帝，就罢免了邓通，让他在家闲居。过了不久，有人告发邓通偷偷在境外铸钱，景帝把案子交给法官审问，发现的确不是谣传，于是，邓通的家产被全部没收，还负债数亿钱。景帝的姐姐长公主对邓通印象不错，就经常赐给邓通钱财，但法官总是立刻把它没收入宫，连一根簪子也不许留在身上。长公主于是就派人借给邓通粮食和衣服，让他维持生计。

最后，邓通饿死在了别人家里。

韩嫣与李延年

汉武帝时代，宫中的宠臣有两个，士人就是韩王的曾孙韩嫣，宦官则是李延年。

武帝还没有当上皇帝的时候，曾担任胶东王，那时候韩嫣和他一起学习书法，关系非常亲密。后来，武帝做了太子，就更加亲近韩嫣。韩嫣擅长骑马射箭，又善于谄媚，很得武帝的欢心。皇上登基即位以后，想发兵讨伐匈奴，而韩嫣学习过胡人的兵器和阵法，所以更加受到尊重，官职做到了上大夫，赏赐的钱财差不多和邓通一样多。

韩嫣受到皇帝的宠幸，经常与皇上同卧同起，慢慢地就开始自以为是。

有一次，江都王刘非进京朝见，正赶上皇帝要到上林苑中打猎。天子起程之前，先派韩嫣乘坐副车，率领上百个骑士，前去查看野兽的行踪。江都王远远望见，以为是天子，就让随从避开，在道旁伏地拜见。韩嫣奔驰而过，对江都王视而不见。车队过去后，江都王大怒，跑到皇太后那里哭诉："我是一个王，但还不如一个小小的佞臣！我干脆归还封国，进宫来和韩嫣并列算啦！"皇太后听了，心里也开始怨恨韩嫣。

韩嫣侍奉皇上，可以随意进出妃嫔的住地。有人报告皇太后，说韩嫣跟妃嫔通奸，皇太后大怒，派使者赐韩嫣自杀。皇上替他求情，还是不行，韩嫣于是自杀。

李延年是中山人。他的父母、他的兄弟姐妹，还有自己，原来都是歌舞艺人。有一次，李延年犯法，受了腐刑，被安排在宫中狗圈任职。平阳公主认识李延年和他的妹妹，有一次无意中跟皇上讲起了李延年的妹妹，说她擅长舞蹈，人也漂亮。皇上听了动心，就召见他，很喜欢她，把她纳入了后宫。接着，又召见了李延年，从此，李延年开始显贵起来。

皇上兴建天地祠庙，想创作配乐的诗歌演奏歌唱。李延年善于奉承皇上，就创作了新的乐章，并且亲自演唱，皇上非常高兴。他的妹妹也得到宠幸，生了一个儿子，李家兄妹更为显贵。皇上赐封李延年成为高官，官名叫做“协声律”。过了一段时间，李延年开始与宫女淫乱，骄横放纵，肆无忌惮。后来，他的妹妹李夫

人逝世，李延年受到的宠爱逐渐变得淡薄，没过多久，李延年和他的兄弟被抓了起来，杀掉了。

第九十一章

滑稽列传

中国历史名著文库

辅佐齐威王的淳于髡

淳于髡是齐国人，为人滑稽，擅长辩论，曾经多次出使诸侯各国，从未受到过屈辱。齐威王当政的时候，荒淫无度，不理国事，把国政委托给了公卿大夫，文武百官各自为政，朝廷一片混乱，诸侯各国趁机都来侵犯，国家危在旦夕。虽然这样，但是没有哪个大臣敢于进谏。

淳于髡不怕，进见齐威王说：“我们的国都中有一只大鸟，栖息在大王的庭院里，它整整三年不飞不叫，大王知道这只鸟为什么这样吗？”

威王知道淳于髡是来劝谏，就回答说：“这只鸟啊，我知道！它可是不飞则已，一飞冲天；不鸣则已，一鸣惊人！”说完，马上命令各县长官七十二人入朝拜见，赏了一人，杀了一人，然后振奋军队，出兵迎敌，势如破竹。诸侯各国大为震惊，都把侵占来的土地还给齐国。此后，齐威王的声威持续了三十六年。

齐威王八年，楚国大举发兵侵略齐国。齐威王派淳于髡出使赵国，请求救兵，让他带上礼品黄金百斤，驷马车十辆。淳于髡听了，仰天大笑，把帽带子都笑断了。

威王奇怪地问：“先生嫌礼物太少了吗？”

淳于髡回答：“我怎么敢呢？”

威王又问：“那您为什么大笑？”

淳于髡答道：“今天我在路上看到一个祭祀田神的人，他左手拿着一只猪蹄，右手端着一杯酒，祈祷说：‘田神啊田神！请让狭小高地上的谷物盛满筐笼，让低洼田地上的庄稼装满大车，让我五谷丰登，连年有余！’我见他拿的祭品太少，想要的东西却太多，所以笑他。”

于是齐威王把礼品增加到黄金一千镒、白璧十对、马车一百

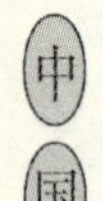

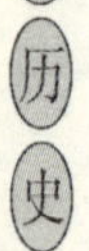

辆。淳于髡于是起行，到了赵国。赵王派给他精兵十万，战车一千辆。楚军听到这个消息，连夜退兵离去。

齐威王很高兴，在后宫摆下酒宴，款待淳于髡，赏他酒喝。

威王见他喝得挺高兴，就问道："先生能喝多少才醉？"

淳于髡回答："喝一斗也会醉，喝一石也会醉。"

威王奇怪："如果喝一斗就会醉，那怎么可能喝一石呢！"

淳于髡回答说："我在大王面前喝酒，旁边有执法官，身后有御史，弄得我心里很忐忑不安，所以喝不到一斗就会醉。如果我是在家里，有客人来拜访双亲，我卷起衣袖，在席前侍奉酒菜，客人不时赏给我一点残酒，我高举酒杯，敬酒祝寿，那么最多能喝两斗。如果很久不见的朋友来访，追怀往事，相互倾谈，那么我可以喝上五六斗。至于乡里的聚会，男男女女坐在一起，玩六博，赛投壶，相互称兄道弟，男女之间握手也不受惩罚，连对视也没

什么顾忌，那么我就会很高兴，喝上八斗酒，也不过只有两三分醉意。等到玩到了晚上，把剩下的酒合为一杯，大家促膝而坐，男女同席，鞋子散落一地，大家解开衣襟，香气阵阵，在这种时候，我心里最欢畅，能喝上一石。不过，酒喝到极点，就会乱套，乐极了就会生悲，一切事物都是这样。也就是说，做事不能做到极点，否则就会衰败。”

淳于髡用这些话委婉地劝谏齐威王。威王认为说得好，从此就停止了通宵达旦的宴饮，任命淳于髡负责接待各国宾客。皇家宗室举行酒宴的时候，淳于髡总是在旁边作陪，以便监督齐威王。

优孟葬马

优孟本来是楚国的艺人，身材高大，富有辩才，经常用谈笑的方式委婉地劝谏。

楚庄王有一匹好马，楚庄王非常喜欢它，经常给马穿上绫罗绸缎，把它安置在华丽的宫殿里，专门给它准备了一张床作卧席，拿枣脯喂养它。马的生活水平过于优越，肥胖得不得了，生病死了。楚庄王非常伤心，命令大臣们为死马治丧，准备用棺椁装殓，按大夫的葬礼规格来安葬它。庄王身边的大臣觉得这事太过分，争着劝谏，不同意这样做。庄王大怒，下令说：“如果再有胆敢为葬马的事来进谏的，立刻处死！”

优孟听说了，就走进宫殿大门，仰天大哭，一把鼻涕一把泪的。庄王很吃惊，问他为什么哭得这么厉害。优孟抽泣着回答说：“宝马是大王的心爱之物，理应厚葬。堂堂楚国，地大物博，国富民强，有什么要求办不到？大王却只用大夫的规格来安葬它，太薄待它了。我建议按君王的规格来安葬它。”

庄王忙问：“那怎么办好呢？”

优孟回答："用雕花的美玉做棺材，用最上等的梓木做外椁，拿樟木等贵重木材做装饰，再派几千名士兵挖掘墓穴，老人和孩子背土筑坟，然后，让齐国和赵国的使节在前面陪祭，韩国和魏国的使节在后面护卫。安葬完毕之后，再为它建立祠庙，用猪、牛、羊各一千头的太牢礼来祭祀它，并且安排一个万户的城邑进行供奉。诸侯各国如果听说了大王这样厚待马匹，肯定会印象深刻，都会知道大王把人看得很低贱，却把马看得很重。"

庄王说："哎呀，我怎么竟然错到了这种地步！现在该怎么办呢？"

优孟说："请让我用对待六畜的方法来埋葬它。用土灶做外椁，用铜锅作棺材，用姜和枣来调味，再加进木兰，用稻米作祭品，火光作衣服，把它埋葬在人们的肠胃里。"

庄王同意，于是就派人把马交给主管膳食的太官，并且告戒

大臣们，让他们不要宣扬庄王原先的打算。

楚国宰相孙叔敖知道优孟是个贤人，很看重他。孙叔敖病重快要去世的时候，嘱咐自己的儿子说："我死了以后，你没有了依靠，说不定会贫困。如果那样的话，你就去拜见优孟，只要说你是孙叔敖的儿子就可以了，他会帮你。"

过了几年，孙叔敖的儿子果然穷困潦倒，不得不靠给别人背柴度日。有一天，他遇见了优孟，就对他说："我是孙叔敖的儿子。父亲要去世的时候，嘱咐我贫困的时候拜见您。"

优孟打量了他一番，说："你别出远门。等我消息。"随即，优孟回家，命人缝制了类似孙叔敖的衣服、帽子，给自己穿戴上，来模仿孙叔敖的言谈举止。一年多以后，优孟简直活像孙叔敖，连楚王和他左右的大臣们都分不出来。庄王举行酒宴，优孟穿戴一番，上前敬酒祝寿。庄王大吃一惊，以为孙叔敖复活了，要任命他为宰相。优孟说："请允许我回去和妻子商量商量，三天以后再来就任宰相。"

三天以后，优孟来了。庄王问："你妻子说了些什么？"

优孟答："我妻子不同意，她说楚国的宰相不值得做。孙叔敖身为楚国宰相，忠诚廉洁，所以楚王才得以称霸。现在他死了，他儿子却连立锥之地都没有，穷得靠背柴维生。像孙叔敖那样，还不如自杀。"

庄王感到惭愧，向优孟道歉，马上召见了孙叔敖的儿子，把寝丘的四百户封给他，用来供奉孙叔敖的祭祀，后来传了十代都没有断绝。

侏儒艺人优旃

优旃是秦国的侏儒艺人，擅长讲笑话，但都符合大道理。秦始皇的时候，有一次举行酒宴，当时外面正在下大雨，殿阶下的卫士们淋雨受寒，直打哆嗦。优旃见了，很怜悯他们，就对他们说："你们想休息吗？"卫士们都说："当然啦！太想休息暖和一下啦！"优旃于是嘱咐他们："过一会儿，我如果喊你们，你们要赶快回答说'有'。"

过了一会儿，宫殿上的人们向秦始皇敬酒祝寿，高呼万岁。优旃趁机走到栏杆边，大声喊道："殿阶下执盾的儿郎们！"儿郎们答："有！"优旃说："你们虽然身材高大，但高大又有什么用？只能在雨中站立！我虽然矮小，反而能在屋里休息。"

秦始皇听了，就让殿下的卫士们一半值班，一半休息，轮番替代。

秦始皇曾经想要扩大畜养禽兽的苑囿，东边扩到函谷关，西边扩到雍县、陈仓。优旃装做很兴奋地说："好啊！好啊！多多在里面放养禽兽，要是敌寇从东方来，就命令麋鹿用角去顶他们！"

秦始皇想了想，只好作罢。

秦二世即位之后，想要油漆城墙。优旃心里不同意，但是嘴上说："好啊！主上即使不说，我也要请求您这样做了。油漆城墙虽然耗费巨大，会给百姓带来灾难，但很美啊！油了漆的城墙滑溜溜的，敌寇来了想爬也爬不上来。这事要是做成并不难，不过要建造一个给漆过的城墙遮蔽太阳的荫室就很难了。"当时二世就笑了起来，然后就打消了这个念头。

过了不久，二世被杀死，优旃归顺了汉朝，几年以后就去世了。

隐居朝廷的东方朔

汉武帝的时候，齐国有位东方朔，喜爱儒家经术，并且博览诸子百家的著作，非常博学多才。

东方朔初到长安时，到公车府皇上奏书，奏书很长，一共用了三千片木简来书写。公车府派了两个人去抬他的奏书，勉强能抬得起。皇上读东方朔的奏书，整整读了两个月。读完之后，武帝认为东方朔很有才华，就任命他为郎官，留他在身边听候差遣。皇上经常召他谈话，每次都觉得获益良多。

皇上欣赏东方朔，就时常赏他跟自己一起吃饭。每次吃完饭，东方朔总是把剩下的肉全部揣在怀里拿回家，把衣服弄得油乎乎的。武帝还多次赐给他绸绢，他就卖力地扛着或挑着搬回去。东方朔得到皇上赏赐的钱财丝帛后，专门用来聘娶长安城中年轻美貌的女子为妻，大多娶了一年左右就抛弃了，重新再娶妻。这样一来，赏赐得来的钱财全都用在了女人身上。

皇上身边的郎官们觉得东方朔实在是很古怪，就称他为"狂人"。皇上听说了，就跟他们说："如果东方朔不做这些古怪的事，那他怎么可能跟你们站在一起呢！"

有一次，有个郎官对东方朔说："大家都认为先生是狂人。"东方朔说："我不是狂人，是隐士。像我这样的人，就是传说中的在朝廷里隐居的人。一般人，只能在深山里避世隐居。"

东方朔喜欢喝酒，喝得差不多的时候，经常趴在地上唱道："隐居于俗务，避世在金马门！游走于宫殿，自身得以保全！深山茅庐太清苦，何不学我东方朔！"金马门是宦官署的大门，大门旁边立有铜马，所以叫它"金马门"。

博士们参与讨论国事，都诘难东方朔说："苏秦、张仪一遇上明君，就高居卿相，恩泽后代。如今您见闻广博，能言善辩，自认为是海内无双。可是您侍奉皇上，辛苦了好几十年，官职不过侍郎，地位不过执戟，这是为什么呢？"

东方朔回答说："这你们就不懂了。那是一个时代，这又是一个时代，怎么可以相提并论呢？张仪、苏秦的时候，周王室衰败，诸侯们相互争夺，兼并为十二个诸侯国，还是不分胜负，那时候

大家实力相差不大，谁能得到人才，谁就强大。现在不是这样了，现在皇帝在朝廷之上，诸侯臣服，威震四方，国家稳若泰山。在这样的时代，一个人有没有才能，凭什么来区别呢？假使张仪、苏秦和我一样，都是生活在当今，那么他们恐怕连一个小小的掌故都得不到！所以说，时代不同了，很多事情就会发生变化。在这样安定的时代，士人应该注意加强自身的修养，研究学问，推行道义，别的不要过于强求，应该学习隐士。做了隐士，虽然现在不被任用，但能安然自得，并且留名后代。你们连这点都不懂，还敢诘问我！”

那些博士听了，都默不作声，无言以对。

过了一段时间，建章宫后阁的栏杆中，钻出了一只动物，样子像麋鹿，但又不是。汉武帝前去观看，询问身边群臣，但没有一个人知道那是什么动物。

武帝下诏让东方朔去看，东方朔看了，回答道：“我知道它。请您赏赐美酒好饭，让我先大吃一顿，然后我才说。”武帝同意。东方朔吃饱喝足了，又提要求说：“某地有几公顷田地、鱼池和蒲苇地，请陛下把它们赏赐给我，我东方朔才说。”武帝又同意了。这时候东方朔才肯讲，说：“这就是人们常说的驺牙。如果有远方的人来归顺，驺牙就会事先出现。它的牙齿前后一样，大小相等，没有臼齿，所以叫它驺牙。”过了一年，果然有匈奴的混邪王率领十万民众来归降汉朝。武帝很高兴，又赏赐了东方朔很多钱财。

东方朔病重，挣扎着劝谏武帝说：“现在人心不古，希望陛下能远离奸佞的小人，斥退他们的谗言。这样国家才可能长治久安。”武帝觉得东方朔的语气与平时不一样，显得很凝重，感到很奇怪。过了不久，东方朔果然病死了。古书上说：“鸟之将死，其鸣也哀；人之将死，其言也善。”说的就是这种情况。

得面如死灰。西门豹看了，说："好吧，那我们就再等他们一会儿。"

又过了一会儿，西门豹说："你们起来吧。看样子河神把他们留住了，一半会儿回不来。今天的仪式到此结束，都回家去吧！"邺县的官吏大为惊恐，从这以后，再也不敢提给河神娶媳妇的事了。

中国历史名著文库

西门豹斗河神